용의 꼬리를 문 생쥐 1

초판 1쇄 발행 ㅣ 2014년 5월 1일

지은이 ⓒ 메나리 2014
일러스트 ⓒ Awin 2014

교정교열 ㅣ 김병규
편집담당 ㅣ 김미리
총괄 디자인 ㅣ Awin
편집 디자인 ㅣ 서유미

펴낸이 ㅣ 김혜랑
펴낸곳 ㅣ 메르헨 미디어
등록일자 ㅣ 2012년 6월 27일
등록번호 ㅣ 제 2012-000141 호
ISBN 978-89-98328-47-4 04810
ISBN 978-89-98328-46-7 (세트)

nabinovel@nabinovel.net
http://nabinovel.net

Content_용의 꼬리를 문 생쥐

소녀의 이름은 생쥐였다. 아니, 진짜 이름은 아니었지만 다들 그녀를 생쥐라고 불렀다. 부스스한 회색 털의 눈이 툭 튀어나오리만치 마르고 조그만 쥐새끼. 곧잘 겁을 먹고 잔뜩 움츠르드는 모양새도 딱 막다른 길목으로 뒤쫓긴 생쥐와 비슷했다. 항상 굶주리고 있어 던져주는 것이라면 무엇이든 가리지 않고 집어 먹는 게걸스러움 역시.

생쥐의 주인은 도시 뒷골목에서 제법 큰 식당을 운영하고 있는 렉트라는 중년 남자였다. 어느 겨울날, 그는 계집앤지 사내앤지 구별도 되질 않는 어린애를 동전 열 개와 너무 타버린 닭구이를 주고 샀다. 그 나잇대의 활기라곤 찾아볼 수 없이 수척하게 말라 숫기 없이 말조차 더듬거리는 열 살짜리 고아를 끌고 다니며 구걸을 시키던 노인은 흔쾌히 아이를 넘겨주었다.

"뭐야, 이거 계집애잖아!"

식당 일을 도울 종놈, 즉 소년을 원했던 렉트는 사들인 아이가 계집이라는 것을 알고 버럭 화를 냈다. 노인은 이 아이가 일곱 살짜리라 이리 작은 것이지 잘만 먹이면 금방 커서 한몫 단단히 할 사내애라고 떠벌여대었던 것이다. 한데 벗겨놓고 보자 아랫도리가 휑한 비썩 말라빠진 여자애였다. 실제로는 나이까지 속여 일곱 살이 아니라 열 살이었지만 렉트는 그것까지는 눈치채지 못하였다. 너무 못 먹어 두세 살은 더 어린 몸집을 하고 있었기 때문이었다.

"망할! 그 노친네가!"

아이는 차가운 물통 앞에서 벌거벗은 채 바들바들 떨면서 그를 올려다보았다. 전신이 볼품없이 곯았지만 연녹색 눈동자만큼은 커다라니 예쁘게 반짝거리고 있었다. 그것을 본 렉트는 화가 조금 가라앉는 것을 느꼈다.

생각해보면 계집애도 나쁘진 않았다. 너무 어리다는 것이 흠이었지만, 자세히 살펴보니 제법 반반하게 생겨먹었다. 어느 정도 키우면 쓸 만한 여자가 되겠지. 렉트의 식당은 여관업도 겸하고 있어, 전부터 손님들의 침대를 데워줄 만한 계집이 하나쯤 있었으면 싶긴 했다. 겸사겸사 그 자신의 성 노리개로도 쓸 수 있을 것이고.

"네년, 고분고분히 굴지 않는다면 몽둥이로 흠씬 두들겨 맞을 줄 알아라!"

아이는 얼른 고개를 끄덕였고 그날부터 식당의 노예나 다름없는 잡일꾼, 생쥐가 되었다.

1.
생쥐는 길을 따라 걸어갔습니다.

렉트의 식당은 항상 붐볐다. 그의 식당이 있는 도시는 유명한 상로에 걸쳐져 있어 드나드는 사람들이 많았다. 특히나 렉트의 식당은 빈민가 뒷골목에 자리해 도시 사람들보다는 이리저리 떠돌아다니는 짐꾼이나 용병 등의 외부인, 말하자면 세상에 치여 험하게 굴러다닌 사내들이 주로 찾아들었다. 그 때문에 널찍한 1층 식당에는 대낮에도 음식 냄새만이 아니라 술 냄새 또한 가득히 흘러넘쳤다.

"문 옆 1번 테이블!"

"계단 왼쪽 테이블!"

주방에서 갓 만들어진 요리와 술이 찰랑이는 나무잔이 쉴 새 없이 나왔다. 바삐 오가는 식당 종업원들 사이에서 생쥐 또한 커다란 쟁반을 받쳐 들고서 비틀비틀 걸음을 옮겼다.

생쥐가 렉트에게 팔린 지도 벌써 6년. 물오른 꽃봉오리가 살며시 피어나기 시작하는 16세의 소녀가 되었건만 그녀가 여자라는 사실을 아는 사람은 주인인 렉트 외에는 없었다. 생쥐는 몸매를 감추는 헐렁한 남자옷 차림에 머리카락은 짧게 잘라 덥수룩했으며 손발과 얼굴 또한 알아보기 힘들만치 지저분했기 때문에 식당 하인들도 손님들도 그녀를 말라빠진 사내애라고 생각했다. 식당 주인인 렉트가 일부러 사내애라 떠들고 다닌 탓도 있었다.

그는 생쥐가 여자로서 쓸만해지기 전에 어중이떠중이에게 겁탈당하는 것을 원치 않았다. 열 두엇 젖가슴도 채 솟지 않은 어린 계집이라 해도 치마만 둘렀다 하면 그 속을 궁금해하는 수컷들이 널리고 널린 거다. 아무리 비쩍 마르고 볼품없이 지저분한 생쥐라 해도 여자라는 사실이 알려진다면 채 하룻밤을 넘기지 못하고 처녀성을 잃게 될 것이 분명했다. 식당 하인들부터가 치근덕거리기 시작하겠지.

하지만 렉트는 주인으로서 생쥐의 처녀는 자신이 가져야만 한다고 생각하고 있었고, 그래서 훗날 창녀로 부려 먹을 계집을 나름 신경 써서 지켜주었다. 거기에는 생쥐가 아직 열세 살에 불과하다는 착각 또한 깔려 있었다. 그가 너무 어린 여자를 좋아하지 않는다는 사실이 생쥐로서는 불행 중 다행인 일이었다.

물론 열여섯이라면 절대 어린 여자가 아니지만 생쥐는 일곱 살이라고 속여 팔려왔고 여전히 영양부족인 몸은 열셋이 아니라 그보다 더 어린 나이라 해도 믿을 만큼 자그마했다. 덕분에 아직은 봉변을 면할 수 있었지만 결국 머잖은 시간문제였다.

"빨리빨리 가져오지 못해!"

"죄, 죄송합니다……."

음식이 늦다고 버럭 소리치는 손님을 향해 생쥐가 한껏 머리를 조아렸다. 이러다 또 발길질이 날아들진 않을까 절로 몸이 움츠러들었다.

이 식당에는 훤한 대로변의 상가 출입이 금지된 험악한 용병들이 주요 고객 중 하나였다. 그들은 대부분 조금만 눈에 거슬려도 주먹이 나가고 더러 칼까지 뽑아 대는 난폭한 종자들이었다. 그 때문에 생쥐 또한 별것 아닌 일로도 얻어맞거나 걷어차이는 일이 비일비재하였다. 조그만 몸 어딘가에는 항상 시퍼런 멍이 자리 잡고 있을 정도로.

"이 버러지 같은 게!"

퍼억! 혹시나 싶었지만, 이번에도 영락없이 발길질이 날아왔다. 더러운 바닥에 쓰러진 생쥐는 몸을 잔뜩 움츠리고는 팔로 머리를 감싸고 엎드려 배를 보호했다. 툭하면 당하는 손찌검이다 보니 급소를 보호하며 「잘」 맞는 것에도 익숙해져 있었다. 혹여 비명을 질렀다가 가느다랗고 높은 원래의 목소리를 들킬세라 입도 꽉 다문 채였다. 뒷골목에서 태어난 다른 소녀들의 신세를 보면 여자라는 것이 들통나면 무슨 짓을 당할는지 쉬이 짐작할 수 있었다. 결국은 같은 꼴이 될 것이라 해도 피할 수 있을 때까지는 피하고 싶었다.

"야야, 죽이면 개 값 물어줘야 한다고."

생쥐를 걷어차는 남자의 일행이 건성으로 말렸다.

이런 뒷골목 가게의 어린 하인은 보통 가게 주인의 소유물이다. 말라깽이 어린애 몸값이라 하더라도 술값보다는 몇 배로 비쌀 터.

돈 이야기에 남자가 씩씩대며 웅크린 몸을 짓밟던 움직임을 멈추었다.

"재수가 없으려니까! 야! 꺼져!"

앙상한 손가락이 바닥을 긁었다. 재빨리 도망치고 싶었지만 몸이 말을 듣질 않았다. 그렇다고 계속 미적거렸다간 또다시 발길질이 시작될 터였다.

생쥐는 이를 악물고 지저분한 바닥을 기었다. 그러고는 겨우겨우 그 자리를 피해 비틀거리며 몸을 일으키다가 도로 풀썩, 주저앉고 말았다. 오른쪽 다리가 말을 잘 듣질 않았다. 양손 가득 쟁반을 든 종업원이 그녀를 발끝으로 걷어차며 지나쳤다.

"꾀병 부리지 말고 저리 비켜!"

걸리적거린다고 노려보는 시선에 생쥐는 억지로 일어섰다. 절룩이며 한 걸음 한 걸음 옮겨갈 때마다 온몸이 욱신거렸다. 그러나 그녀는 신음은커녕 눈물 한 방울 떨어뜨리지 않았다. 울고 소리쳐봐야 돌아오는 것은 매질뿐이라는 현실을 겨우 뛰어다닐 정도의 어린 나이 때부터 깨닫고 있었기에.

시끄럽게 구는 어린 것이 맞아 죽어가는 모습을 생쥐는 몇 번이고 보았다. 조용해질 때까지 매질과 발길질이 이어졌고 그렇게 맞은 아이는 보통 두 번 다시는 일어나질 못하였다. 살아남기 위해서는 거치적거려서는 안 된다. 무슨 일이 있어도 입을 다물고 눈을 숙여야 했다.

울고 떼쓰며 발버둥 치는 어린아이다운 어린애는 쓸모가 없었다.

쿠당탕! 생쥐는 조리실 입구 근처에서 다시금 넘어졌다. 조리실의 늙은 여자 요리사가 혀를 쯧 차며 짜증스럽게 소리쳤다.

"육시랄 놈! 오늘 밥은 없을 줄 알아라! 얼른 꺼져!"

더는 일어설 힘이 없어, 생쥐는 뒷문을 향해 엉금엉금 기어갔다. 식당의 그 누구도 비참하게 바닥을 기는 조그마한 소녀에게 도움은 커녕 눈길 한 번 주질 않았다. 설사 이 자리에서 피를 토하고 죽는다 해도 귀찮아죽겠다는 태도로 시체를 길가에 내던져버리곤 이내 잊어 버릴 것이다. 아니, 렉트가 생쥐에게 폭행을 가한 사내에게 몸값을 내놓으라며 소동 정도는 벌어지겠지.

그리고 끝이다. 그녀는 뒷골목 시체청소부의 수레에 실려 도시 밖 구덩이에 던져질 거고, 그 후 생쥐라는 소녀는 완전히 사라지고 말 것이었다. 아무도 기억하는 자 하나 없이.

생쥐는 뒷문을 통해 식당 밖으로 나갔다. 붉게 황혼이 진 하늘이 보였다. 그녀는 남은 힘을 쥐어짜서 벽을 짚고 일어났다. 무언가를 태우는 매캐한 냄새가 코를 찔러왔다.

"이 새끼가 감히 내 지갑에 손을 대!"

"악! 살려주세요, 나리! 아악!"

얼마 떨어지지 않은 곳에서 열 두엇쯤 되어 보이는 소매치기 소년 이 덩치 큰 남자에게 두들겨 맞고 있었다. 생쥐는 맥없는 눈동자로 그 모습을 쳐다보았다.

비명을 내지르던 소년이 조용해졌다.

한동안 벽에 기대어 서 있던 생쥐는 다시금 절룩이는 발걸음을 옮기기 시작했다. 둔통만 느껴지던 오른쪽 발목이 이제는 불에 덴 듯 화끈거렸다. 아주 못 움직이는 것은 아니니 부러지지는 않은 모양이었다.

다행이다. 생쥐는 속으로 작게 중얼거렸다. 다리 병신이 되어서야 이 거리에서 빠져나갈 길이 영영 요원해지고 만다. 물론 신체 멀쩡하다고 해서 마냥 밝은 미래가 기다리고 있는 것은 절대 아니었지만.

생쥐는 식당의 창녀로 남고 싶지 않았다. 헐렁한 남장으로 작게나마 부풀어 오르는 가슴을 숨기는 것에도 한계가 있었다. 그녀는 벌써 열여섯 살이고, 이 뒷골목에서는 애가 한둘쯤 있을 나이었다. 지금 이대로 식당에 머문다면 머잖아 렉트에게 강간당하고 창녀로서 식당 손님들의 상대를 해야만 할 것이다. 그리고 늙어 쓸모없어지면 돈 한 푼 없이 쫓겨나 구걸이나 하다가 굶어 죽고 말겠지.

당연히 생쥐는 그런 미래를 조금도 바라지 않았다. 그러나 이 거리의 창녀들이라고 원해서 그리 살아가는 것이 아니었다. 좀 더 나은 삶을 찾아 뒷골목을 벗어날, 도망칠 능력이 없었기에 그럴 수밖에 없었다. 무작정 달아나 봤자 머리채 붙잡혀 질질 끌려와 매타작밖에 더 당하겠는가. 설사 운 좋게 도망친다 하더라도 할 수 있는 일은 없었다. 결국은 장소만 달라질 뿐, 제 몸뚱이 팔아 먹고살게 되는 것이다.

막막하다.

생쥐는 깊게 숨을 들이켰다. 재주 하나 없는 고아 계집이 더 나은 미래를 바란다면 그저 운에 매달려보는 수밖에 없다.

하늘에서 금은보화가 떨어지길 바라는, 그런 종류의 행운.

아직 완전히 해가 지지 않은 거리는 한산했다. 그러나 얼마 지나지 않아 호객꾼과 그 손님들이 지저분한 밤의 뒷골목을 가득 채울 것이었다. 그녀는 비틀거리는 발끝을 멈추지 않고 언젠가 들은 노래를 조그맣게 흥얼거리며 서서히 어둠이 내려앉는 뒷골목을 걸어갔다.

"바다가 너무 넓어 건널 수가 없네요.

내게는 날 수 있는 날개도 없는걸요.

녹아내린 밀랍과 흰 비둘기 깃털.

하늘로 날아오른 작은 천사는 눈물의 바다 깊이 잠기어 들었어요."

저린 통증이 머리부터 발끝까지 치달으며 휴식을 주장해왔지만 생쥐는 고집스럽게 걸어갔다. 딱히 목적지는 없었지만 그녀는 발걸음을 멈추지 않았다.

"바다가 너무 넓어 건널 수가 없네요.

내게는 날 수 있는 날개도 없는걸요."

노래하는 목소리에 힘이 들어갔다. 이대로 걷다 걷다 지쳐 풀썩 쓰러지고 이윽고 숨이 멎는다 해도 아쉬울 것 하나 없었다. 자신 앞에 놓인 미래는 그러하였다. 지금 죽으나 10년, 20년 더 살고 죽으나 손아귀에는 쥔 것 하나 없는, 아무것도 남기는 것 하나 없는 그런 인생. 무심코 웃음이 새어나왔다.

더러운 빈민가 출신 고아로 구걸을 하다가 식당에 팔린, 고작 한 줄로 끝나는 16년 동안 그녀는 단 한 번도 바깥 거리에 나가본 적이 없었다.

누가 막아선 것도, 목줄에 매인 것도 아니건만 물웅덩이 속의 피라미처럼 바다도 강도 호수도 까맣게 모른 채 수면 위로 한 번 튀어 오르지조차 않았다.

생쥐는 계속 앞으로 걸어갔다. 걷고 걷고 걷다 보면 이 지저분한 거리도 언젠가 끝을 보이겠지. 크고 훤한 거리에, 살아갈 만한 미래를 지닌 사람들이 오가는 대로까지 나가서⋯⋯. 그리고 그다음은.

그다음은 아무것도 떠올릴 수 없었다.

그러니까 가자.

아무것도 없지만. 아니, 아무것도 없으니까 가자.

하늘은 어느새 진보라색으로 물들고 별들이 총총히 피어났다. 그 아름다운 별빛에 감탄이라도 하듯 생쥐의 뱃속이 꼬르륵 크게 소리 내어 울었다. 메마른 손이 반사적으로 텅 빈 배를 붙잡았다.

온종일 아무것도 먹질 못했다. 지금이라도 돌아가면 먹다 남은 음식 찌꺼기라도 입에 넣을 수 있겠지만, 생쥐는 발길을 돌리지 않았다.

그녀는 천천히 주위를 둘러보았다. 기억에 없는 낯선 풍경이었다. 술에 찌들고 온갖 쓰레기 냄새가 안개처럼 자욱이 깔려 있는 뒷골목과는 다른, 깨끗하고 고요한 거리.

평범하지만 생쥐의 눈에는 근사하게 비치는 마차가 말발굽 소리를 울리며 지나갔다. 가슴을 반쯤 드러내거나 허벅지 위까지 끌어올린 너절한 옷이 아닌, 단정한 드레스 자락을 발목까지 늘어뜨린 여인이 길 건너편에서 생쥐를 힐끔힐끔 쳐다보았다. 코트 주머니에 시곗줄을 늘어뜨리고 지팡이를 짚은 남자가 자신의 옆을 지나치는 생쥐의 모습에 눈살을 찌푸렸다.

동정과 혐오가 뒤섞인 시선들에도 생쥐는 아랑곳하지 않았다. 오히려 입을 크게 벌리고 소리 없이 웃었다.

봐라, 나도 이렇게 나올 수 있다고.

내일 날이 밝을 때 즈음이면 사라진 생쥐를 깨닫고 뒤쫓아온 식당 주인이 뺨을 때리고 발로 걷어차겠지만, 지금 이 순간만큼은 자유로웠다. 일순의 착각이라 해도 벗어났다. 이곳은 뒷골목이 아니었다.

생쥐는 대로변의 한 상점 앞에 멈춰 섰다. 문은 닫혀 있었지만 쇼윈도 너머로 화려한 드레스를 입은 마네킹이 서 있는 것이 보였다. 옷가게 앞에는 나무로 만든 입간판이 세워져 있었다. 생쥐보다 머리 두어 개쯤은 더 큰 입간판에는 읽을 수 없는 광고 문구와 함께 아름다운 여인이 실물 크기로 그려져 있었다.

깃털과 장미를 단 챙이 넓은 모자와 어깨를 살짝 드러낸 풍성한 레이스의 드레스. 흰 장갑을 낀 우아한 손끝에 쥘부채를 펼쳐 들고 붉은 입술로 미소 짓는 진주 귀걸이의 미인.

"……예쁘다."

생쥐는 작게 중얼거리다가 무심코 그림을 향해 손을 뻗었다. 그 손이 입간판에 닿기 직전, 손톱 끄트머리마다 새카맣게 때가 낀 손가락이 눈에 들어왔다. 물집투성이의 더러운 손. 그녀는 유리에 비치는 자신의 모습을 쳐다보았다. 더러운 손을 반쯤 덮은 너덜너덜한 소맷자락의 몸에 맞지 않게 큰 셔츠, 끈으로 허리께를 둘둘 묶은 헐렁한 바지 끝에는 상처투성이의 맨발이 드러나 있었다.

남자앤지 여자앤지 구별도 되지 않는 지저분한 몰골.

생쥐는 내밀던 손을 감추듯 얼른 거두고는 다시 간판 속의 아름다운 여인을 빤하게 쳐다보았다.

단 하루라도 좋으니까 저렇게 살아보고 싶어.

그렇게 한참 동안 멍하니 서 있다가, 생쥐는 숨을 깊게 들이마셨다. 역겨운 냄새는 한 올도 스미지 않은 깨끗한 공기였다.

문득 죽는다면 이런 곳이 좋겠다는 생각이 들었다. 날이 밝고 다시 지저분한 뒷골목으로 끌려가 당장에 맞아 죽거나 훗날에 굶어 죽거나 하고 싶지는 않았다. 죽기 직전 마지막으로 보는 풍경이 토사물과 쓰레기로 뒤범벅된 더러운 땅바닥이길 원치 않았다.

'나도 그 정도는 선택할 수 있잖아.'

생쥐는 습관적으로 움츠러든 두 어깨를 당당히 폈다. 당장에 쓰러진대도 이상할 것 없이 굶주리고 지친 몸이었지만 다시금 앞으로 걸어나갔다.

걷고 걷고 또 걷다가 가장 아름다운 곳에서 죽어야지.

"바다가 너무 넓어 건널 수가 없네요.

내게는 날 수 있는 날개도 없는걸요.

녹아내린 밀랍과 흰 비둘기 깃털.

하늘로 날아오른 작은 천사는 눈물의 바다에 깊이 잠기어 들었어요."

제목도 출처도 모르는 노래를 흥얼흥얼, 생쥐는 길을 따라 무작정 걸어갔다. 완전히 어두워진 거리 위로 번듯한 건물의 창 너머에서 흘러나오는 빛이 길게 늘어졌다. 어디선가 갓 구운 빵과 닭고기를 넣은 수프의 냄새가 났다. 저녁 식사 시간의 군침 도는 공기가 이리 저리 떠돌고 생쥐는 고픈 배를 재차 붙잡았다.

내가 태어난 곳이 뒷골목이 아닌 이 너른 거리였더라면. 그랬더라면 지금쯤 풍성한 식탁에 앉아 따뜻한 수프를 마시고 있었겠지.

가질 수 없는 꿈에 그녀의 어깨가 다시 아래로 축 처졌다. 단 하루라도 좋으니까 행복해지고 싶어. 그 다음 날 죽어도 좋으니까.

"……어?"

터덜터덜 걸어가던 생쥐가 문득 고개를 들었다. 그녀가 걷던 거리의 풍경이 어느새 바뀌어 있었다. 마차가 달리는 길은 더욱 넓어지고, 대로변에는 각종 상점이나 길쭉하게 높은 여럿이 함께 사는 공용주택 대신 널따란 정원을 지닌 대저택들이 띄엄띄엄 줄을 지었다. 높은 담장의 커다란 철제 대문 앞에는 칼을 차거나 창을 쥔 문지기들이 눈을 부라리며 서 있었다.

'엄청나게 큰 집이다……'

생쥐는 담 너머로 우뚝 솟은 거대한 저택을 홀린 듯 바라보았다. 저런 저택의 이야기를 몇 번 들은 적이 있었다.

돈이 많은 부자나 귀족은 궁전 같은 집에서 살고 있다고. 넓은 미로 정원과 한겨울에도 꽃이 피는 온실, 구름처럼 푹신한 침대에 발갛게 타오르는 벽난로, 하얀 빵과 고기가 든 수프는 물론이고 알록달록한 과자와 향긋한 차, 그 밖의 온갖 진귀한 요리들을 마음껏 먹을 수 있는 사람들의 이야기. 헐벗어 추위에 떨거나 하루가 멀다 하고 굶주리며 툭하면 매질을 당하는 자신과는 전혀 다른 세계의 사람들.

생쥐의 발걸음이 자신도 모르는 새 웅장한 대문 앞으로 향하였다. 그녀가 대문의 창살을 붙들기 직전, 문지기가 버럭 소리쳤다.

"저리 가지 못해? 어디서 거지새끼가!"

반사적으로 고개를 숙이며 용서를 구하려던 생쥐가 다시 머리를 바싹 치켜들었다. 그녀는 문지기를 똑바로 바라보며 부탁했다.

"안에 들어가게 해주세요!"

"뭐?"

더없이 허름한 차림의, 그야말로 딱 거지꼴인 생쥐가 하는 말에 문지기가 어이없는 얼굴을 했다.

"여기가 뉘 댁인 줄 알고 감히! 죽고 싶은 거냐!"

"예!"

"……뭐?"

거침없는 대답에 문지기가 얼빠진 소리를 내었다. 그가 당황하며 물었다.

"죽고 싶다고?"

생쥐는 크게 고개를 끄덕였다.

어차피 죽을 생각이었기에 문지기가 꼬나쥔 창이 무섭지도 않았다.

"한 번만 들어가게 해주세요! 그럼 죽을게요!"

"……미친놈인가."

눈살을 찌푸리며 생쥐를 쳐다보던 문지기가 순간 고개를 갸웃 기울였다.

"너, 목소리가…… 계집애냐?"

문지기의 물음에 생쥐가 흠칫 두 손으로 입을 가렸다. 목소리를 높이니 어쩔 수 없는 여자애 특유의 음색이 드러난 것이었다. 잠시 당황했지만, 생쥐는 이내 다시 용기를 되찾았다. 어차피 죽을 거다.

"네. 제발 들어가게 해주세요! 죽어도 좋으니까! 아니면, 저, 저랑 해도 돼요. 저 아직, 한 번도 남자랑 안 했거든요……."

뒷골목의 남자들은 처녀를 좋아했다. 남자 경험이 한 번도 없는 어린 창녀는 얼굴 생김이 보통만 되어도 비싼 값에 처녀성을 팔 수 있었다. 그러니까 여기서도 통하지 않을까.

생쥐는 마른 침을 삼키며 문지기를 올려다보았다. 그짓을 당한다는 것은 무서웠지만, 어차피 머잖아 겪게 될 일이었다. 반백에 배가 나오고 지저분하기까지 한 식당 주인 렉트보다야 이런 대저택의 문지기 상대가 훨씬 더 낫기도 하였고.

두 손을 꽉 맞잡고 부들부들 떨고 있는 생쥐를 가만히 내려다보던 문지기가 입을 열었다.

"그러니까, 숫처녀라고?"

한층 누그러진 목소리에 생쥐가 열심히 고개를 끄덕였다.

"예, 예."

"몇 살이지?"

"열여섯 살이에요."

"열여섯? 그렇겐 안 보이는데……. 뭐, 좋아. 따라와라."

끼이이익. 쇳소리를 내며 굳건히 닫혀 있던 문이 열리는 것을 생쥐는 희망과 불안이 뒤섞인 눈으로 바라보았다.

태양의 베일을 드리웠더라면 생쥐의 감탄을 끊임없이 자아냈을 아름다운 정원도 밤의 장막 아래서는 그 자태가 감추어졌다. 그래도 등롱을 높이 매단 장대 아래로 비치는 다듬어진 장미 울타리와 둥그런 나무 벤치는 생쥐의 눈길과 발길을 연신 붙잡아 놓았다. 그 탓에 문지기는 정원을 가로지르는 길 내내 몇 번이나 그녀를 재촉해야만 하였다.

"홀든, 그 거지는 뭐예요?"

정원을 거의 지나쳤을 때 즈음 마침 문을 열고 나오던 하녀가 생쥐의 모습을 보고 눈살을 찌푸렸다.

"불쌍하더라도 여기까지 데리고 오면 안 되죠!"

"불쌍해서 데려온 거 아니야."

홀든이라 불린 문지기가 툴툴대며 말했다.

"계집애래."

"여자아이라고요?"

하녀가 놀란 기색을 띠며 계단을 내려왔다. 그녀의 시선이 움츠러든 생쥐를 찬찬히 훑어 내렸다.

"곱상하게 생기기는 했는데, 너무 더러워서 잘 모르겠네."

"그리고 열여섯 살짜리 처녀고."

"처녀라고요? 몰골로 봐선 빈민가 앤데, 거기선 열두어 살짜리 숫처녀도 찾기 힘들다고요. 근데 열여섯 살짜리? 열여섯 살로 안 보이긴 하지만."

"제 입으로 그러던데."

"흐음. 애야."

"네, 네?"

생쥐가 얼른 대답했다.

"너 내내 그렇게 남장하고 지냈니? 남자인 척?"

"예……."

생쥐가 머리를 주억이자 하녀가 살짝 미소를 머금었다.

"사내애로 속였다면 그럴 수도 있겠네."

"그리고 이 애, 여기 들어오게 해주면 죽어도 좋다더라."

"뭐라고요?"

두 사람의 시선이 동시에 찔러오자 생쥐가 움찔 고개를 숙였다.

"아, 뭐, 좋아요. 주인님께 말씀드려 보지요. 솔직히 진짜 처녀인진 의심 가긴 하지만, 확인해 보고 아니면 쫓아내면 그만이니까. 얘야, 이리 따라오렴.”

“예?!”

생쥐는 놀람을 감추지 못한 채 하녀를 올려다보았다. 따라오라니, 안으로? 이 커다란 저택 안으로?

그저 정원만 봐도 좋았다. 그것만으로도 만족하고 죽을 수 있을 것이라 생각했다. 그런데 궁전같이 으리으리한 집 안으로 들어갈 수 있게 되다니. 우물쭈물하는 생쥐에게 하녀가 재차 말했다.

“따라오라고. 말 못 알아듣니?”

“아, 아니에요!”

생쥐는 얼른 하녀의 뒤를 쫓아갔다. 발목의 아픔도 몸의 피로도 뱃속의 허기짐도 모조리 훨훨 날아가는 기분이 들었다. 새하얀 대리석 계단에 더러운 발이 올라가고 이어 까만 발자국이 점점이 남는 것에 생쥐가 당황하며 하녀를 바라보았으나 하녀는 신경도 쓰지 않았다.

정말로 들어가도 되는 걸까.

저택의 문 앞에서 생쥐는 괜히 자신의 맨발을 내려다보았다. 원래의 피부색을 찾아보기 힘들 만큼 까맣게 물들어 있는 이런 더러운 발로……. 하지만 생쥐의 불안과 걱정은 문 안으로 들어서는 순간 새하얗게 증발되었다.

“우와아아…….”

홀의 바닥은 눈부시도록 새하얬고, 양옆으로 굽어지는 거대한 계단에는 붉은 카펫이 길게 깔려 있었다.

고개를 잔뜩 꺾어야만 보이는 높은 천장에 거대한 샹들리에가 태양처럼 번쩍거리는 장관에 생쥐는 넋을 놓고 그 자리에 우뚝 섰다. 하녀가 몇 번이나 불러도 듣질 못하다가 등을 짝 소리 나게 얻어맞고서야 겨우 그녀를 돌아보았다.

"정신 차려!"

"죄, 죄송합니다……."

생쥐는 우물우물 거리며 변명했다.

"저 위에 있는 게, 너무 예뻐서요……."

"샹들리에에 말이니? 비싼 거긴 하지."

샹들리에에……. 저걸 샹들리에라고 하는구나. 생쥐는 입속으로 중얼거리면서 하녀의 뒤를 따라갔다. 하녀는 계단을 성큼성큼 올라갔고 생쥐 또한 붉은 카펫 위로 올라섰다.

털썩! 하지만 이미 한계에 다다라있던 생쥐의 다리는 채 몇 계단 오르지 못하고 힘없이 구부러지고 말았다. 잠시 잊고 있던 발목의 통증이 다시금 화끈거렸다. 하녀가 계단 위에 납작 엎어져 꿈틀대는 소녀에게 놀라 다가왔다.

"괜찮니?"

"죄, 죄송……."

어떻게든 일어서려 했지만 다리는 물론이고 팔에도 힘이 들어가질 않았다. 서 있을 때는 어떻게든 걸어도 다녔지만 한 번 쓰러지니 완전히 맥이 빠져 다시 일어나는 것조차 불가능했다. 제대로 몸을 가누지 못하는 생쥐의 모습에 하녀가 부축하러 손을 내밀다가 움찔 멈추었다.

손을 대기에는 솔직히 너무 더러웠다. 게다가 못 먹어 나이보다 작고 말랐다곤 하나 열여섯 살짜리 소녀다. 여자 혼자 힘으로 부축해 계단을 올라가기는 힘들었다.

"너 여기서 꼼짝 말고 기다리고 있어! 사람을 불러올 테니까."

생쥐는 계단 위로 멀어져가는 하녀의 모습을 바라보다가 마지막 남은 힘으로 몸을 돌려 누웠다. 이제는 손가락 끝조차 움직일 기운이 없다. 그녀는 계단 위에 길게 늘어진 채 샹들리에가 휘황찬란하게 빛나고 있는 천장을 바라보았다.

'……예쁘다.'

정말로 아름답다.

생쥐의 입가에 미소가 떠올랐다. 들어오기를 잘했어. 그녀는 눈꺼풀이 무거워져 오는 것에 저항하지 않고 눈을 감았다. 지금 이대로 죽는다 해도 괜찮을 것 같았다. 아니, 자신이 맞이할 수 있는 최고의 죽음이다.

그렇게 생각하며 생쥐는 서서히 의식을 잃었다.

몸이 하늘 위에 둥둥 떠 있는 것만 같았다. 아직 잠에 취해 몽롱한 머릿속으로 생쥐는 생각했다.

아니, 이건 꼭 구름 위에 드러누운 것 같아. 정말로 하늘을 날아 구름에 닿아 본 적은 없었지만. 그래도 구름은 그렇게나 희고, 푹신해 보이고, 으응. 틀림없이 이렇게 포근하겠지.

생쥐는 눈을 감은 채로 얕게 숨을 내쉬었다. 손끝을 살짝 움직여보자 부드러운 천의 질감이 느껴졌다. 그 천이 몸 아래에도, 위에도 있다. 가슴까지 덮고 있는 천은, 다름 아닌 이불이었다.

이제까지 그녀에게 제대로 된 이불은 주어진 적이 없었다. 겨울에나 낡은 담요 한 장이 주어질 뿐, 평소에는 식당 뒤쪽 마구간의 짚더미 위에 웅크린 채 잠들곤 하였다.

그래, 이런 이불이 주어질 리가 없어.

'그럼 나, 죽은 걸까.'

이어 떠올린 것은 천국이었다. 언젠가 술에 잔뜩 취한 창녀가 중얼거렸던 이야기가 생각났다. 착하게 산 사람은 죽어서 천국엘 간대. 거기선 춥지도 배고프지도 않고 항상 행복하게……. 그리고 다음 날 그 창녀는 포주에게 맞아 죽었다.

'하나, 둘, 셋…….'

생쥐는 천천히 다섯까지 숫자를 세고 눈을 떴다. 그리고 작게 감탄했다.

"와아……."

그녀가 본 것 중에서 가장 넓은 침실이었다. 예쁜 탁자와 화려한 장식장이 눈에 들어왔고, 반쯤 열린 창문에는 살구색 얇은 커튼이 하느작거리고 있었다. 생쥐는 커다란 연녹색 눈을 몇 번 깜박거렸다.

꽤 오래 감았다가 떴어도 눈앞에 비치는 것들은 신기루처럼 사라지지 않았다. 진짜였다.

잠에서는 완전히 깨어났지만 생쥐는 여전히 멍한 얼굴로 상체를 일으켜 앉았다. 가슴까지 덮고 있던 이불이 허벅지께로 스르륵 흘러내린다.

"……옷이."

생쥐의 두 눈이 동그랗게 커졌다. 헐렁하고 지저분하던 남성용 셔츠는 온데간데없이 사라지고 그 자리를 대신 차지한 것은 봉긋한 가슴 위쪽으로 레이스 장식이 길게 달린 시폰 네글리제였다. 뒷골목의 소녀가 한 번도 입은 적도, 구경해본 적조차 없는 그런 하늘하늘하고도 예쁜 잠옷.

생쥐는 소매 끝이 살짝 덮고 있는 자신의 두 손을 내려다보았다. 이제껏 본 적 없이 깨끗했다. 딱딱하게 박힌 굳은살과 물집은 그대로였지만 하얀 살결과 동그랗게 깎인 손톱이 티 하나 없이 본연의 모습을 드러내고 있었다.

내 손이 아닌 것만 같아. 생쥐는 속으로 중얼거렸다. 항상 기름때와 갖은 얼룩으로 새까맣게 물들어있던 손이라고는 생각할 수 없었다. 나도 이렇게 하얀 손을 가지고 있었구나.

이불을 완전히 걷어내자 네글리제 자락 아래로 손처럼 깨끗한 발이 드러났다. 깨끗하다 해도 흙먼지와 때만 사라졌을 뿐인, 자잘하게 남은 상처의 흔적에 발목에는 붕대까지 감겨있어 생쥐는 고개를 갸우뚱 기울였다.

정말로 죽은 거라면 이런 상처도 없어졌을 건데. 그때 침실 문이 벌컥 열렸다. 생쥐는 화들짝 놀라며 몸을 움츠렸다.

"깨어났구나?"

생쥐는 눈을 크게 끔벅거렸다. 침실에 들어선 여자의 얼굴이 낯익었다. 그래, 어제…… 어젯밤 막무가내로 들어온 저택에서 본…….

"저, 저기, 전……."

"괜찮아. 겁낼 거 없어."

하녀는 침대 옆으로 다가와 손에 들고 있던 쟁반을 내밀었다. 쟁반에는 수프 한 그릇이 놓여 있었다. 그 수프는 생쥐가 이제껏 보아 온 어떤 수프와도 달랐다. 멀건 국물에 예술적이리만큼 잘게 썰어 흔적을 찾기 힘든 건더기. 그것이 바로 그녀가 아는 수프였지만 지금 눈앞에 내밀어진 수프는 유백색의 뽀얗고 짙은 국물에 큼직한 건더기가 듬뿍 들어가 있었다. 냄새 또한 황홀하리만치 좋았다. 무심코 군침을 꼴깍 삼키는 생쥐에게 하녀가 말했다.

"뭐해? 먹지 않고서."

"머, 먹어도 되나요……?"

"당연하지. 먹으라고 가져온걸."

생쥐는 믿을 수 없다는 표정으로 하녀를 올려다보다가 허겁지겁 쟁반을 받아 들었다. 진한 수프의 냄새에 배 속이 아프도록 허기져 왔다. 당장에라도 그릇을 들고 벌컥벌컥 들이키고 싶었다.

하지만 생쥐는 그릇 대신 약하게 떨리는 손으로 스푼을 붙잡고 얌전히 수프를 떠먹기 시작했다.

'맛있어.'

오랫동안 잊고 있었던 눈물이 새어나올 것만 같았다. 생쥐는 입안에 머금은 것을 얼른 삼키고 다시 한 순갈 떠올렸다. 이번에는 건더기도 들어가 있었다. 갈색의 고깃덩이가 어금니 사이로 꽉 씹혔다. 제대로 조리된 질 좋은 고기는 숫제 사르르 녹아내리는 듯하였다. 간혹 얻어먹었던 뼈다귀에 붙은 고기 찌꺼기와는 비할 바가 못 되었다.

배 안쪽에서부터 온기가 뜨끈하게 퍼져 나간다. 바삐 움직이던 생쥐의 숟가락이 이내 수프 그릇의 바닥을 달그락달그락 긁었다.

"감사합니다. 진짜 맛있어요."

그릇에 묻은 것까지 깨끗이 핥고 싶은 것을 꾹 참으며 생쥐가 수줍게 감사를 표했다. 하녀가 빈 그릇이 얹힌 쟁반을 테이블에 내려놓으며 말했다.

"어제도 물었긴 했다만, 너 정말로 열여섯 살이니?"

"네."

"어휴, 무슨 열여섯 살짜리가 이렇게 조그마해서는……. 일어나렴. 이제 옷을 갈아입고 이 저택의 주인님을 만나러 갈 거야."

"……주인님이요?"

"그래. 자세한 알 거 없고 넌 그냥 얌전하게 고개만 끄덕이고 있으면 돼. 알겠지?"

"네."

생쥐는 아무런 질문도 의문도 없이 순종적으로 고개를 끄덕였다.

설사 눈앞의 여자가 갑자기 칼을 꺼내 자신의 목을 찌른다고 해도 괜찮았다. 푹신한 침대에 예쁜 옷, 맛있는 수프. 여기서 더 바랄 것은 아무것도 없었다. 빈민가 고아 계집의 분수로는 무슨 짓을 해도 가질 수 없는 것들. 그것을 잠시간 맛본 것만으로도 충분했다.

그래, 충분히 행복해.

생쥐는 그저 수프를 한 그릇 더 먹을 수 있다면 좋겠다고 생각했다. 부탁해 볼까.

"저기요……."

"응?"

"먹을 걸 조금만 더 주시면 안 될까요? 아직 배가 고파서요."

생쥐는 평소답지 않게 대담하게 말했다. 지금 당장 죽어도 괜찮았기에 식당에서처럼 신중하지도, 조심스럽지도 않았다. 험악한 손님들에게 두들겨 맞아 더러운 바닥을 뒹굴며 죽어가는 것은 싫다. 하지만 지금은 괜찮다. 여기서라면 좋았다. 어쩌면 오래된 시체와 새로운 시체가 뒤섞인 구덩이가 아닌 아름다운 정원의 한편에 고이 묻어 줄지도 모른다. 그렇게 생각하자 기쁨마저 느껴졌다.

"갑자기 많이 먹으면 탈 날지도 모르는데."

"부탁이에요. 배가 너무 고파서 움직이기도 힘들어요."

"그럼 안 되지. 알았어. 잠시만 기다리고 있으렴."

하녀는 쟁반을 들고 침실 밖으로 나갔다. 다시 홀로 남은 생쥐는 몸을 일으켜 침대에서 내려섰다. 바닥에는 부드러운 카펫이 깔려 있었고 침대 바로 옆에는 폭신한 양털 슬리퍼 한 쌍이 나란히 놓여 있었다. 생쥐는 잠시 망설이다가 그 슬리퍼를 발에 신었다. 실내화라 해도 난생처음 신어보는 신발이었다. 그녀는 발목을 다친 것도 잊고 제자리서 폴짝 뛰어보았다. 웃음이 피식피식 새어나왔다.

"좋다아~."

빈약한 상상력으로 꿈꾸었던 것보다 훨씬 좋았다. 모든 것이, 이 전부가.

생쥐는 조심조심 걸음을 옮겨 창가로 다가가 얇게 늘어진 커튼을 젖히고 시원한 바람이 살랑살랑 흘러들어오는 창밖을 내다보았다. 짙은 초록빛이 물결치는 미로 정원이 그녀의 눈 아래 놓여 있었다. 미로 정원의 중앙으로 물을 뿜어 올리는 커다란 분수와 장미 덩굴 아치 문, 등나무 벤치가 보였다. 그리고 그 끝으로 높게 둘러쳐진 담과 문지기가 지키고 서 있는 철제 대문이 있었다. 식당 주인인 렉트는 물론이요, 뒷골목의 그 누구도 침입할 수 없는 대저택의 모습이었다.

이곳에 있는 한 자신은 안전하다. 생쥐는 미소 지었다. 이제 절대로, 두 번 다시는 더러운 뒷골목으로 돌아가지 않을 것이다. 여기서 죽어야지. 천국 같은 이곳에서 좀 더 살 수 있다면 더없이 행복하겠지만, 그렇게까지 큰 욕심은 내지 않았다.

……아니, 욕심은 났다. 이 정도면 괜찮아, 충분해 라고 생각했던 것도 잠시, 조금 더 살고 싶다는 욕망이 들었다.

그래도 안 된다는 거 아니까.

"자, 꼬마 아가씨!"

하녀가 좀 더 큰 쟁반을 들고 돌아왔다. 조금 전의 것과 같은 수프에 더해 햄과 치즈를 넣어 구운 빵과 과일 절임을 얹은 미니 타르트가 테이블 위에 차려졌다. 그것을 본 순간, 생쥐는 모든 것을 잊고 재빠르게 테이블로 가 앉았다. 이번에는 먹어도 되냐고 묻지도 않고 숟가락부터 들었다.

"너 이름이 뭐니?"

순식간에 수프의 절반을 해치운 생쥐에게 하녀가 물었다. 생쥐는 입에 가득 문 것을 꿀꺽 삼키곤 대답했다.

"생쥐요."

"생쥐? 그거 별명 아냐?"

"그냥 생쥐예요."

"그래. 하기야 이름이 있든 없든 상관없겠지만."

생쥐는 미니 타르트를 크게 베어 물었고 이내 감격에 젖어들었다. 달콤하다.

이렇게 다디단 것은 난생처음이어서 혀가 아파올 지경이었다. 초콜릿이나 설탕은 물론 말라빠진 과일 한 조각조차 뒷골목에서는 사치였다. 당연히 생쥐에겐 단맛 자체가 놀랍도록 새롭고 신기하고 감동적인 경험이었다.

이제는 정말로 어떻게 되어도 상관없다고, 속으로 중얼거렸다. 그녀는 수프와 타르트를 모두 먹고 햄치즈 빵까지 입안에 욱여넣었다. 배가 불러왔지만 이런 것이라면 몸이 터져나갈 때까지 먹을 수 있었다. 얼마든지.

생쥐가 테이블 위를 깨끗이 비우는 사이 하녀는 다시 침실 밖으로 나갔다. 얼마 지나지 않아 그녀를 포함한 세 명의 하녀가 드레스와 구두, 장신구며 빗, 대야 등을 들고서 돌아왔다.

"자아, 생쥐 아가씨. 여기 서 보렴."

"잠깐만 리자. 옷을 대보기 전에 양치부터 시켜야지. 세수도."

하녀가 테이블을 치우고 따뜻한 물이 찰랑거리는 대야를 올려놓았다. 생쥐는 투명한 물을 내려다보았다.

"어……."

"얼른 세수해. 할 줄 모르니?"

"아, 아뇨."

해본 적은 별로 없었지만 모르는 것은 아니었다. 생쥐가 얼굴을 씻자 부드러운 수건이 내밀어졌다. 이어 양칫물을 머금었다 뱉고 나자 하녀들의 손길이 그녀를 의자에서 일으켰다. 네글리제가 훌러덩 벗겨지고 나이에 비해 한참 덜 여문 알몸뚱이가 드러났다. 하녀 하나가 방금 식사를 했음에도 납작하게 달라붙은 배를 보고 혀를 쯧쯧 찼다.

"이건 뭐 코르셋으로 조일 것도 없겠네."

가느다란 몸 위로 코르셋이 걸쳐졌다. 하녀의 말대로 억지로 조이거나 끈을 잡아당길 필요는 전혀 없었다. 이어 비단 스타킹에 가터 벨트를 고정시키는 사이 다른 하녀는 상아로 된 빗으로 부스스한 회색 머리카락을 빗어 내렸다.

"사내애마냥 짧네요."

"가발을 씌워야지 어쩌겠어. 역시 금발이 잘 어울리겠지? 눈은 예쁘잖아."

"볼이 너무 홀쭉해서 화장으로도 커버가 안 되겠는 걸요."

"생쥐 아가씨, 굽 높은 신발 신어 본 적 있어?"

하녀들의 손길 속에서 넋 놓고 몸을 맡기고 있던 생쥐가 화들짝 대답했다.

"예, 예? 아, 아뇨. 신발은 못 신었어요……."

"그럼 오늘은 굽 낮은 걸로 신기자. 속치마도 다 입혔네. 좋아, 드레스!"

세 벌의 희고 푸르고 분홍빛을 띤 드레스가 하녀들의 손아래서 풍성한 레이스 자락을 길게 펼쳤다. 입간판의 그림에서 본 것과 같은 아름다운 옷이었다. 생쥐는 멍하게 그녀들의 손에 들린 드레스를 바라보았다. 내가 입는 건가, 저걸. 헛되었던 꿈이 현실이 되어가고 있었다.

"분홍색이 좋겠네. 창백한 얼굴에 그나마 핏기가 도는 것처럼 보일 거야."

"그럼 신발은 이 붉은 진주가 달린 것으로 할까요?"

"목걸이는 하얀 진주로."

"귀걸이는 어쩌죠?"

"지금 뚫을 수는 없으니까. 대신 머리 장식을 귓가로 길게 늘어지는 걸로 하자."

메마른 몸에 목깃이 단정하게 올라오는 드레스가 걸쳐지고 이어 붉은 진주 장식의 비단 구두가 신겨졌다. 짧은 회색 머리카락 위로 금빛 가발이 덮어씌워지고 수십 개의 핀이 그것을 고정했다. 마지막으로 진주 목걸이와 금사슬 팔찌, 은색 작은 링이 길게 늘어지는 코사지 머리장식을 하고 가벼운 화장으로 마무리를 짓자 화사한 금발의 소녀가 탄생하였다.

"못 알아보겠네!"

"정말!"

하녀들이 감탄을 늘어놓으며 커다란 전신 거울 앞으로 생쥐를 끌어다 놓았다. 생쥐는 거울 속에 비친 자신의 모습에 무심코 인사를 하려다가 화들짝 뒷걸음질쳤다.

"저게……."

"그래, 너야. 생쥐 아가씨!"

부드럽게 굽이치는 금발에 발그레한 작은 입술, 너무 말랐다 싶긴 했지만 가느다란 허리를 뽐내는 화사한 드레스 차림의 충분히 아름다운 소녀.

낯선 모습이었다. 낯익은 것이라고는 단 하나, 연록 빛의 두 눈동자뿐이었다.

이게 나라니.

도무지 믿을 수가 없었지만 거울 속의 금발 소녀는 생쥐가 움직이는 대로 손을 들고 뒷걸음질쳤다가 다시 다가왔고, 놀라며 당황하다가 살풋 미소 지었다.

더 이상 좋을 일은 없을 거라고 생각했는데 더더욱 좋아지고 있다.

생쥐는 사실은 자신이 이미 죽었고 이곳이 천국이라는 말을 듣는다 해도 놀라기는커녕 그럴 줄 알았다며 고개를 끄덕일 것이라고 속으로 중얼거렸다. 대단해. 무서울 정도로 멋져.

"자자, 얼른 가자. 주인님께서 기다리신다고."

처음 생쥐를 데리고 들어 왔던 하녀가 손짓했다. 생쥐는 고개를 끄덕이곤 그녀의 뒤를 따라갔다.

두 사람은 긴 복도를 지나고 계단을 올라 원목의 묵직한 문 앞에 섰다. 하녀가 안쪽을 향해 나직이 말했다.

"주인님, 소녀를 데리고 왔습니다."

"들어와라."

중년 남자의 목소리가 흘러나왔다. 하녀는 문을 열고 생쥐를 향해 들어가라고 고갯짓을 하였다. 생쥐는 주눅이 든 채 주춤주춤 안으로 들어섰다. 하녀는 들어오지 않은 채 등 뒤로 문이 닫혔다.

생쥐는 조심스럽게 주위를 살펴보았다. 방은 약간 어두침침한 고풍스러운 서재였고, 그 한쪽에 놓인 팔걸이의자에 반백의 남자가 앉아 있었다. 그가 기죽어 서 있는 소녀를 향해 입을 열었다.

"이리 가까이 오너라."

생쥐는 발소리를 최대한 줄여 남자의 앞으로 다가갔다. 남자는 그녀의 아래위를 천천히 훑어보고는 흡족한 표정을 지었다.

"생각보다 괜찮군. 지금 이 순간부터 네 이름은 라린 살타토르다."

"라린……."

"살타토르."

"살타토르요."

"그래."

라린 살타토르. 생쥐는 입속으로 그 이름을 되풀이해 말했다. 남자가 말을 이었다.

"살타토르 백작의 먼 친척으로 시골에서 갓 상경한 것이다."

"저기, 저는……."

"네 과거는 이제 없다. 시골 귀족의 열여섯 살 난 딸, 라린 살타토르. 그것만 기억하도록."

생쥐로서는 도무지 이해할 수 없는 이야기였다. 하지만 그녀는 순순히 고개를 끄덕였다.

"네."

"좋아. 네가 라린 살타토르로 있는 동안은 지금처럼 생활할 수 있다. 좋은 옷과 음식, 침실, 그 밖의 모든 것도. 알아듣겠느냐?"

"네."

생쥐는 얼른 대답했다. 남자가 무얼 꾸미고 있는지는 아무래도 상관없었다. 지금처럼 계속 생활할 수 있다면 뭐든지 할 수 있었다. 무슨 일이든지.

"리자!"

남자의 부름에 하녀, 리자가 다시 서재 문을 열었다.

"이 아이, 라린 살타토르를 밀레즈에게 데리고 가도록."

"예, 주인님."

리자가 생쥐를 향해 손짓했다.

생쥐는 도망치듯이 서재를 빠져나갔다. 문이 닫히고 리자가 그녀를 향해 살짝 미소했다.

"제대로 했나 보구나. 자, 이쪽으로 오렴."

생쥐는 얼떨떨한 기분으로 리자의 뒤를 따라갔다. 자신이 왜 이곳에서 드레스를 입고 비단 구두를 신으며 앞으로도 계속 이런 생활을 할 수 있게 되었는지 조금도 알 수 없었다. 짐작조차 가지 않았다. 그녀의 가슴 속에 도무지 이해할 수 없는 현실의 불안감이 스며들었지만, 그 두려움의 수 배, 수십 배로 기뻤다.

믿을 수 없는 행운 속에 작은 불안 따위 훨훨 날려 보내며, 생쥐는 그녀가 살아온 16년 중 그 어느 때보다 힘찬 발걸음을 옮겼다.

리자는 본채 건물 밖으로 나가 뒤쪽의 별채로 향했다. 생쥐는 목이 빠져라 주위를 두리번거리면서도 열심히 그녀의 뒤를 쫓아갔다.

별채는 본채에 비해 아담한 3층짜리 건물로 넓은 정원과 연못도 하나 있었다. 따로 담장을 둘러쳐 외부인의 출입이 완전히 금지된 곳이기도 했다. 생쥐가 보기에는 아예 다른 집으로 들어선 것이라, 그녀는 당황하며 리자에게 물었다.

"저기, 여기는 어디예요?"

"어디라니? 아니, 어디긴요. 여기도 주인님의 집 안이죠."

이제부터 요 생쥐 소녀는 주인의 친척 아가씨다. 비록 가짜이긴 하였어도 전처럼 막 대할 수는 없는 것이었다. 리자의 공손한 어투에 생쥐는 더더욱 당황했다가 조심스럽게 재차 물었다.

"……하지만 아까 그 집과는 다른 곳이잖아요."

생쥐의 물음에 리자가 피식 웃었다.

"같은 곳이에요, 같은 곳. 귀족의 저택은 건물이 여러 채인 경우가 보통이랍니다. 아까 그곳이 본채고 여기가 별채, 그 외에도 고용인의 거주지와 손님을 위한 건물도 있답니다."

커다란 집 넷이 전부 같은 사람의 것이라는 말에 연녹색 눈이 동그랗게 커졌다.

"그게 다 그, 주인님의 집이라고요?"

"예에. 그리고 아가씨는 주인님이라고 부르시면 안 된답니다. 살타토르 백작님이라고 부르세요."

사석에서는 아저씨라고 부르는 게 맞았지만, 어차피 사적으로는 다시 볼일도 없는 사이다. 리자의 말에 자신에게 주어진 이름을 떠올린 생쥐가 고개를 갸웃 기울였다.

"제 이름이 라린 살타토르라고 했는데, 같은 이름이세요?"

"이름이 아니라 성이요."

"……성?"

생쥐가 태어나고 자란 빈민가에서는 성은커녕 제대로 된 이름을 가진 자도 드물었다.

렉트처럼 자기 가게를 가진, 그러니까 어느 정도 돈이 있는 자가 아니고서는 툭 내뱉은 별명이 이름을 대신하는 경우가 흔했다. 생쥐 또한 쥐새끼 같은 어린애라고 하여 생쥐라 불리게 된 것이었고.

"어휴, 많이 배우셔야겠네. 자세한 건 밀레즈 부인께서 가르쳐 주실 거예요."

리자는 혀를 쯧쯧 차며 잠시 늦춰졌던 발걸음을 재촉했다. 별채의 문 앞에 도착한 그녀가 생쥐를 돌아보며 말했다.

"앞으론 여기서 지내게 되실 겁니다."

"여기서요?"

"예. 그리 길진 않겠지만요."

리자는 문 옆에 달린 줄을 당겼다. 종소리가 딸랑딸랑 울리고 얼마 지나지 않아 리자보다 좀 더 나이 든 하녀가 문을 열었다.

"이 아가씨가 그 아가씨예요."

리자의 말에 나이 든 하녀가 엉거주춤 서 있는 생쥐를 향해 머리 숙여 인사했다.

"처음 뵙겠습니다, 아가씨. 그라세라고 합니다."

"아, 안녕하세요. 저는 생…… 라린 살타토르예요."

"저는 고용인이니 말씀을 높이실 필요 없습니다."

"……예?"

"따라오시지요."

그라세는 긴말 않고 몸을 돌렸다. 생쥐는 리자를 힐끔힐끔 쳐다보면서 나이 든 하녀의 뒤를 따라갔다.

별채는 쓰이는 일 거의 없이 관리만 해왔기 때문에 본채와 달리 약간 싸늘한 공기가 떠돌고 있었다. 생쥐가 머물게 된 지금도 사람은 몇 없었다. 그라세는 리자와 달리 말이 없었기에 생쥐 또한 침묵을 지킨 채 적막한 복도를 걸어갔다. 2층의 침실 앞에 도착해서야 그라세가 굳게 다물고 있던 입을 열었다.

"이곳이 아가씨의 침실입니다."

"제…… 방이요?"

"예. 위치를 기억해 두십시오."

자신의 방! 난생처음 가져보는, 꿈도 꾸지 못했던 혼자만의 침실이라는 말에 생쥐의 가슴이 크게 뛰었다. 당장이라도 문을 열어보고 싶었지만 그라세는 여전히 무뚝뚝하게 발걸음을 돌렸다.

"이제 밀레즈 부인께 가보시죠."

"아, 네……."

생쥐는 못내 아쉬워하며 하녀의 뒤를 따랐다. 둘은 다시 아래층으로 내려가 또 다른 침실 문 앞에 섰다. 그라세가 문을 노크하며 말했다.

"밀레즈 부인, 아가씨를 모셔왔습니다."

그러곤 한 발 뒤로 물러서며 생쥐를 바라보았다.

"들어가십시오."

생쥐는 조금 망설이다가 문을 열었다. 안에는 고상한 외모의 중년 부인이 등을 곧게 펴고 서 있었다.

"처음 뵙겠습니다. 저는 밀레즈라고 합니다."

그녀, 밀레즈가 생쥐에게 가볍게 목례했다. 생쥐는 당황하며 마주 고개를 숙였다.

"안녕하세요, 밀레즈 님."

"밀레즈 님이 아닙니다. 밀레즈 부인이라고 부르세요."

"아, 예. 밀레즈 부인."

"라린 아가씨."

"……네."

생쥐가 한 박자 늦게 대답했다. 라린이라는 이름이 아직 낯설었던 탓이었다.

"이후부터 하녀, 하인과 같은 고용인들에게는 말씀을 낮추셔야 합니다."

"말을, 낮춰요? 정말요……?"

조금 전 그라세도 그렇게 말하였지만 생쥐에게는 쉽게 받아들이기 힘든 일이었다. 고용인이라고 해도 여기 사람들은 그녀가 흔히 보아왔던 하인, 하녀들과는 전혀 달랐다. 거만을 떨어대던 식당 여주인인 렉트의 아내와 함께 놓으면 이곳의 하녀가 훨씬 더 진짜 여주인처럼 보일 것이다. 그런 사람들에게 말을 놓으라니! 길거리의 무뢰배들에 게조차 굽실거려야 했던 자신인데!

하지만 밀레즈는 단호하게 고개를 끄덕였다.

"예. 저는 아가씨의 가정교사이기에 그대로 말씀하셔도 괜찮습니다만 다른 고용인들에게는 안 됩니다."

"……예에."

"시간이 얼마 없기에 읽고 쓰는 것을 제대로 배우실 수는 없지만 서명 정도는 하실 수 있어야만 합니다. 앞으로 일주일간 그 밖의 몸가짐도 배우게 되실 겁니다."

생쥐가 고개를 크게 끄덕이자 밀레즈가 들고 있던 가느다란 회초리로 그녀의 어깨를 탁, 따끔하게 내리쳤다.

"안됩니다."

"……네?"

"고개를 끄덕이실 때는 살짝, 턱을 안쪽으로 당긴다는 생각으로 움직이십시오. 귀족가의 영애는 절대로 과한 몸짓을 보여서는 안 됩니다. 항시 작은 새처럼 조금씩, 작게, 보일 듯 말 듯한 움직임을 몸에 익히십시오."

생쥐는 반사적으로 평소처럼 고개를 끄덕이려다가 얼른 멈췄다. 밀레즈의 말대로 살짝, 턱 끝만 까닥이자 중년 부인의 주름진 입가에 만족스러운 미소가 맺혔다.

"좋습니다. 나쁘지 않은 교육 시간이 되겠군요."

생쥐는 무심코 한숨을 내쉬었다. 천국에서의 생활은 생각보다 만만치 않을 듯싶었다. 그래도 허구한 날 굶주리고 폭행을 당하던 뒷골목 생활만 할까. 생쥐에게 있어 이곳은 여전히 천국이었다.

생쥐의 교육에 주어진 시간은 고작 일주일. 칠일 밤낮 만에 비렁뱅이보다 고작 한 뼘쯤 나은 처지의 뒷골목 식당 하녀를 귀족가 영애로 탈바꿈시킨다는 것은 사실상 불가능한 일이었다. 고아 소녀 생쥐와 살타토르 백작의 친척 라린에게는 애벌레와 나비만큼의 크나큰 차이가 존재했다. 일주일이 아니라 석 달 열흘이라 하여도 메울 수 없는 깊은 골이.

　그렇기에 밀레즈는 눈앞의 소녀에게 속 알맹이를 채울 것을 요구하지 않았다. 그녀가 바라는 것은 겉치장, 즉 겉모습으로만 보여주는 정도의 흉내 내기였다. 대화를 이해하는 벙어리 침팬지가 아니라 의미를 모른 채 종알종알 따라 떠들어대는 앵무새를 원하였다.

　"다시 한 번 인사해 보세요."

　생쥐는 밀레즈에게 배운 대로 양 손끝으로 드레스 자락을 살짝 쥐었다. 이어 등을 곧게 편 채로 고개를 약간 숙이고 허리를 굽혔다. 그리고 나직하면서도 또렷한 목소리로 말했다.

　"처음 뵙겠습니다. 라린 살타토르라 합니다."

　"좋습니다. 더 높으신 분에게는요?"

　"뵙게 되어 영광이옵니다. 살타토르 백작의 친척, 라린 살타토르라 하옵니다."

"잘 외우고 있군요. 기억해 두세요. 손을 이렇게 두 번 쥐었다 펴면 신분이 높으신 분이라는 뜻입니다."

생쥐가 귀족의 계급이나 쟁쟁한 유력인사들의 이름 및 인상착의를 알고 있을 리 없었기에 밀레즈는 수신호를 가르쳤다. 몸가짐을 구별해야 할 상대를 일일이 가르치기에는 시간이 너무 부족했다.

"신분이 높은 분에겐 어떻게 해야 한다고 했죠?"

"어…… 먼저 말을 걸어서는 안 되고 시선은 약간 아래로 해서 눈을 마주치면 안 된다고요."

"말투."

"안 된다고 하였습니다."

"예. 좋아요."

밀레즈가 고개를 끄덕이며 벽에 세워진 괘종시계를 바라보았다.

"벌써 시간이 이렇게 되었군요. 식당으로 갑시다."

식당이라는 말에 생쥐의 지친 얼굴이 아침 해가 떠오르듯 활짝 밝아졌다. 또다시 맛있는 것을 먹을 수 있게 된 걸까! 언뜻 보아도 기대감이 뚜렷하게 느껴지는 그녀의 표정에 밀레즈가 혀를 쯧, 찼다.

"경박한 얼굴이군요."

"죄, 죄송합니다."

"감정은 작게, 꽃이라면 봉오리 정도로 표현해야 하는 것입니다. 활짝 피다 못해 시들기 직전의 너덜너덜함은 귀족 아가씨의 자태가 아닙니다."

"……네."

생쥐는 혀끝을 꽉꽉 깨물면서 대답했다. 너무 기뻐하지 않으려고 노력했지만 쉽지가 않았다.

식당에서 일할 적에는 쉬웠는데. 기쁨도 슬픔도 고요히 감추는 것이 일상이었건만, 지금은 어려웠다. 아침에 먹은 수프며 빵 과자를 떠올리자면 살도 없는 볼에 볼우물이 가득 팰 정도로 한껏 미소가 피어났다.

밀레즈는 웃지 않으려고 애를 쓰는 생쥐의 이상한 얼굴을 쳐다보다가 이내 포기하고 문 쪽으로 걸음을 옮겼다. 어차피 고작 일주일 만에 저 뒷골목 출신 소녀를 제대로 된 레이디로 변신시키는 것은 불가능한 일이었다.

"가죠."

"네! 아, 아니, 네."

생쥐는 무심코 높아져 버린 목소리를 얼른 얌전하게 낮추며 손으로 입을 가린 채 헤실, 웃었다.

'엄청 커!'

이삼십 명쯤은 너끈히 수용하고도 남을 만치 기다란 식탁에 생쥐는 속으로 감탄을 터뜨렸다.

식당에 가면 틀림없이 놀랄만한 것이 있을 테니까, 하고 생각해 미리 손으로 입을 막고 있었던 덕에 소리 내어 외치는 것은 모면할 수 있었다. 표정이야 어쩔 수 없었지만 소리 없이 조용한 생쥐의 태도에 밀레즈가 의외라는 빛을 띠었다. 당연히 소란스럽게 굴 줄 알았다는 표정이었다.

하지만 거친 세파 속에서 끈질기게 목숨을 이어 온 생쥐의 적응력은 밀레즈의 생각 이상이었다. 들판의 잡초는 보잘것없지만 생명력만큼은 온실의 화초에 비할 바가 못된다. 살아남기 위한 재주라면 오히려 생쥐가 귀족가 영양들보다 훨씬 뛰어날 터였다.

"테이블에 앉는 순서와 위치 또한 정해져 있습니다. 상석, 맨 끝자리 또는 정 가운데 자리에는 신분이 가장 높으신 분이 앉습니다. 비슷한 계층의 모임이라면 주최자가 자리하지요. 이곳 외에선 라린 아가씨께서는 상석에 앉으실 일이 없을 터이니 절대 끝자리와 가운데 자리에는 앉아서는 안 됩니다."

"네."

"앉는 순서 또한 신분 순입니다. 다만 보통은 가장 높은 신분의 사람, 또는 주최자가 먼저 자리하면 나머지는 동시에 앉더라도 상관없습니다. 아가씨께서는 눈치를 보아 맨 마지막에 앉는다고 생각하시면 될 겁니다. 그렇다고 너무 늦게 앉아서도 안 되고요."

식탁으로 다가가며 밀레즈가 말했다.

"지금은 언제, 어디에 앉아야 된다고 생각하십니까?"

"어…… 제가, 아니 내가 먼저 앉나요?"

"예. 맞습니다. 가정교사는 아가씨보다 신분이 낮습니다."

"그리고…… 별채는 내게 주어졌다고 했으니, 여기서는 상석에 앉으면 되는 거겠지요……?"

생쥐가 눈치를 슬금슬금 보며 대답하자 밀레즈가 흡족하게 고개를 끄덕였다.

"이해가 빠르시군요."

기대치 이상으로 영리하다. 물론 진짜 귀족 아가씨라면 철이 들기도 전부터 몸에 밴 식사예절이었지만 눈앞의 소녀는 아무것도 모르는, 그야말로 백지장과 같은 지식수준이었는데도 한 번의 가르침으로 정답을 말하였으니 똑똑하다 할만했다.

"그럼 앉으십시오."

생쥐는 배운 대로 드레스 자락을 곱게 챙겨 펴며 의자에 앉았다. 서툰 솜씨였지만 시골에서 뛰어놀던 말괄량이 아가씨라고 치면 그럭저럭 합격점이었다.

두 사람이 자리에 앉자 테이블 위에 음식이 오르기 시작했다. 정원에서 갓 따온 꽃잎으로 장식된 애피타이저에 생쥐는 무릎 위에 놓아둔 두 손을 꽉 맞잡았다. 당장에라도 포크를 쥐고 싶었지만 욕심대로 저걸 입에 집어넣었다간 야단맞을 것이 분명했다. 매질도 아니고 말로 타박 좀 듣는 것쯤이야 아무렇지도 않았지만, 이곳에서 쫓겨날 수도 있다는 사실은 무서웠다. 그 때문에 생쥐는 후각을 자극하다 못해 콱콱 찔러대는 내음에도 군침만 꼴깍꼴깍 삼키며 참고 또 참았다.

"만찬 시에는 다양한 식사 도구를 사용하지만 아가씨께선 그것까지 아실 필요는 없습니다. 평상시에는 보통 각각 세 종류씩의 포크와 나이프, 스푼을 사용합니다."

생쥐는 초록색 눈을 굴려 자신 앞에 주르륵 놓인 식기들을 내려다보았다. 그녀가 몸담았던 식당에서는 손님들에게 나무 포크 정도나 내어주고 말았다. 그 포크도 사용치 않는 사람이 다수일 지경이라, 보통 수프는 그릇째 들고 마셨고 고기는 손으로 뜯어 먹었다. 그런데 여기서는 포크만 해도 세 개나 놓여 있었다.

"크기가 작은 포크와 나이프, 스푼은 애피타이저와 디저트용입니다. 맨 처음 나오는 음식과 마지막에 나오는 음식이지요. 덧붙여 애피타이저 때 사용한 식기는 디저트 때 쓰지 않습니다."

처음과 마지막에는 작은 거. 사용한 식기를 다시 써서도 안 된다. 생쥐는 필사적으로 밀레즈의 말을 머릿속에 집어넣었다. 짧은 시간만에 배워야 할 게 너무도 많았지만 포기할 생각은 털끝만치도 없었다.

"애피타이저와 디저트로 썰어 먹을 수 있는 종류의 음식이 나온다면 한입 크기라 해도 반드시 나이프를 사용해 두 번 이상에 걸쳐 드셔야만 합니다. 한 번 드셔 보시지요."

생쥐는 약간 긴장하며 앞에 놓인 애피타이저를 바라보았다. 뭔지는 잘 모르겠지만 고기 종류인 듯하였다. 그녀는 작은 나이프와 포크를 들었다. 3분의 1 정도로 잘라 입에 넣자 밀레즈가 설명을 덧붙였다.

"음식을 씹을 때는 절대로 이가 보여서는 안 됩니다. 소리 또한 내지 않도록 하세요."

그건 자신 있었다. 몰래 음식을 훔쳐 먹을 때에는 입에 무언가 들어가 있다는 티를 내서는 안 되었으니까.

생쥐는 얌전하게 짭조름한 고기를 씹어 삼켰다. 그렇게 천천히 세 번 만에 애피타이저를 먹고 나자 하녀가 다가와 사용한 식기를 가져갔다. 이어 나온 것은 수프였다. 김이 옅게 오르는 우윳빛 수프에 한입 거리인 애피타이저가 감질났던 생쥐의 눈이 반짝 빛났다. 하지만 밀레즈의 목소리가 그녀의 두근대는 심장에 찬물을 끼얹었다.

"애피타이저와 디저트 외의 음식은 절대 모두 드셔서는 안 됩니다."

"네?"

이번에는 어쩔 수 없이 목소리가 튀어 올랐다. 전부 먹어서는 안 된다니! 도무지 이해할 수도, 믿을 수도 없는 이야기에 생쥐의 표정은 살짝 창백해지기까지 하였다.

"많이 먹어도 3분의 2, 가급적이면 절반 이하로 드십시오."

"바, 반이나 남겨요?"

"예."

"어째서요?!"

"목소리를 낮추세요. 교양 있는 레이디는 주어진 음식을 죄 먹어 치우는 품위 없는 모양새를 보여서는 안 됩니다."

밀레즈가 설명에도 생쥐는 크게 충격받은 얼굴로 수프를 내려다보았다. 엄청나게 맛있는 건데.

딱딱한 빵이나 멀건 스튜도 단 한 번도 남긴 적이 없는 그녀였다. 아니, 그것도 없어서 못 먹었다. 그런데 뒷골목에선 구경도 못 해볼 귀한 요리들을 다 먹지 말고 남겨야 한다니.

"제 손을 보고 따라 스푼을 쥐세요. 수프는 이런 움직임으로 먹는 겁니다. 스푼이 그릇에 부딪혀 소리가 나서는 안 됩니다."

"……네."

생쥐는 풀이 죽은 채 숟가락을 쥐었다. 밀레즈가 하는 대로 따라 한 술갈 떠먹자, 더더욱 가슴이 아파왔다. 역시 맛있었다. 낮에 먹은 것과는 달리 건더기는 별로 없었지만 무척이나 부드럽고 고소했다. 이걸 남겨야 하다니.

밀레즈의 지적을 받아가며 최대한 느릿느릿 먹었지만 수프는 금세 절반 이하로 줄어들어 버렸다. 생쥐는 거의 울 것 같은 심정으로 스푼을 내려놓았다. 철들기 전부터 남에게 눈물을 보인 적은 손에 꼽을 정도였건만, 오늘만큼은 줄줄 새어나올 것만 같았다.

수프 다음으로 등장한 먹음직스럽게 구운 스테이크에는, 차라리 비명이라도 지르고 싶었다.

고기인데! 살점 찌꺼기 조금 붙은 뼈다귀가 아니라 통으로 살덩이 인 고기인데! 나이프를 쥔 손이 부들부들 떨렸다. 생쥐는 눈을 질끈 감았다가 떴다.

그냥 다 먹고 싶었다. 밀레즈가 말릴 틈도 없이 순식간에 먹어 치울 자신이 있었다. 하지만.

'……쫓겨나고 싶진 않아.'

야단맞는 건 괜찮았지만, 가느다란 회초리가 아니라 몽둥이로 두들겨 맞는대도 괜찮았지만, 다시 뒷골목으로 쫓겨나는 것만큼은 절대로, 절대로 싫었다.

생쥐는 숨을 깊게 들이마시며 입에서 살살 녹는 고기를 정확히 3분의 1 남겼다.

"수고하셨습니다."

음식과의 사투 아닌 사투 끝에 녹초가 된 생쥐를 향해 밀레즈가 옅게 미소를 띠며 말했다. 뒷골목 출신 거지 소녀라기에 얼마나 엉망일지 걱정했었건만 생각보다 나쁘지 않았다. 아니, 이 정도면 뛰어나다 해도 좋았다.

"방으로 돌아가 쉬세요. 수업은 두 시간 뒤에 다시 시작하도록 하겠습니다."

그녀의 말에 생쥐는 자리에서 벌떡 일어났다.

"감사합니다!"

생쥐는 언제 지쳐있었냐는 듯 씩씩하게 인사하고는 밀레즈가 잔소리를 늘어놓기 전에 쌩하니 식당을 빠져나갔다. 처음 몇 발짝은 그래도 소리를 최대한 죽인 빠른 걸음이었지만 식당에서 조금 멀어지자 이내 드레스 자락을 집어 들고 뛰기 시작했다.

내 침실이다.

화장으로도 감출 수 없는 수척한 얼굴에 소리 없는 웃음꽃이 활짝 피었다. 생쥐는 단숨에 계단을 올라 하녀에게 안내받았던 방 앞에 다다랐다. 그러고는 거칠어진 숨결을 잠시 가다듬고 문을 열었다.

"……어?"

오후의 햇살이 길게 들이비치는 침실 안, 그곳에는 생쥐 또래의 소녀가 우아하게 앉아 있었다. 그녀의 어깨 아래로 가발이 아닌 진짜 머리카락이, 부드러운 적금발이 마치 저녁노을의 한 자락처럼 굽이쳐 내렸다. 그 모습이 눈이 부시도록 예쁘다고 생쥐는 생각했다.

생쥐 또래라고는 하였지만 겉보기로는 소녀가 서너 살은 더 많아 보였다. 늘씬하고도 적당한 키에 육감적으로 부푼 가슴, 시원하게 큰 푸른색 눈에 이목구비가 섬세하게 뚜렷한 미인인 소녀는 나이에 비해 풋내가 나다 못해 한겨울 나뭇가지처럼 비썩 마른 생쥐와는 비교가 되지 않는 성숙한 레이디였다. 생쥐는 테이블 의자에서 일어서는 그녀를 멍하게 쳐다보았다.

"안녕."

짧은 인사말에 생쥐는 허둥거리며 머리를 숙였다. 암만 보아도 하녀일리는 없는 여자였다.

"아, 안녕하세요."

생쥐는 반사적으로 그렇게 인사했다가 얼굴을 살짝 붉히며 말을 고쳤다.

"처음 뵙겠습니다. 저는 라린 살타토르라 합니다."

이번에는 제대로 드레스 자락을 들어 올리며 인사를 하였다. 여자가 미묘한 눈웃음을 띤 채 그런 생쥐를 바라보았다.

"너 말이야, 뒷골목에서 주워왔다지?"

"……."

생쥐는 당황하며 입을 꾹 다물었다. 진짜 출신을 밝혀서는 안 된다. 밀레즈가 몇 번이나 당부했던 말이었다. 설사 진실을 아는 사람이 추궁한다더라도 아니라고 우겨라, 아예 입을 다물어 버려라. 그렇게 거듭 강조되었기에 생쥐는 여자의 말에 대답하지 않고 시선을 피했다. 주먹을 꽉 쥐는 그녀를 잠시 바라보던 여자가 다시 입을 열었다.

"하나 가르쳐 줄까?"

"……."

"너 여기 있으면 죽어."

바닥을 향하였던 초록색 눈동자가 다시 여자를 바라보았다. 방금의 당혹은 깨끗이 사라지고 잔잔하게 가라앉은 생쥐의 그 눈빛에, 여자의 미소가 일순 흐려졌다. 그녀가 재차 말했다.

"못 알아들었어? 죽는다고."

"네."

"네?"

네라고? 이번에는 여자가 당황해버렸다. 죽는다는데, 네라고?

"너 혹시 죽는다는 말 몰라? 바보야?"

"아뇨."

지식의 수준은 바닥이지만 일상적인 대화까지 못 할 정도는 아니었다. 생쥐는 천천히 고개를 젓고는 대답했다.

"알아요."

"그런데 왜……."

"저는 여기서 죽을 거예요."

생쥐는 활짝 미소 지었다. 달콤한 이야기였다. 그녀는 문 너머에 멈추어 있던 발을 앞으로 내디뎠다. 그러고는 느릿하게 고개를 움직여 자신의 침실을 바라보았다. 깨끗하고 부드러운 이불이 깔린 푹신한 침대, 새하얗게 칠해진 예쁜 테이블, 금빛 햇살이 스며들어오는 창문과 하늘거리는 얇은 커튼, 섬세한 조각이 들어간 장식장과 옷장. 얼룩도 곰팡이도 없는 벽에는 풍경화도 한 점 걸려 있었다.

이런 곳에서 죽는다.

물론 생쥐라고 하여 살고 싶다는 본능적인 욕망이 없는 것은 아니었다. 하지만 그녀의 미래는 절망에 빠지기 충분할 정도로 어두웠다.

이곳에서 쫓겨나면 이내 다시 뒷골목으로 끌려가고 만다. 깨끗해진 모습으론 당연히 여자라는 사실이 들통 날 터이고, 당장 사내들의 욕망에 짓밟히는 결말만이 기다리고 있을 것이었다. 서른 살은 더 많은 남자에게 강간당하고, 식당의 창녀로서 거칠기 그지없는 사내들에게 유린당하다가 늙어 쓸모없어지면 더러운 길거리로 내몰려 이내 차디찬 시체가 되어 구덩이에 버려지는 미래가. 희망 따윈 일말도 없었다.

죽고 싶지 않다. 허나 사는 것이 더 무섭고 끔찍하다.

생쥐는 방 가운데 서서 빙그르 맴을 돌았다. 프릴이 치렁한 드레스 자락이 몸짓을 따라 풍성하게 흔들렸다. 원래대로라면 꿈조차 꾸지 못한 것들이었다. 앞으로 길어야 30년, 짧으면 20년. 늙어빠진 창녀가 되어 버림받을 때까지의 그 세월을 모두 바친대도 좋을 것들.

이렇게 살 수 있다면 내일 죽는대도 행복해.

"여기서 죽을 거예요."

다시 한 번 반복되는 또렷한 목소리에 여자의 눈가가 잔뜩 찌푸려졌다.

"……미친년 아냐."

생쥐는 흠칫 그녀를 바라보았다. 밀레즈가 귀족 아가씨는 항상 고운 말만 써야 한다고 했었는데.

"저기, 그런데 누구세요?"

뒤늦은 생쥐의 물음에 여자가 등을 곧게 당당히 펴며 대답했다.

"아리에스 살타토르. 진짜 살타토르 영애다. 그리고 너는 내 대신 죽는 거야."

"……대신?"

"그래. 그러니까……."

아리에스는 잠시 단어를 고르다가 입꼬리를 스윽 올리며 말했다.

"용에게 잡아먹히는 거지."

자신의 표현이 퍽이나 마음에 들었는지 푸른 눈동자 가득 만족스러운 빛이 흘러넘쳤다.

그녀의 말에 생쥐는 눈을 깜박, 고개를 갸우뚱 기울였다.

"용이요?"

"비유라는 거야 비유. 아주 틀린 말도 아니고. 용에게 잡아먹힌 아가씨들이 벌써 여럿이란다. 물론 대부분 신분 위조된 가엾은 평민 소녀들이지만. 아무렴 귀족들이 순순히 제 딸을 내어 놓겠니. 우리 아버지도 그렇고."

난데없이 용이라니, 무슨 말을 하는지 잘 모르겠다. 생쥐는 멍하니 그녀를 쳐다보았고 아리에스는 생쥐가 이해하든가 말든가 제멋대로 이야기를 늘어놓았다.

"하지만 요즘엔 소문도 알음알음 퍼져 나가서 웬만큼 가난하지 않고선 자기 딸을 내놓으려는 평민이 없어졌거든. 그렇다고 너무 가난한 집 딸은 처녀가 없어, 처녀가. 때문에 납치라도 해야 하나 살짝 곤란하던 차였는데 네가 떡하니, 제 발로 나타나 준 거지."

"……예에."

생쥐는 아리에스의 말을 반쯤은 흘려들으며 고개를 끄덕였다. 그러니까 자신은 눈앞의 아가씨를 대신해서 죽어야 하는가 보다. 그녀는 자신의 옷과 좋은 방을 새삼스럽게 바라보았다. 대신이기 때문에 같은 것이 주어지는 것일까. 아마도 그런 것이라고 생각하였다.

"그래서 말이지! 솔직히 미안하기는 하잖아?"

아리에스는 딴생각 중이라고 쓰여 있는 얼굴을 쳐다보았다. 비록 당사자는 미안해할 거 조금도 없음, 이란 태도였지만. 실제로 생쥐는 별생각 없는 표정으로 그녀를 올려다보았다.

"미안하실 필요 없는데요."

"……너 진짜 이상하다. 이런 분위기가 아니어야 하는 건데!"

보기 좋을 정도로 붉게 칠한 입술이 부루퉁 튀어나왔다. 보통은 훨씬 더 심각하고 비극적인 대화가 이어져야 하는 것이 아니던가! 아리에스는 자신이 원하던 상황이 조금도 갖추어지지 않는 것에 한숨을 푹 내쉬었다. 이게 뭐람.

"아무튼 그래서 내가 네 소원 하나 들어주겠다고 여기까지 찾아온 건데. 아이 씨, 너는 가련한 희생양이고 나는 그 희생을 어쩔 수 없이 짓밟지만 동정을 금치 못하는 고상한 악녀가 되어야 했다고! 죽기 싫다고 울며 매달리면 어쩔 수 없는 일이라며 냉정히 돌아설 생각이었는데, 이건 뭐 비극도 아니고 희극도 아니고 되게 어정쩡하잖아!"

"……아."

"그러니까 원하는 거 있음 말해 봐. 가능한 거면 들어 줄게."

원하는 것. 생쥐는 묵묵히 눈을 크게 깜박거렸고 아리에스는 30초쯤 기다리다가 짜증을 냈다.

"빨리 말해! 설마 없어?"

"그게, 여기 다 있어서요……."

"뭐?"

생쥐는 자신의 드레스 자락을 살짝 들어 보였다.

"더럽지도, 낡지도 않은 깨끗한 새 옷을 입고 싶었어요. 이렇게 예쁜 드레스는 꿈도 꾸지 못했는데, 신발도 처음 신어보는 거예요."

그녀는 침대로 시선을 옮겼다.

"부드럽고 따뜻한 이불을 가지고 싶었어요. 침대까지는 바라지도 않았는데, 제 방까지 생겼어요."

창으로부터 정원의 풀 내음을 실은 바람이 흘러들어온다.

"식어빠진 멀건 수프라도 좋으니 배부르게 양껏 먹고 싶었어요. 뼈가 아닌 살점 그득한 고기는 구경만 해볼 뿐이었는데."

그리고.

"죽으면, 쓰레기와 함께 버려지지 않고 저 혼자만의 무덤이 만들어졌으면 좋겠어요."

아직 이루어지지 않은 바람은 하나뿐이었다. 생쥐는 아무 말 없이 눈을 홉뜨고 있는 아리에스를 향해 미소를 지었다.

"제가 죽고 나면 무덤을 만들어 주세요."

"그, 그건 당연한 거라고!"

아리에스는 버럭 소리쳤다. 진짜 이상한 애다. 이상한 소리만 늘어놓고 있다.

"무덤 같은 건 당연히 만들어 줄 테니까!"

"그럼 더 바랄 건 없을 거 같아요."

"바보 같은 소리!"

아리에스는 아랫입술을 몇 번 꽉꽉 깨물면서 자신 앞에 얌전히 서 있는 소녀를 노려보았다. 짜증이 났다. 동정인지 불쾌감인지 모를 기묘한 감정이 스멀스멀 기어오른다. 뒷골목 애들은 다 이렇게 이상한 걸까.

기분 나쁘다. 하지만 동시에 가슴 안쪽이 희미한 연민 같은 것으로 흔들렸다. 바라는 게 없다니. 고작 십수 년밖에 살지 못한, 젊다 못해 풋내 나는 어린애인 주제에.

"너! 그러니까 여기서 지금처럼 살고 싶다는 거 아냐!"

"아…… 네."

"좋아. 만약 네가 운 좋게, 진짜 진짜 운 좋게 살아남는다면, 그래서 더는 필요 없어진대도 내가 계속 데리고 있어 줄게."

생쥐의 두 눈에 믿을 수 없다는 빛이 빠르게 차올랐다. 그녀는 깊게 숨을 들이마시고, 더듬더듬 입을 열었다.

"여, 여기서, 계속, 요……?"

"그래. 네가 원하는 만큼 쭉."

생쥐는 무어라 말을 잇지 못한 채 두 손으로 벌어지는 입을 감싸 가렸다. 이제 다시는 뒷골목으로 돌아가지 않아도 된다. 여기서 계속 있어도 된다. 쓸모없어진다 해도 버림받지 않는다. 더없이 환해지는 그녀의 표정에 아리에스가 당황하며 말을 덧붙였다.

"너무 기대는 하지 마! 살아서 돌아올 가능성은 별로 없으니까."

"그, 그래도요. 진짜 좋아요! 감사합니다!"

살 수 있는 확률이 낮다고 해도, 생쥐로서는 천형이나 다름없는 뒷골목을 완전히 벗어났다는 것만으로도 충분히 기뻤다.

뛸 듯이 기뻐하는 생쥐의 모습에 아리에스의 표정도 느슨히 풀어졌다. 조금 전에는 영 이상한 애라고 생각했는데 지금 보니 제법 귀엽고도 애잔했다.

어차피 이루어질 가능성이 거의 없는 공수표나 다름없는 약속이었기에, 그녀는 좀 더 크게 선심을 썼다.

"하녀 정도로 둘까 했는데, 넌 내 여분 목숨이나 다름없으니까. 그냥 동생 삼아 줄게. 언니라고 불러도 좋아."

"언니, 요……?"

생쥐의 작은 몸이 벼락 맞은 듯 흠칫 굳었다. 언니. 가족이다. 천애 고아인 그녀로서는 그저 바라만 볼 수밖에 없었던 가족이라는 울타리.

생쥐의 눈가가 잔뜩 일그러졌다. 이제까지 걷잡을 수 없이 연이어 주어지는 꿈만 같은 것들에 몇 번이고 가슴이 가득 부풀어 올랐지만, 지금 이 순간에 비할 바는 못 되었다. 메마른지 오래라 생각하였던 눈물이 기어이 툭, 터져 나온다.

"왜, 왜 그래? 싫어?"

저 죽는다는 말에도 소름 끼치도록 태연했던 소녀의 눈물에 아리에스가 당황했다. 생쥐는 손등으로 젖은 눈을 비비며 고개를 저었다.

"아뇨, 아뇨! 좋아요, 정말로!"

"……그러니까아, 십중팔구는 못 돌아온대도."

너무도 좋아하는 모습에 아리에스가 멋쩍게 중얼거렸다. 이러려던 게 아닌데. 여기 오면서 상상했던 것과는 전혀 다른 상황이었지만, 또 그리 나쁘지만도 않았다. 그녀는 숙녀답게 지니고 있던 손수건을 꺼내어 내밀었다.

"자, 눈물 닦아."

"……아까워요. 예쁜 천인데."

"빨면 되지 뭐. 근데 너 몇 살이니?"

"열여섯 살이요."

"엑, 거짓말! 나랑 동갑이라고? 기껏해야 열서너 살 정도로밖에 안 보이는데!"

이렇게 조그만 애가 자신과 나이가 같다니! 아리에스는 놀란 눈빛으로 손수건을 기어이 쓰지 않고 꼭 붙들기만 한 채 젖은 눈을 깜박이는 소녀를 바라보았다.

"……아무튼 내가 언니니까. 생일도 더 빠를 거고. 1월에 태어났거든."

"네에, 어, 언니……."

수줍게 대답하는 모양새가 귀여웠다. 아리에스는 약간 곤란해하며 속으로 중얼거렸다. 너무 정들면 안 되는데.

데리고 있어 준다고, 동생 삼는다고 말은 했지만 결국 이 아이는 죽을 것이었다.

2
가슴이 작아도 여자

화창한, 눈부시도록 새파란 하늘 아래.

"아빠 바보멍청이말미잘! 삶은 시금치! 날비섯! 뻘간 피망보다 나빠! 그냥 다른 애 하나 더 납치하면 되잖아앗!"

살타토르 백작의 외동딸 아리에스 살타토르는 세 살배기 어린애처럼 울부짖었다.

일주일이라는 짧은 시간 동안 아리에스는 매일같이 생쥐를 찾아갔고, 같이 놀거나 공부를 도와주거나 이런저런 상식들을 가르쳐주는 사이 결국엔 진짜 동생처럼 정이 담뿍 들어버린 것이었다. 시집가도 좋을 만큼 다 큰 처녀가 부친의 팔이며 등에 달라붙어 떼를 써대었으나 이미 정해진 일을 뒤엎을 수는 없었다.

무엇보다도 시간적인 여유가 남아 있질 않았다.

시간이 넉넉했더라면 생쥐의 교육도 고작 일주일이 아니라 못해도 한 달 정도는 꼼꼼히 가르쳐서 보냈을 것이다. 그러나 살타토르 백작에게 남은 시간은 고작 열흘 남짓이었고, 수도로 가는 여정과 이런저런 절차들을 포함한다면 일주일도 최대한 늘려 잡은 시간이었다.

"빨리 출발하게. 어서!"

하나 있는 딸내미가 마차로 뛰어들지 않도록 꽉 붙들어 안은 채 살타토르 백작이 소리쳤다. 다행히 당사자인 생쥐는 반항도, 거부도 없이 얌전히 아리에스를 향해 고개 숙여 인사한 뒤 마차에 올라탔다. 그녀의 모습이 마차 안쪽으로 사라지자 아리에스가 더더욱 애절하게 목청을 높였다.

"생쥐야아아아!"

그녀는 체면 따위 아랑곳하지 않고 굵은 눈물을 뚝뚝 흘렸다.

"너 가면 죽어, 이 바보야아!"

아리에스는 있는 힘껏 외쳤지만 닫힌 마차 문이 다시 열릴 일은 없었다. 오히려 더욱 급하게 허둥지둥, 짐을 마저 싣고서 마부가 말에 채찍질을 가했다.

"이랴!"

히이힝! 말 울음소리와 함께 마차 바퀴가 구르기 시작했다. 마차는 순식간에 저택을 빠져나가고 애절한 외침은 더는 생쥐에게 닿지 못하였다.

생쥐의 무릎 위에는 작은 가방이 놓여 있었다. 요 일주일 사이 그녀에게 생겨난 소지품으로, 거의 아리에스가 준 선물이었다. 대부분 소소하고도 잡다한 물건들이었지만 자신만의 소유물이라는 것만으로도 생쥐에게는 무척이나 각별한 의미를 지니고 있었다. 이제까지는 쓰레기라고 해도 좋을 낡은 옷가지, 그 한 벌 외에는 아무것도 가지질 못하였는데.

"수도까지는 마차로 사흘 정도 걸립니다."

생쥐의 맞은편에 앉은 밀레즈가 나직이 말했다. 살타토르 백작의 본가는 수도에 있었지만, 지금 백작은 아리에스와 함께 생쥐가 태어나고 자란 도시에 있는 별장에 머무르고 있었다. 말하자면 외동딸을 대신할 제물을 구하지 못했을 때를 대비한 일종의 피난이다.

"혹시나 싶어 말해두지만 도망칠 생각은 하지 말아주세요. 아가씨를 위해서라도."

아가씨란 앞에 있는 생쥐가 아닌 진짜 살타토르 영애, 아리에스를 말하는 것이다. 생쥐는 배운 대로 작게 고개를 끄덕였다.

"걱정 마세요."

도망칠 생각은 조금도 없었다.

처음에는 그저 정해진 미래를 피할 수만 있다면 아무래도 좋았다. 이 저택에 와 충분히 행복했으니 언제 죽어도 괜찮다고 생각했었다. 하지만 일주일이 지난 지금은 마음이 바뀌었다.

단순히 죽는 것이 아니다. 아리에스의, 언니의 대신이다.

그 사실이 기뻤다. 생쥐는 이제껏 누군가를 지킨다는 것은 생각조차 하지 못했다. 그럴 능력 또한 없었다. 제 몸 하나 건사하기 힘든 무력한 처지였으니까. 하지만 지금의 자신은 한 소녀를 지킬 수 있었다. 조금 제멋대로에 또 조금 난폭하기도 하지만, 상냥하고 정이 많고 아름다운 언니를.

너는 죽을 거야. 그런 말에도 가슴 안쪽이 따뜻해졌다. 오븐에서 갓 나온 에그 타르트처럼 부드럽고 달콤하게 부풀어 오른다.

내가 지켜. 그리고 지켜낸 그녀가 생쥐의 무덤을 만들어 주고 기억해 줄 것이다.

기쁘다. 마치 아리에스를 대신하기 위해 자신이 태어난 것이라는 생각마저 들 정도였다. 거리의 고아, 널려있는 창녀가 되기 위해서가 아니다. 아름다운 소녀를 지키기 위해서 태어난 것이다.

그렇게 자부하면 너무나 기뻐서 또다시 눈물이 찔끔 새어나올 것만 같았다. 아픔이나 슬픔 때문이 아닌, 행복해서 흐르는 눈물이 있다는 것도 여기서 처음 알았다.

"절대로 도망치지 않습니다."

절대로. 생쥐는 무릎 위의 작은 가방을 꼭 움켜쥐며 자그마한 잎사귀의 들꽃과 같은 미소를 머금었다.

누군가 살 수 있는 길을 열어주고 등을 떠민다 하여도 한 발짝도 떼어놓지 않을 것이다. 예쁜 옷과 맛있는 음식, 푹신한 침대보다도 좋아하는 사람을 위하는 것이 훨씬 더 행복하다고 알아버렸으니까. 살아 돌아올 수 있다면 좋겠지만, 그러지 못한다 해도 무척이나 행복하다.

고개를 살짝 들어 짧은 커튼이 하늘거리는 마차의 창밖을 바라보았다. 어디로 가는지도, 자신에게 무슨 일이 생길지도 알 수 없었지만 무섭지 않았다. 그저 힘껏 노력할 뿐이었다.

소중한 언니를 위하여.

"썰렁하구만."

한쪽 손으로 턱을 괸 채 창밖을 바라보던 금발의 젊은 남자가 중얼거렸다.

이곳은 산크투스의 황성 내궁, 그중에서도 황후궁을 비롯한 후궁들의 거처가 모여 있는 일명 꽃의 심처였다. 젊고 아름다운 귀족 아가씨들과 그녀들을 시중드는 시녀들이 사뿐사뿐 오가며 그 주인의 눈을 즐겁게 해주는 살아 있는 꽃들의 정원인 것이다.

그런데 실제로는 어떠한가.

이건 뭐 버림받은 흉가도 아니고 여자라곤 드레스 끝자락 하나 보이질 않으니. 물론 관리만큼은 흉가라는 말이 지나치다 못해 쌍욕으로 들릴 만큼 잘되어 있었다. 아무튼 황궁이니까.

　그러나 여자가 없다, 여자가. 꽃이 죄다 지다 못해 뿌리째 뽑힌 정원이라니. 실제로 이곳으로 들어서는 꽃은 오는 족족 뿌리 뽑혀 내던져지고 있었다. 정원 주인의 무관심한 묵인하에.

　"주인장 주제에 관리 좀 할 것이지."

　그리고 오늘, 또 한 송이의 가련한 꽃이 텅 빈 정원에 들어온다.

　남자는 창가에 기대고 있던 몸을 일으켰다. 무참히 뿌리 뽑힐 거라는 걸 뻔히 알면서도 후궁전을 비워둬서는 안 된다는 이유로 귀족가 여식들이 계속해서 떠밀려오고 있었다. 물론 대부분은 신분을 위조한 평민이었지만. 처음에야 황후의 꿈을 품은 영애들이 제 발로 이곳엘 들어섰다지만 기다리는 것이 황금의 관(冠)이 아닌 칠흑의 관(棺)인 지금으로서는 설레던 발걸음은 완전히 끊기고 말았다.

　"권력 다툼에 애꿎은 희생양만 늘리는 짓은 슬슬 그만둬주면 좋겠는데, 정말."

　하지만 짐승은 인간 말을 들어 처먹질 않았다. 물론 인간들 쪽이라고 해서 말을 알아듣는 기미는 전혀 없었지만. 서로 타협 못 볼 거면 그냥 비워 두라고, 비워 둬. 그는 시체 치우기도 질리는 일이라고 투덜거리며 곧 도착할 새로운 제물을 맞이하러 걸음을 옮겨갔다.

황궁은 저택보다 훨씬 더 큰 곳이다.

그렇게 배웠지만 실제로 본 궁전의 거대함은 생쥐의 상상을 아득히 뛰어넘는 것이었다. 살타토르 백작의 저택, 정확히는 별장의 세 배나 네 배, 그즈음일까. 그렇게만 생각했었는데…….

"저기, 아직도 더 가는 건가요?"

여기서부터가 황궁입니다, 하고 커다란 성문을 지나친 것도 벌써 30여 분째였다. 걸어서도 아니고 마차를 타고서 반 시간이 넘게 달려왔는데도 목적지는 아직이었다.

"정확히는 모르겠습니다만 아마도 멀지 않았을 것입니다."

"……밀레즈 부인도 모르시나요."

"저로서도 내궁에는 처음입니다."

"처음이요?"

"예. 쉽게 드나들 수 있는 곳이 아닙니다."

쉽게 드나들 수 없는 곳. 생쥐는 마차의 창문 쪽으로 고개를 돌렸다. 그녀의 머리로는 다 이해할 수 없는 복잡한 예의나 법규 등을 제외하고서도 분명 쉽게 드나들기는 힘든 곳으로 느껴졌다. 이렇게나 넓으니까.

아무도 막지 않는다 해도 걸어서 빠져나가고자 한다면 한참을 헤매게 되겠지.

마차는 다시 한참을 더 달렸다. 달린다고 해도 외궁을 지나 내궁에 들어서서는 사람 걸음보다 조금 빠른 정도로 속도를 늦춘 채였다. 그리고 이윽고, 다른 어느 곳보다 고요하고도 작은 궁 앞에 멈추었다.

"……도착한 건가요?"

얼굴 위로 긴장감을 띠며 생쥐가 물었다. 밀레즈 또한 평소와 달리 안색이 살짝 굳은 채였다.

"그런 모양입니다. 명심하십시오. 최대한 공손하게, 말수를 줄이고 무조건 고개를 숙이세요. 하루라도 더 살고 싶으시다면 말입니다."

그녀의 말이 끝난 직후 마차 문이 열렸다. 마부인가 했는데 처음 보는 낯선 얼굴이 두 사람을 맞이하였다.

"어? 뭐야, 웬 어린애가……. 잘못 찾아온 건가?"

밀레즈는 흰 제복을 입은 남자의 말에 당황한 기색을 애써 감추며 대답했다.

"살타토르 백작가의 라린 살타토르 아가씨를 모시고 왔습니다만, 후궁전이 아닙니까?"

"아니, 맞긴 한데."

남자가 자신의 짙은 금발을 긁적거렸다.

"아무리 그래도 저렇게 어린애를……."

"아가씨께서는 올해로 16세이십니다."

"뭐?"

붉은빛을 띤 보라색 눈동자가 놀란 듯 생쥐를 향해 아래위로 움직였다. 인형처럼 얌전히 앉아 있는 창백한 안색의 소녀는 잘 쳐줘야 열서너 살 이상으로는 안 보였다. 보통 열여섯이라 하면 앳된 감은 남아있어도 시집가도 무리 없는 처녀이건만.

"……아무튼 좋아. 내려라."

남자가 풀쩍, 뒤쪽으로 뛰어 물러나며 말했다.

"덧붙여 여기는 사정상 아가씨를 돌봐 줄 시녀 같은 건 없으니까. 그쪽 부인도 남을 생각 하지 마시고."

그 말에 마차에서 내려서던 밀레즈의 안색이 눈에 띄게 어두워졌다.

"하지만 저는 아가씨를 모셔야……."

"안 돼. 죽고 싶지 않거든 돌아가라고, 부인."

밀레즈는 난감해하며 생쥐를 돌아보았다. 옆에 남아 지도할 것을 전제로 교육을 시켰건만, 그녀가 떠나서야 뒷골목 계집애의 신분을 채 하루나 속일 수 있을까. 어차피 들킬 것이라 예상은 하고 있었지만 너무 빨라서야 곤란했다. 밀레즈는 마른 침을 삼키고 강한 어조로 항의했다.

"아가씨를 모실 시녀도 없다고 하시지 않으셨습니까."

"어차피 「아가씨」도 아닐 텐데?"

"……."

뻔히 아는 사실 가지고 길게 실랑이하지 말자는 눈짓에 밀레즈는 결국 물러나고 말았다.

"어이, 꼬마 아가씨."

눈치를 살피며 우두커니 서 있던 생쥐를 향해 남자가 손을 뻗었다.

생쥐는 가방을 양손으로 꼭 끌어안은 채 내밀어 온 손을 빤히 쳐다만 보았다. 남자는 조금 머쓱하게 손을 도로 거두었다. 평민 여자들이라도 이 정도 에티켓 교육은 받아오던데.

"따라오라고. 지낼 곳을 안내해 줄 테니."

"네."

생쥐는 밀레즈를 한 번 바라본 뒤 남자의 곁으로 다가갔다. 소녀의 뒷모습이 건물 안으로 사라지고, 망설이던 밀레즈는 결국 한숨과 함께 다시 마차에 올라탔다. 마부의 재촉 소리와 함께 마차는 빠르게 후궁전에서 멀어져갔다.

"너 정말로 열여섯 살이냐?"

남자가 텅 빈 복도에 발소리를 탁탁 울리면서 약간 뒤처져 따라오는 소녀에게 물었다. 생쥐는 고개를 끄덕이다가 그가 자신을 돌아보지 않고 있다는 사실을 뒤늦게 깨닫고서 입을 열었다.

"네."

"속이지 않아도 괜찮으니까."

"진짜 열여섯 살입니다."

남자는 고개를 비스듬히 하며 그녀를 돌아보았다.

열여섯 살이라 주장은 하지만 역시 작다. 유일한 소지품인 가방을 품에 꼭 끌어안은 모양새가 애처로워 보일 정도로 조그만 소녀였다. 거기에 앞으로의 일을 생각하자면, 더더욱 가여워질 수밖에 없는 노릇이었다. 그는 못마땅한 기색을 감추지 않은 채 뺨을 긁적였다.

"너 여기 오면 죽는단 거 알고 온 거냐?"

"네. 밀레즈 부인은……."

생쥐는 조금 망설이다가 말을 이었다.

"입 다물고 얌전히 있으면 좀 더 버틸 수 있을 거라고 했어요."

"뭐, 아주 틀린 말은 아니다만 별 소용은 없을걸. 어차피……."

남자는 떠벌리려던 입을 꾹 다물었다. 길게 떠들어봐야 무엇할까. 어린 소녀가 노력해서 맞설 수 있는 현실이 아니었다. 그는 어깨를 으쓱하곤 화제를 바꾸었다.

"여기에 머무는 사람은 거의 없어."

"그런 거 같아요."

생쥐는 그의 말에 수긍하며 가만히 주위를 둘러보았다. 그들 외의 인기척은 하나 없이 조용했다. 마치 일주일간 생쥐가 머물렀던, 밀레즈와 하녀 한 명이 고용인의 전부인 별채처럼. 하지만 그곳도 아리에스가 찾아올 때만큼은 되살아난 듯 활기가 넘쳐흘렀다. 생쥐는 벌써부터 그 온기가 그리워져 콧등을 조금 찡그렸다.

"그래서 텅텅 비어있긴 하지만, 네게 따로 궁은 주어지지 않을 거다."

얼마 못 가 죽을, 거기다 진짜 귀족 출신도 정식 후궁도 아닌 여자를 위해 궁을 하나 내어주기는 아까운 일이었다. 그냥 방 하나 비워주는 것도 아니고 후궁전을 격식 맞추어 준비하려면 재력이며 인력이 웬만한 대저택 이상으로 들어가니.

"아까 말했듯이 시녀 같은 것도 없고 말이야. 요리사는 하나 있으니까 배고프면 찾아가면 되고, 빨래나 청소는 사흘에 한 번씩 본궁에서 사람들이 와서 해 줄 거고. 그 밖의 일은 네가 알아서 해야 하는데, 전에 머물던 애들 옷이 남아 있기는 하다만 크겠는걸. 오늘 하루는 큰 거라도 대충 챙겨 입어."

"네."

생쥐는 나직이 대답했다. 옷이 몸에 큰 것쯤이야 아무렇지도 않았다.

"네 방은 여기다."

남자는 2층의 어떤 문 앞에 멈춰 섰다. 그가 문을 열자 온기 없이 서늘하지만 넓고 화려하게 꾸며진 거실이 나타났다. 이번에도 생쥐에게 주어진 거처는 그녀의 기대를 훌쩍 뛰어넘어선 것이었다. 생쥐는 은은하게 붉어진 뺨을 하고서 문턱을 넘어섰다.

"이따가 살펴보면 알겠지만 저쪽이 침실이고 이쪽이 욕실이고……. 저긴 어디더라? 드레스 룸인가? 아무튼 여기서 지내면 돼."

"……이렇게나 넓은데, 혼자서요?"

처음에는 자신의 방이라 할 수도 없는 마구간이나 부엌 구석, 두 번째는 작은 욕실이 딸린 깨끗한 침실.

그리고 이제는 거실을 포함한 방이 셋이나 되는, 집이라 해도 좋을 너른 거처가 주어졌다. 혼자 살기에는 과분할 정도다. 여전히 나직한 목소리였지만 기쁜 기색이 비치는 것에 남자가 미소를 지었다.

"여기서 이 정도는 그냥 작은 객실 정도라고. 참, 아가씨 이름이 뭐지?"

"라린 살타토르입니다."

"그거 말고. 진짜 이름 말이야."

눈앞의 소녀가 진짜 살타토르 영애가 아니라는 사실쯤은 굳이 캐묻거나 조사하지 않아도 짐작 가능한 일이었다. 남자의 말에 생쥐는 살짝 당황했다가 재차 대답했다.

"라린 살타토르입니다."

"가짜라는 거 알거든? 솔직하게 말해도 괜찮다니까?"

어차피 다 아는 사실, 눈 가리고 아웅이다. 그러나 생쥐는 가르쳐진 대로 끝까지 고집을 꺾지 않았다.

"저는 라린 살타토르입니다."

"……아, 그래. 조그만 게 은근히 드세네."

남자는 어깨를 으쓱했다. 생각해보면 특이한 여자애였다. 뭣보다 겁먹은 기색이 조금도 없었다.

사실을 알고도 이곳에 제 발로 걸어 들어오는 여자는 없다. 보통은 돈으로 팔려 왔으며 협박이나 납치당한 경우도 드물게 있었다. 그런 여자들은 겁을 먹거나 체념한 채로 들어와 뿌리 뽑히기 전부터 시들시들한 꽃이었다. 하지만 요 조그만 소녀는 새로운 환경에 낯설어만 할 뿐 무심할 정도로 담담했다.

가난한 평민 여자애였던 듯 주어진 방에 기뻐하기는 했지만.

어쨌거나 나쁘지 않은 태도다.

"이제 폐하께 가 볼까."

침실 문을 배꼼 열어보던 생쥐가 그를 돌아보았다. 폐하라는 말에도 그녀의 표정엔 별 변화가 없었다. 황제에 대해서 모르는 것은 아니었다. 다만 그녀에게 있어서 황제라는 단어는 신과 비슷한 느낌을 주었다. 실재한다고 말들은 해도 전혀 다른 세상에 있는 것과도 같이 막연하게 먼 존재. 대단하다는 것은 알지만 그뿐이었다. 그리고 황궁에 들어온 지금도 그 멀기만 한 감각은 여전했다. 실감이 나질 않았다.

그녀는 목을 희미하게 기울였다.

"죽는 건가요?"

"아니, 아냐. 무시무시하게 알려지긴 했지만 살인광은 아니라고. 가만히 내버려두면 대체적으로 무해하기도 하고."

"하지만 죽는다고 했어요."

연녹색 눈동자가 남자를 올려다보았다. 불안이나 두려움, 슬픔 따위는 일말도 없었다. 그저 고요한 의문만이 가라앉은 시선이었다. 남자는 그 시선을 잠시간 마주하다가 입을 열었다.

"아마도 너는 한 달간은 괜찮을 거다."

"한 달은요?"

"그래."

쓸데없이 나대지만 않는다면 그래도 제법 길게 살 수 있는 편이었다. 제아무리 죽은 듯이 있어도 계절을 넘긴 적은 없었지만. 그는 한

숨을 약하게 내쉬며 생쥐를 향해 손짓했다.

"따라와라. 그건 내려놓고."

"……내려놔요?"

"내려놔."

생쥐는 아랫입술을 잘근 깨물었다가 품에 안은 가방을 조심스럽게 거실 소파에 놓아두었다. 그러고도 머뭇머뭇하다가 하는 수 없이 남자를 향해 걸음을 떼어 놓았다.

"뭐 귀한 거라도 들었냐?"

"소중한 거예요."

남들이 보기엔, 특히 황궁에 드나들 정도의 사람이 보기엔 자질구레한 잡동사니에 불과할 뿐이겠지만 그녀에게 있어선 지고의 보물이었다.

생쥐는 다시 한 번 불안스레 가방을 돌아본 뒤 방을 나섰다.

"폐하께서 주로 머무르시는 곳은 3층이다."

두 사람 외의 인기척은 여전히 느껴지지 않는 복도를 걸으며 남자가 말했다.

"사람도 없는 조그만 후궁전에 황제가 틀어박혀 있는 게 이상할 법도 하지만 조용해서 맘에 드나 보더라고. 사실 황제 주위 인간들은 이래저래 시끄러운 것이 보통이잖냐. 시끄럽다고 죄다 패 죽이기도 좀 그렇고. 다만 여기서는 사정 안 봐준다고 선언해 놓은 탓에 시끄러운 인간들의 발길이 뚝 끊겼지."

황제는 시끄러운 것을 싫어하나 보다. 생쥐는 남자가 줄줄 늘어놓는 말을 나름대로 정리해 결론지었다.

"그래서 여긴 사람이 없는 거다. 아주 없지는 않고, 요리사 한 명과 그 조수 둘이 있지. 그 밖에도 아까 말한 것처럼 사흘에 한 번 시녀들이 우르르 몰려오고, 정원사도 하나 있던가? 폐하가 여기 계실 땐 아침저녁으로 시종장도 드나들곤 하지. 주로 일거리 나르고 옮기고 하러 말이야. 그 외엔 없어, 아마."

"어, 그쪽은요?"

어떻게 불러야 할지 몰라 머뭇거리며 생쥐가 물었다. 그녀의 말에 남자가 우뚝 발걸음을 멈추었다.

"맞다, 내 소개를 안 했던가?"

"네."

"깜박했네."

적자색 눈이 가늘게 휘어지며 생쥐를 돌아보았다.

"이카르. 그냥 이카라고 부르면 돼. 대체로 놀고 있지."

"놀아요?"

"대외적으로는 황제의 호위기사, 라고 해놓기는 했는데 뭔 재주로 지키겠냐고. 애초에 당사자도 거치적거리나 말라 그러니 그냥 노는 거지 뭐."

이카르는 한가한 인생이라면서 웃었다. 생쥐는 고개를 갸웃했다.

"그럼 이카 님은 여기 머물지 않는 겁니까?"

"황제가 있을 때는 있고 없을 때는 없는 거지. 일단은 호위기사니까 같이 움직이긴 하지만 가끔은 아닐 때도 있고, 사실 여긴 심심하니까."

3층으로 향하는 계단에 발을 디디며 그가 말했다.

"심심해서 이렇게 안내자 노릇도 해주고 있고 말이야~."

"심심해서요?"

"심심해서지. 이름도 모르는 소녀한테 친절히 대해 줄 이유가 그거 말고 더 있겠냐."

게다가 앞일을 생각하면 정붙여서 좋을 것도 없었다.

3층 복도를 따라 앞서 가던 이카르가 발걸음을 우뚝 멈추었다. 생쥐 또한 그의 곁에 서서 앞에 자리한 문을 바라보았다. 연녹색 눈이 한 번, 느리게 깜박였다.

"폐하, 들어갑니다."

인기척을 내고, 이카르가 문을 열었다.

문 안쪽으로 서재 혹은 집무실을 연상케 하는 풍경이 나타났다. 한쪽 벽은 고풍스러운 조각의 책장으로 채워졌고 그 옆으로는 널찍한 업무용 데스크가 놓여 있었다. 커다란 창문을 통해 오후의 볕이 길게 스며들고 공기 중에는 커피향이 짙게 배어들어 있었다. 고요한 가운데 종이 넘기는 소리가 사락 들려왔다. 생쥐는 종이를 넘기는 긴 손가락의 주인을 바라보았다. 서류가 쌓인 책상을 앞에 두고 앉아 있었기에 상반신만 보일 뿐이었지만 키가 큰 남자였다.

드러난 상체에 걸치고 있는 장식 없이 심플한 흰 셔츠는 목깃 부분이 느슨하게 풀어져 있었다. 피가 밴 듯 붉은빛을 띤 짙은 갈색 머리카락이 늘어진 아래, 황금색 눈동자가 방문자에겐 일말의 관심조차 보이지 않은 채 문자의 나열을 훑어 내렸다. 그 금빛 눈 위로 테가 얇은 안경을 끼고 있어, 건장한 체구가 아니라면 일견 학자로도 보일 법한 모습이었다.

생쥐는 그를 잠시 바라보다가 얼른 시선을 내렸다. 황제의 앞에서는 꼿꼿이 머리를 치켜들고 있어선 안 된다. 그렇게 배웠다.

"사람이 왔으면 쳐다는 보시지요."

이카르가 투덜거리자 황제는 그제야 고개를 들며 안경을 벗었다. 그의 시선이 이카르와 그 옆의 금발 소녀를 차례로 오갔다. 한쪽은 가발이었지만 겉보기에는 둘이 똑같은 머리카락 색이었다.

"……언제 새끼를 친 거지."

묵직한 목소리에 이카르가 발끈 소리쳤다.

"뭐? 아닙니다! 아직 애인도 없는 파릇한 총각을 순식간에 애 딸린 홀아비로 만들다니!"

"네놈 애가 아닌가."

"아닙니다만! 그리고 얘는 열여섯 살입니다! 내 애라기엔 나이가 너무 많겠죠!"

아직 서른도 한참 멀었는데, 하는 투덜거림에 황제의 눈이 살짝 가늘어졌다.

"열두 살이 아니라?"

희미하지만 놀란 기색의 물음이었다. 이카르가 그에 동의한다는 듯 고개를 크게 끄덕였다.

"열둘까지는 아니지만, 열여섯으로는 안 보이죠? 그런데도 자칭하기는 열여섯 살! 다 큰 숙녀라고 하네요."

이카르의 커다란 손이 생쥐의 두 어깨를 잡아 앞으로 내밀었다. 생쥐는 당황하면서 그를 돌아보았다가 다시 황제를 쳐다보았다. 그러곤 흠칫 시선을 바닥으로 내렸다.

"……나더러 애보기라도 하라는 건가."

"어쩌면 어린애는 죽이지 않을 거라고 수를 낸 것일 지도요?"

기가 막힌다는 듯 황제의 미간이 찌푸려졌다.

"돌려보내."

"그렇지만……."

"저는 열여섯 살입니다."

겁먹은 듯 조용히 움츠리고만 있던 생쥐가 돌연 입을 열었다. 시선 또한 책상 너머의 남자를 똑바로 향하고 있었다. 그녀는 동공이 얇은, 서늘한 금안을 마주하며 재차 주장했다.

"틀림없는 열여섯 살입니다. 그러니까 돌려보내지 마세요."

돌아갈 수는 없다.

자신이 거부당하면 다음 차례는 아리에스다. 분명 그렇게 들었다. 마치 인간의 것과는 다른, 이질적인 눈이 자신을 바라봐오는 것에 생쥐는 본능적으로 등골이 서늘해졌지만 그래도 움츠리지 않고 꼿꼿이 서 있었다. 그 무엇보다 아리에스를 잃는 것이 훨씬 더 무서웠다.

뼈가 다 드러나게 마른 두 손이 꽉 주먹 쥐어졌다.

"저는 열여섯 살이니까, 어린애가 아니니까 돌려보내지 말아 주세요."

짧은 침묵이 흘렀다. 황제는 조그만 소녀에게 꿰뚫을 듯한 시선을 두며 입을 열었다.

"죽고 싶은 건가."

"가능하면 살아서 돌아가고 싶습니다."

"지금 돌려보내 준다고 했다만."

"쓸모가 없어서 버리는 것이겠지요."

돌려보내는 것이 아니다. 필요 없어서 버리는 것이다. 생쥐는 그 둘의 차이를 여러 번 보아 뼈저리게 잘 알고 있었다. 아니, 비참하게 내쫓긴 여자들의 모습을 일부러 눈동자 안 깊숙이 새겨두었다. 언젠가 자신 또한 저리될 것이라 생각했기에.

"정말로 필요가 없다면 죽여주세요."

쫓겨나 아리에스가 대신 들어오는 것보다는 그편이 훨씬 나았다. 죽고 싶지는 않다. 하지만 쫓겨날 바에는 죽임당하는 편이 낫다.

내용에 비해 지극히 담담한 주장에 황제의 미간의 골이 조금 더 깊어졌다. 이카르가 낮게 한숨을 내쉬었다.

"……이상한 애라니까."

"확실히 이상한 걸 가지고 왔군."

"제가 데리고 온 거 아닙니다만. 아무튼 꼬마 아가씨. 내보내지 않을 테니까 죽여 달란 소린 하지 마. 정말로 죽는다."

생쥐는 머리를 외로 기울여 이카르를 돌아보았다.

"어차피 죽게 되는 거 아니에요?"

여전히 기분 나쁠 정도로 차분한 목소리였다. 틀린 말은 아니었기에 이카르는 무심코 혀를 쯧 찼다.

"그렇다고 해도 말이야, 정말로 죽기 직전까지는 살아남으려고 애를 쓰는 게 모범적인 인간의 태도겠지."

"저도 죽고 싶지는 않습니다. 여기서 쫓겨나는 게 더 싫을 뿐이에요."

"대체 왜? 살타토르 백작이 네 가족을 붙잡고 협박이라도 하는 거냐?"

"아니요. 저는……."

숨을 깊게 들이마시고, 말을 이었다.

"여기 오게 되어서 기뻐요."

마른 뺨 위로 발그레한 꽃이 피었다. 소중한 사람을 대신할 수 있어서 행복하다.

진심으로 미소 짓는 얼굴에 이카르가 어이없다는 표정을 지으며 도움을 요청하는 눈빛으로 황제를 쳐다보았다.

"저는 얘가 무슨 소릴 하는 건지 당최 모르겠습니다만, 아시겠습니까?"

한쪽 손으로 턱을 괴고 있던 황제가 툭 내뱉었다.

"묻지 마. 나도 모른다."

저 죽을 거 뻔히 알면서도 왜 저렇게 좋아하는 것인지. 두 사내 모두 생쥐의 조그만 머리통 속을 알 길이 없었다.

"이름은."

혼자 반짝반짝 행복한 빛을 뿌리고 있는 소녀에게 황제가 물었다. 생쥐는 뒤늦게 살타토르 백작가에서의 교육을 떠올리곤 허둥지둥 치맛자락을 붙잡았다. 짧은 교육기간치고는 훌륭하게 머리 숙여 인사하며 그녀가 고했다.

"뵙게 되어 영광이옵니다. 살타토르 백작의 먼 친척, 라린 살타토르라 합니다."

흠잡을 데 없는 행동거지였지만 많이 늦었다. 원래라면 방을 들어서자마자 올렸어야 할 인사였다. 그러나 황제 역시 눈앞의 소녀가 귀족의 여식이 아니라는 사실쯤 짐작하고 있었기에 굳이 그녀를 탓하지 않았다. 대신 재차 하문했다.

"진짜 이름."

"라린 살타토르입니다."

생쥐는 이번에도 이카르가 물었을 때처럼 꿋꿋이 가짜 이름을 내세웠다. 변함없는 그녀의 대답에 이카르의 눈빛이 흥미진진해졌다. 이번에도 끝까지 고집을 피울 수 있을 것인가.

"그건 백작이 만들어 낸 이름이겠지. 진짜 네 이름은 뭐냐."

"저는 라린 살타토르입니다."

토씨 하나 틀리지 않고 똑같은 대답이었다. 황제는 싱글싱글 소리 없이 웃고 있는 이카르를 슬쩍 쳐다보았다. 재미있어 죽겠다는 낯짝이 거슬렸다.

"이카."

"예, 폐하."

"이 계집의 본명을 알아내도록."

"예?"

난데없이 튀어 온 불똥에 이카르가 인상을 찌푸렸다.

"왜 제가요?"

"나는 바쁘다. 그리고 네놈은 할 일이 없겠지."

사실이 그랬다. 황제는 일하던 도중이었고 이카르는 한가해서 안내인 노릇이나 하고 있던 참이었다. 그게 아니어도 황제가 하라는데 별수 있을까. 까라면 까야지.

할 일 없는 호위기사는 난감한 표정으로 생쥐를 바라보았다. 겉보기보다 고집이 세 보이던데, 진심으로 곤란했다. 남자라면 모를까, 이리 조그만 여자애한테 폭력을 휘두를 수도 없고.

"으음. 천천히 해도 됩니까?"

"여기서. 한 시간 내로."

황제는 다시 안경을 쓰고 책상 위를 반쯤 채운 종이 위로 시선을 내렸다. 이름 따위 별로 궁금하지도 않으면서 쓸데없는 심술이다. 이카르는 속으로 투덜거리면서 하는 수 없이 생쥐를 소파 쪽으로 데리고 갔다.

"자아, 꼬마 아가씨. 일단 앉자고."

생쥐는 시키는 대로 소파에 앉으며 황제를 힐끔거렸다. 그 모습에 이카르가 맞은편에 자리하며 물었다.

"왜 그래? 역시 저 아저씨가 거슬리는 거지?"

"아니요."

황제에게 아저씨라고 막 불러도 되는 건가. 생쥐는 고개를 갸웃하며 손끝으로 자신의 눈가를 매만졌다.

"이거, 여기 있는 것이요."

"아, 안경?"

"안경이라고 합니까?"

"응. 드문 물건이긴 하지. 게다가 보통은 시력이 나쁠 때 쓰는 거지만, 폐하는 그 반대거든."

"반대요?"

"눈이 너무 좋아서 책이나 공문서 같은 걸 가까이서 오랫동안 들여다보면 피곤하다나. 또 궁금한 거 있으면 얼마든지 물어봐."

대화를 길게 하다 보면 진짜 이름을 캐내기 쉬울 것이다. 이카르의 말에 생쥐가 또다시 눈 쪽을 가리켰다.

"폐하의 눈이요. 특이해요."

"너 꽤나 대놓고 물어본다?"

"네?"

"그건 패스! 다른 거 물어봐."

다른 거……. 생쥐는 눈동자를 빙그르르, 한 바퀴 굴렸다. 딱히 궁금한 것은 없었다. 그녀가 입을 다물자 이카르가 기다렸다는 듯이 말했다.

"그럼 이번엔 내가 물어볼게. 어디서 태어났지?"

"남쪽 키디아 근처 시골 마을입니다."

생쥐는 배운 대로 대답했다.

"가족은?"

"외동딸입니다. 부모님께서 일찍 돌아가셔 유모의 손에서 자랐습니다."

"왜 여기 왔지?"

"황제 폐하의 후궁이 되기 위해서입니다."

마치 책을 읽듯이 단조로운 목소리였다. 어쩌면 이 애는 후궁이라는 말의 의미조차 모르는 것이 아닐까, 이카르는 그렇게 생각했다.

"나이는?"

"올해로 열여섯 살입니다."

"자라난 곳은?"

"남쪽 키디아 근처 시골 마을입니다."

"친구는?"

"없습니다."

"취미는?"

"뜨개질입니다."

"좋아하는 꽃은?"

"붉은 장미입니다."

"좋아하는 음식은?"

"캐러멜 푸딩입니다."

세세하게도 가르쳐 놓았다. 이카르는 쉬지 않고 질문을 이어갔다.

"좋아하는 인형은?"

"곰 인형입니다."

"좋아하는 장신구는?"

"진주 귀걸이입니다."

"좋아하는, 아니, 싫어하는 계절은?"

생쥐는 눈을 한 번 깜박이고 대답했다.

"겨울입니다."

"겨울이 왜 싫지?"

"……추우니까요."

"눈도 싫어해?"

"싫습니다."

무심코 몸이 떨렸다. 생쥐의 시선이 자신의 발치로 떨어졌다. 지금은 고운 구두에 감싸인 발이었지만, 이전까지는 맨발이었다. 맨발로 얼어붙은 길을 걷는 것은 마치 가시밭길 위를 걷는 것과도 같았다. 아니, 어쩌면 가시밭길이 차라리 나을는지도 몰랐다. 빙판 위에서의 맨발은 피부가 달라붙고 뼛속까지 차갑게 얼어갔다. 떠도는 걸인 중에서는 동상에 걸려 발목까지 잘라낸 자도 더러 있었다.

"왜? 눈은 하얗고 예쁘잖아. 좋아들 하던데."

"차가우니까 싫습니다."

"눈 속을 다녀봤어?"

"네."

"어릴 때도? 매년?"

"눈은 매년 내려요."

이카르는 눈가를 찡그리는 그녀를 향해 싱긋 웃으며 말했다.

"키디아엔 눈이 안 내려."

"······네?"

"네가 태어났다고 주장하는 키디아에는 눈이 안 내린다고. 덥거든, 거기. 어쩌다 온다 해도 쌓이진 않지."

"눈이······."

"안 와."

생쥐는 커다래진 눈을 깜박거렸다. 눈이 안 오는 곳도 있구나······.

"자아, 그럼 아가씨. 진짜 고향은 어디지? 매년 눈이 내리고 쌓이는 아가씨가 태어난 곳 말이야."

"저는······."

생쥐는 놀란 얼굴 그대로 대답했다.

"남쪽 키디아 근처 시골 마을에서 태어났습니다."

"······야."

책상 쪽에서 짧고 낮은 웃음소리가 들려왔다. 이카르는 머리를 긁적이며 웃음소리의 주인을 쳐다보았다.

"안 되겠는데요, 폐하."

"더 노력해."

황제는 입꼬리를 올리며 단호히 명령했다.

도자기 풍로 위의 주전자에 희게 김이 오른다. 금발의 미남자는 투덜거리며 주전자의 뜨거운 물을 커피 프레스에 따랐다.

"너 정말 비싸게 구는구나."

옆에 선 생쥐가 그를 빤히 올려다보았다. 결국 이카르는 한 시간을 훌쩍 넘기고서도 생쥐의 입에서 라린 살타토르 외의 이름을 알아낼 수가 없었다. 살살 달래고 설득해 보아도 조그만 소녀의 자그마한 입술에서 흘러나오는 이름은 항상 똑같았다. 그놈의 라린 살타토르. 지겹다 못해 귀에 딱지가 앉을 지경이다.

"비싸게 굴어요?"

"그래. 이름 하나 들어내기가 이다지도 힘드니."

"제 이름은 라린……."

"알아, 알아! 진작에 외웠거든?"

토씨 하나 틀리지 않고 완벽하게! 그는 주전자를 내려놓고 천진한 건지 멍청한 건지 모를 백치 같은 얼굴을 하고 있는 생쥐를 바라보았다.

"여기서 네가 할 일은 커피를 내리는 거다."

"커피요?"

"까만색의 맛없고 쓴 물이지. 폐하께서 여기 계실 때는 두세 시간에 한 번씩 와서 커피나 갖다 주면 대체로 얌전히 있으니까. 아 물론 까먹는다고 해도 날뛰거나 하진 않지만. 그래도 먹이는 제때 제때 챙겨주는 편이 안전, 아야!"

이카르의 뒤통수를 두들긴 펜이 바닥에 떨어져 빙그르르 굴렀다. 이어 그 펜의 주인의 목소리가 들려왔다.

"불손도 적당히 해라."

"틀린 말은 아니잖습니까, 뭐."

"네놈은 겁이 너무 없어서 문제다."

"그게 어때서요. 덕에 이렇게 잔심부름도 하고……. 응?"

이카르의 시선이 자신의 발치 근처로 내려갔다. 그곳에는 어느샌가 생쥐가 쪼그려 앉아 있었다. 조그만 소녀는 치렁하게 늘어진 금발이 바닥에 닿는 것도 아랑곳하지 않고 떨어진 펜을 답삭 주워들었다. 금세공 문양이 들어간 검은 펜대를 유심히 들여다보다가 몸을 일으키곤, 쪼르르 책상 앞으로 다가가 펜을 내려놓고 뒤로 물러났다. 황제는 되돌아온 펜을 바라보다가 그것을 집어 들었다. 그리고.

딱! 또다시 펜이 금색 머리통을, 그러니까 짧은 쪽의 머리를 쳤다.

"아, 또 왜요?!"

펜이 바닥을 빙그르 맴돌자 그것을 가려리다 못해 과히 마른 손이 다시 주워들었다.

이번에도 목적지는 책상 위, 방금 전과 똑같은 자리였다. 황제는 생쥐가 주워다 준 펜을 집어 들었다.

그가 또 한 번 같은 목표를 겨누는 것에, 이카르가 얼른 팔을 들어 제 머리를 가렸다.

"다른데 던져요, 다른데!"

"다른 곳에 던지면 주워 오지 않을지도."

"안 주워 와도 상관없잖습니까!"

"내가 줍긴 귀찮다."

"그럼 던지질 말든가!"

"시끄러운 놈."

기어이 펜이 허공을 갈랐다. 그러나 이번에는 먼젓번과 날아드는 기세가 천지차이였다. 마치 짧은 화살처럼 흉흉하게 치달아오는 펜에, 이카르는 기겁하며 몸을 낮추었다.

콰득! 그의 머리 위를 스치고 지나간 펜이 벽에 들이박혔다. 펜촉이 아예 보이지도 않을 정도로 깊이 꽂힌 모양새에 이카르의 얼굴이 살짝 창백해졌다.

"와아."

생쥐가 작게 감탄하고 이어 이카르가 소리쳤다.

"누굴 죽이려고!"

"안 죽었다만."

"맞았으면 죽었습니다!"

"명색이 호위 기산데 그것도 못 피하고 죽을 놈이면 사퇴해야지."

생쥐는 이카르가 죽을 뻔했거나 말거나 눈망울을 반짝거리며 벽에 박힌 펜 아래로 다가갔다. 생쥐보다 머리 하나하고 반은 더 큰 남자를 노렸던 것인지라 펜도 그녀의 키보다 더 높은 곳에 수평으로 꼿꼿이 박혀 있었다. 신기하다. 생쥐는 순수하게 감탄했다. 끝이 뾰족하기는 했지만 칼도 아닌데 이렇게 박히다니. 식당에서도 용병들이 시비가 붙어 날붙이를 던져대는 일이 이따금 있었다. 하지만 날이 잔뜩 선 칼이라고 해도 직접 내리치거나 박은 것도 아닌 던져서 이렇게 꼿꼿이 꽂히는 것은 처음 봤다.

보통은 박히기는커녕 툭 부딪쳐 떨어질 뿐이었는데.

그녀는 손을 뻗어 펜대를 잡고 당겨보았다. 안 빠진다. 펜에 매달려 낑낑대는 생쥐를 두 남자가 바라보았다.

"이번엔 못 주워오겠는데요."

"그러니까 네놈이 맞았어야지."

"죽으라는 겁니까?"

"안 빠져요."

생쥐가 작게 혼잣말하듯 말했다. 펜대만큼 가느다란 손가락에 힘을 꽉 주어 거의 펜에 매달리다시피 했지만, 그녀의 힘으로 펜을 빼내는 것은 불가능했다. 하지만 포기하지 않고 또다시 힘껏, 몸을 뒤로 기울이며 끙끙대던 생쥐의 손바닥 아래에서 펜이 주르륵 빠져나갔다. 땀이 채여 미끄러진 것이었다.

콰당! 의지하던 것을 잃어버린 조그만 몸이 뒤로 크게 넘겨졌다.

바닥에 털썩 엉덩방아를 찧은 생쥐를 향해 두 개의 시선이 쏟아져 내렸다.

"괜찮아?"

"네."

생쥐는 아무렇지 않게 대답했다. 아프지 않은 것은 아니다. 워낙 살이 없다 보니 뼈마디까지 부딪쳐 보통 여자애라면 비명이 절로 솟을 정도로 아팠다. 하지만 그녀에게 있어 이 정도는 정말로 아무것도 아니었다. 비명도 신음도 찡그림조차 하나 없이 태연하게 몸을 일으키는 소녀의 모습에 이카르가 조금 질린 표정을 하였다.

"……사내애라면 장군감이라고 하겠는데."

여자애가 저러니까 기묘한 느낌이 들었다. 이카르의 기막힌 시선 속에서 생쥐는 구겨진 드레스 자락을 손바닥으로 탁탁 두드려 폈다. 그러곤 황제가 자리한 책상 앞으로 다가가 말가니 옅은 초록색 눈을 들어 그를 바라보았다.

"뽑을 수가 없습니다."

생쥐는 황제를 똑바로 보며 말했다가, 이내 아차 하고 시선을 아래로 숙였다. 시선을 마주치면 안 된다는 말을 자꾸만 잊었다. 여느 인간과는 다른 저 황금색 눈이 낯설고도 신기하게 느껴진 탓이었다. 황제는 빈손을 느긋하게 깍지 끼며 대답했다.

"저 멍청이가 피한 탓이니 저놈이 가지고 올 거다."

"그렇군요."

이카르가 무어라 작게 투덜거렸지만 귀담아듣는 사람은 없었다.

"왜 펜을 주워왔지."

시킨 적 없다는 황제의 말에 생쥐가 가느다란 목소리로 대답했다.

"아무것도 하지 않으면 쓸모가 없으니까요. 그렇다고 아무것이나 해버리면 그것도 쓸모가 없습니다. 떨어진 물건을 주워오는 건 적당하게 쓸모가 있는 일이에요."

생쥐는 그렇지 않느냐는 듯 힐끗 눈동자를 올렸다가 다시 책상 위로 내렸다. 살타토르 백작가에서 받은 교육은, 최대한 몸을 사리고 얌전히 굴라는 것이었다. 그래야만 좀 더 오래 살 수 있을 것이라 들었고 생쥐 또한 원래는 배운 대로 따를 생각이었지만, 이제는 상황이 변하였다.

자신이 열여섯 살로는 보이지 않았기에 한 번 내쫓길 뻔했다. 그 직후 보내지 않는다는 말을 듣기는 하였지만 그 말을 한 사람은 황제가 아닌 이카르였다. 배움은 얕았지만 황제의 명이 최우선이라는 사실쯤은 생쥐도 알고 있었다. 쫓겨나지 않으려면 황제에게 쓸모가 있어야 했다. 생쥐는 다소곳하게 양손을 앞으로 모아 선 채 말했다.

"다른 일들도 할 수 있습니다."

가소롭다는 시선이 닿아왔다.

"뭘 할 수 있지?"

"청소와 빨래, 음식을 나르는 일이요."

식당의 하녀가 해 온 일은, 할 수 있는 일은 그게 전부였다. 정말로 하찮은 일이다. 누구든지 할 수 있는 그런 잡일.

생쥐 또한 그러한 현실을 알고 있었기에, 그녀는 다시 눈을 들어올려 나직이 말했다.

"그리고 저는 아직 처녀예요."

생쥐가 알고 있는, 스스로에게 있어 그나마 가장 가치 있는 쓸모였다. 그녀는 눈앞에 있는 남자가 원한다면 천금의 가치를 지닌 절세미인의 처녀성도 쉽게 가질 수 있다는 사실을 까맣게 몰랐다. 눈 정도나 예쁠 뿐인 조그만 계집애의 순결쯤, 하등 보잘것없다는 것을 조금도 알지 못하였다.

생쥐는 어설프게나마 눈을 깜박였다. 뒷골목의 창녀들이 지나가는 사내들을 꾀어낼 때의 몸짓을 흉내 낸 것이었지만 멍한 표정으로는 색기라곤 일말도 없었다.

그런 그녀를 내려다보던 황제가 어이없다는 투로 입을 열었다.

"유혹하고 있는 건가."

"네. 꼬시고 있습니다."

하지만 잘 안 통하는 것 같았다. 생쥐는 잠깐 고민했다가 목을 살짝 기울이며 말했다.

"당신 아주 멋져요."

이카르가 쿨럭, 기침 섞인 웃음을 토해냈다. 그러거나 말거나 생쥐는 거리의 아가씨들이 던져대던 추파를 열심히 떠올렸다.

"잘해줄게요."

벽을 쾅쾅 두드리는 소리가 들려왔다. 벽에다 머리를 박은 이카르가 숨죽여 끅끅 웃어대고 있었다.

"잘생긴 오빠. 놀다 가세요."

여전히 돌아오지 않는 반응에 생쥐는 반대편으로 다시 고개를 갸웃했다. 창문을 들여다보는 산새 같은 동작을 묵묵히 바라보던 황제가 기막힌 듯 말했다.

"……꼬마 계집에겐 10년은 이르다."

"열여섯 살이에요."

"앞뒤 구별도 안 되는 모양새를 하고선 헛소리. 젖이 지금의 배는 부풀거든 말해라."

생쥐는 자신의 빈약한 가슴팍을 내려다보며 생각했다. 곤란하다. 황제는 큰 가슴이 취향인 모양이었다.

식당 일을 하면서, 뒷골목을 오가면서 주위들은 이야기가 이것저것 있었다. 거나하게 술에 취한 사내들은 제 취향의 계집에 대해 떠들어댔다. 보통은 가슴이 크고 허리가 잘록하며 엉덩이도 둥글게 부푼 여자가 좋다고 하였다. 반대로 어리고 가냘픈 여자를 좋아하는 자도, 드물게 늙은 여자를 좋아하는 자도, 머리카락 색이나 눈 색, 피부색 따위를 가리는 자도 있었다.

그리고 눈앞의 남자, 황제는 가슴이 커야 한다고 말했다. 그녀는 곤란한 듯 입술을 살짝 깨물었다가 자신의 가슴께로 한 손을 올렸다.

"작은 것도 나쁘지 않아요."

"그건 없는 거다."

"있습니다. 작지만요."

생쥐는 자신의 가슴을 재차 내려다보았다.

작긴 해도 확실히 있는데. 드레스의 프릴 장식과 리본에 파묻혀 눈에 잘 안 띄는 탓일까. 그럴 수도 있겠다 싶었다.

"보여드리겠습니다."

생쥐는 망설임 없이 목깃의 버튼을 풀었고, 황제는 쳐다만 보고 있었고, 이카르는 당황하여 얼른 다가와 말렸다.

"무슨 짓이야! 벗지 마!"

생쥐는 그를 물끄러미 올려다보았다.

"하지만 있어요?"

"그래그래, 있다는 거 안다고!"

연녹색 눈이 의아함을 띠었다. 어떻게 알지.

"보셨습니까?"

"뭐? 아냐!"

멀뚱히 구경하던 황제도 한마디 거들었다.

"어린애 취향이었군."

"아닙니다!"

"저는 어린애가 아니에요. 그리고 가슴도 있습니다."

그렇게 주장하며 또다시 드레스를 벗으려는 생쥐를 이카르가 허둥지둥 막았다.

"아니까 벗지 말라니까!"

"하지만 폐하께서는 없다고 하셨어요."

"농담이야, 농담! 그러니까, 없다고 해도 좋을 정도로 작다는 거지!"

"그렇게까지 작지는 않아요? 역시 확실하게 보여드려야······."

"무슨 여자애가! 폐하! 있다고 해 주시죠!"

강 건너 불구경하듯 턱을 괴고 쳐다보던 황제가 입을 열었다.

"저건 없는 거다."

"있어요. 지금 바로 보여드리겠습니다."

"야, 야! 정말이지!"

이대로 가다가는 정말로 벗고 만다. 이카르의 상식으로는 대낮에 소녀가, 그것도 순결한 어린 처녀가 남자들 앞에서 가슴을 드러낸다는 것은 용납할 수 없는 일이었다. 어쨌거나 그는 예의를 따지는 귀족이며 게으른 고양이 흉내를 내고 있지만 숙녀를 지키는 것이 기본인 기사다. 어쩔 줄을 몰라 하던 그가 결국 생쥐를 번쩍 안아 들었다.

"이만 물러가 보겠습니다, 폐하!"

이카르는 조그만 소녀를 달랑 안아 들고 방을 박차고 나갔다.

쾅! 황제는 요란한 소리를 울리며 닫히는 문을 바라보았다. 일자로 무뚝뚝하던 입가가 서서히 위로 올라갔다. 드물게 유쾌한 표정을 지으며 그가 나직이 중얼거렸다.

"재미있는 것이 들어왔군."

비록 한 달짜리기는 하여도.

방을 빠져나오고도 복도를 지나 계단에 다다라서야 이카르는 들고 있던 생쥐를 내려놓았다. 그가 갑자기 납치하다시피 들고 나왔음에도 소녀의 하얗고 마른 얼굴은 여전히 차분했다. 이카르는 자신을 올려다보는 시선을 향해 한숨을 섞어 말했다.

"놀라지도 않나?"

"교양 있는 레이디는 감정을 요란하게 표현하면 안 된다고 배웠습니다. 그리고 별로 놀라진 않았어요."

"그 교양 있는 레이디는 아직 해가 훤한 와중에 남자 앞에서 옷을 벗지도 않거든."

"하지만 폐하잖아요?"

생쥐가 풀었던 목깃을 다시 잠그며 말을 이었다.

"후궁은 첩과 같은 것이라고 배웠습니다. 그러니까 섹스하는 사이에요? 옷을 벗는 건 일상적인 일이라고 생각합니다."

낯부끄러운 말에 얼굴을 붉힌 것은 조그만 소녀가 아니라 훤칠히 큰 사내였다. 이카르는 미간을 손으로 짚으며 투덜거렸다.

"그런 말도 함부로 하는 거 아니고!"

"어떤 말이요?"

생쥐는 정말로 모른다는 표정으로 물었다. 술 취한 남자들의 음담 패설을 일상으로 들어왔다. 경험해보지 못한 행위에 대한 두려움은 있었지만 입에 담는 것에는 별다른 거부감이 없었다. 뭣보다, 섹스라는 단어는 그녀가 평생을 살아온 세계에서는 고상한 축에 드는 말이었다. 남녀 간의 성행위는 보통 그보다 훨씬 천박한 말로 표현되곤 하였다.

이카르는 붕어처럼 소리 없이 입만 뻐끔거리다가 그냥 말을 말았다. 황제와는 다른 의미에서, 하지만 비슷한 느낌으로 상대하기 곤란한 소녀였다.

"네 맘대로 해라."

어차피 수명 카운트 다운 한 달인 애한테 올바른 숙녀의 몸가짐 따위 가르쳐봐야 허무할 뿐이었다. 덧붙여 괜한 정 붙여서 곤란해지는 것도 이쪽이고. 그는 한숨과 함께 발길을 돌렸다.

"방 찾아갈 수 있지?"

"네."

"그럼 난 간다."

긴 계단을 단번에 훌쩍훌쩍 뛰어내려 이카르의 뒷모습이 순식간에 사라졌다. 곧 타앙, 울리는 발소리의 여운까지 완전히 흩어지고 홀로 남은 생쥐는 그녀의 뒤쪽으로 길게 이어진 복도를 흘끔 돌아보았다.

다시 황제에게 가서 가슴이 있다는 것을 확인시켜줘야 할까.

'……아냐. 너무 귀찮게 구는 것도 안될 거야.'

잠깐의 고민 끝에 그녀는 계단 아래쪽으로 발을 디뎠다.

피곤하다.

그녀에게 주어진 방으로 들어서기가 무섭게 피로가 노도처럼 덮쳐 왔다. 덜컹거리는 마차에 사흘 연속으로 실렸던 조그만 몸뚱이는 진작 녹초가 되어 있었다.

다만 힘든 일에는 만성이 된 생쥐인지라 티를 내지 않았을 뿐이었다. 잠시 숨 돌릴 틈도 없이 종일 식당일을 하는 것이 그녀의 이전 일상이었으니까. 심지어 그때는 제대로 먹지도 못하였다. 그에 비하면 이런 사치스런 피로쯤 아무것도 아니었다.

생쥐는 잠시 떨궜던 고개를 들어 황혼의 빛이 스며드는 방을 바라보았다.

"후아……."

무심코 입술 사이로 한숨 같은 것이 빠져나왔다. 살타토르 백작의 저택에서도 그러했지만, 이 모든 멋진 환경이 여전히 꿈만 같았다. 아니, 꿈조차 꿔 본 적이 없었다. 생쥐가 보아왔던 방 중 가장 나은 것은 식당 주인의 침실이었으니까. 그것이 이제껏 그녀가 꿈꿀 수 있는 가장 멋진 침실이었고, 그 침실은 지금 이곳에 비하면 돼지우리만도 못하였다.

　너무나도 급격한 변화이다 보니 심지어는 죄책감 같은 것마저 가슴 사이로 스며들었다. 이렇게 호화스럽게 사는 것의 대가로 자신의 목숨은 진심으로 보잘것없이 느껴졌다. 지난 열흘 남짓 간, 그리고 앞으로 길면 한 달간. 그간 먹고 입고 자는 값으로 뒷골목의 계집애쯤 열댓 명은 더 살 수 있을 것이다.

　동전 열 개와 타다 남은 닭구이. 생쥐는 지금 신은 비단 구두 한 짝 값에도 못 미치는 돈에 식당주인에게 팔렸다. 식전의 애피타이저나 가벼운 디저트 한 접시조차 그녀의 몸값보다는 훨씬 비쌀 것이었다.

　생쥐는 발을 내디뎠다. 아리에스를 떠올리게 하는 저녁노을 빛이 발갛게 산란하는 대리석 바닥을 또각또각 지나 소파에 둔 자신의 가방을 챙기고서 침실 문을 열었다. 침실의 바닥에는 흑자색의 부드러운 카펫이 깔려 있었다. 캐노피가 쳐진 커다란 침대를 보자, 당장에 달려가서 눕고 싶었지만 그보다도 배가 고팠다.

　"식당……."

　어딜까. 식당에 가서 음식을 먹으면 된다고 듣기는 하였지만 장소까지는 몰랐다. 생쥐는 멍하게 서 있다가 가방을 품에 끌어안은 채 침대에 털썩 주저앉았다.

식당을 찾아 헤매도 괜찮을까. 고민 끝에 그녀는 작게 고개를 저었다. 올이 가는 긴 금발이 고갯짓을 따라 살랑거렸다. 혹시 모르니까 오늘은 참자. 어쩌면 이카르가 식당을 가르쳐주지 않았다는 것을 뒤늦게 깨닫고서 알려주러 올지도 몰랐다.

생쥐는 품에 안고 있는 가방을 열어 작은 유리병 하나를 꺼냈다. 아리에스가 나흘 전에 준 과일 꿀 절임이었다. 생쥐는 거의 줄지 않은 과일 병을 열어 손가락을 집어넣었다. 꿀물을 진득하게 떨어뜨리는 과일 절임을 하나 집어 입에 머금자, 몸서리치게 강한 단맛이 전신으로 퍼져 나갔다.

연초록색 두 눈이 살짝 감겼다. 그녀는 아주 쉽게 행복을 맛보았다.

피곤과 허기 속에서 깜박 잠들어버린 소녀가 다시 눈을 떴을 때는, 창으로 들이비치던 노을이 이미 창백한 달빛으로 뒤바뀐 지 오래였다. 생쥐는 손등으로 눈을 비비며 침대에서 내려섰다. 그녀는 어두컴컴한 침실에 불을 켜고 백작가에서 배운 대로 천천히 시계의 시간을 확인했다.

긴 것이 분침, 짧은 것이 시침. 여기 있는 사람 모두가 잠들었을, 많이 늦은 시간이었다.

그녀는 우선 구겨진 드레스부터 갈아입어야겠다고 생각하며 드레스 룸으로 발을 옮기는데 납작 달라붙은 뱃속에서 꼬륵 소리가 울렸다. 생쥐는 무심코 두 손으로 배를 감쌌다. 배고파.

"……어쩌지."

하루쯤 굶어도 괜찮지만, 괜찮다고 생각했지만 오랜만에 느끼는 강한 공복감은 의외로 괴로웠다. 이전에는 어떻게 2, 3일씩 굶주리고 버텼는지 신기할 정도로. 그녀의 몸은 벌써 안락함에 물들어버린 것이었다.

"식당을 찾아볼까……."

생쥐는 드레스 룸에 들어서며 중얼거렸다. 남은 음식을 몰래 찾아 먹는 짓은 익숙했다. 여기 머무는 사람은 거의 없다고 했으니까, 게다가 이렇게나 늦은 밤이니까 들키지 않을 것이다. 그래, 아무도 없겠지. 혹여 누군가와 마주친다면 길을 잃었다고 둘러대면 될 것 같았다.

그래도 혹시 몰라 생쥐는 가발에 손을 집어넣었다. 가발을 벗고 화장도 지우고 옷도 갈아입으면 아무도 누군지 못 알아볼 거야. 생쥐는 끙끙대며 한참 만에 가발을 벗고 하얀색 네글리제로 갈아입었다. 몸에 비해 옷이 크다 보니 치맛자락이 발목을 넘어서 복숭아뼈 근처에서 한들거렸다. 아직 화장은 지우지 않았지만 드레스 룸의 커다란 거울에 비치는 부스스한 회색 머리칼의 소녀는 방금 전과는 충분히 달라 보였다.

이 정도면 아무도 나인 줄, 라린 살타토르인 줄 모르겠지. 이건 어딜 봐도 예전의 그 생쥐다. 생쥐는 만족스럽게 미소 짓고는 방을 나섰다.

새하얀 치맛자락 아래 새하얀 맨발이 어두운 복도를 흔들흔들 걸어나갔다. 불빛 한 점 없었지만 생쥐는 어렵지 않게 걸음을 옮겼다. 양초도 기름도 돈이 드는 물건이다. 그런 탓에 그녀는 어릴 적부터 어둠에 익숙해져 있었다. 까만 밤이 무섭지도 않았다. 그런 것보다 사람이, 추위와 굶주림이 훨씬 더 무서웠다.

　맨살에 닿는 바닥이 조금 차가웠지만 금세 익숙해졌다. 그녀는 콧노래라도 흥얼거릴 듯한 기분으로 계단을 내려갔다. 식당은 보통 1층에 있다. 경험으로 알고 있는 일이었다. 식당에는 식재료며 연료 등의 짐이 매일같이 드나들어야 하니까.

　그녀는 마지막 계단에서 발을 내려 너른 홀에 우뚝 섰다. 홀의 왼편으로 난 복도를 향해 걸어가려다가, 문득 굳게 닫힌 문을 바라보았다. 이 너머로는 정원이 있을 것이었다.

　생쥐는 정원이 좋았다. 뒷골목에선 식물이라곤 마른 풀포기 몇이 전부였다. 혹은 벽을 따라 흘러내린 젖은 이끼 정도일까. 꽃이나 나무를 따로 기르는 사람은 없었다. 그렇기에 처음 본 정원의 커다랗게 무성한 나무와 아름답게 피어난 꽃들의 색도 향도 무척이나 마음에 들었다.

이곳의 정원도 넓었지. 생쥐는 마차에서 내렸을 때 잠깐 본 정원을 떠올렸다. 그리고 자신의 발치로 시선을 내렸다. 하얀 발가락이 꼼지락거렸다.

흙과 풀을 밟고 싶다. 그런 충동이 들었다. 백작의 저택에서는 맨발로 서는 것은 침대 위와 욕조 안에서만 허락되었지만, 아무도 보지 않고 있으니까 상관없을 것 같았다. 더구나 지금은 라린 살타토르가 아니라 생쥐니까. 맨발로 뛰어다니는 것이 당연한 생쥐.

그녀는 흐트러진 회색 머리카락을 한 번 만지작거리고 문을 향해 발길을 돌렸다. 잠깐만 나갔다 와야지. 발에 묻은 흙은 잘 털어내고 씻으면 된다. 그럼 아무도 모를 거야.

생쥐는 두근두근하는 심정으로 닫힌 문에 두 손을 대어 힘껏 밀었다. 잠겨있지는 않아, 약간의 삐걱대는 소리와 함께 문이 열렸다.

소녀는 달빛이 부서지는 건물 밖으로 걸어나갔다.

"후와아."

커다랗게 뜨인 두 눈 가득히 반짝반짝한 빛무리가 들어온다. 정원을 가로지르는 길의 양옆으로 마치 반딧불을 잔뜩 잡아 가둔 듯한 빛의 구가 열 지어 세워져 있었다. 달빛을 받아들여 반사시키는 월석이었다. 낮에는 볼 수 없었던 온화한 은빛이 아지랑이처럼 퍼져나가는 것에 생쥐는 연신 감탄을 토해냈다. 길 위로 빛의 안개가 깔려 있는 것만 같았다. 생쥐는 얼른 그 속으로 들어가 보고 싶어서 작은 발로 계단을 폴짝폴짝 뛰어내렸다.

"진짜 예쁘다!"

근사한 미사여구 따위는 일말 없는 솔직한 감상이 튀어나왔다. 나와 보길 잘했다며 생글생글 만면에 웃음꽃이 피었다.

생쥐는 가장 가까이 있는 월석으로 다가갔다. 어린아이 머리통만한 크기의 둥글게 다듬어진 돌이 어른 허리높이 정도의 사각형 받침대 위에 놓여 있었다. 생쥐는 가슴 즈음에 닿는 돌을 살짝 끌어안아 보았다. 서늘한 감촉. 반사되는 달빛이 손가락 사이로 스며드는 것에 재차 맑은 미소가 번져나갔다.

"응, 예뻐."

뭐라고 더 멋지게 표현하고 싶지만 떠오르는 단어가 없었다. 생쥐는 아쉬워하며 연신 월석을 만지작거렸다. 그때였다.

커헝!

개가 짖는 소리가 밤공기를 갈랐다. 그리고 연이어 소리가 들려왔다.

컹컹!

한 마리가 아니었다. 서너 마리의 큰 개가 목청 높여 짖어대며 낯선 인기척을 향해 달려왔다. 생쥐의 두 눈에 공포가 짙게 어렸다. 개는 무섭다. 주인 없이 떠돌아다니는 야생화 된 들개가 힘없는 부랑자나 어린애를 물어 죽이는 광경을 몇 번이고 보았다. 뒷골목에는 조그맣고 사랑스러운 애완견은 없었다. 사나운 들개 또는 난폭한 투견뿐. 보통은 개싸움장에서 도망쳐 나온 투견이 들개가 되었기에 더더욱 위험했다.

잔뜩 겁에 질렸지만 그녀는 섣불리 도망치지 않았다. 반쯤 열린 문이 안전을 미끼로 유혹을 해왔지만 뛰지 않았다.

흥분한 개 앞에서 달렸다간 어떤 꼴을 당하는지 똑똑히 보았었다. 문에 다다르기 전에 물린다.

생쥐는 숨을 짧게 들이켜곤 뒷걸음질쳤다.

크르르.

"······."

작은 송아지만한 번견은 순식간에 그녀의 앞에 다다랐다. 새카만 털을 한 세 마리의 개. 한 놈은 나직이 목 울림을 내어 경고의 메시지를 보내오고 나머지 두 놈은 침입자를 알리려는 듯 크게 짖어댔다.

전신이 가늘게 떨렸다. 생쥐는 당장에라도 도망치고 싶은 마음을 억누르며 재차 천천히 뒤로 물러났다. 몇 걸음 가지 않아 등이 정원의 나무줄기에 닿았다. 그녀는 시선은 여전히 개를 향한 채 뒤로 손을 더듬거려 나무를 확인했다. 충분히 굵고 큰 나무였다.

짧게 숨을 들이켰다. 번견들과의 거리는 여전히 가깝다. 그녀가 뒷걸음질친 만큼 개들도 다가왔다. 이제는 셋 다 뱃속 깊은 곳에서 올라오는 섬뜩한 으르렁거림을 내뱉고 있었다. 등골이 오싹해지는 소리였다.

무서워. 하지만 생쥐는 비명도 눈물도 도와달라는 외침도 모두 삼켰다. 타인의 도움을 바라지 않게 된 것은 아주 어릴 적부터였다. 울며불며 소리쳐봤자 도와주는 사람은 없었다.

그녀는 개를 자극하지 않을 정도로 느리게 옆으로 몸을 움직였다. 나무 기둥을 따라 조금씩 다시 뒤로. 그리고 나무가 그녀의 뒤가 아닌 앞으로 오는 순간, 뛰어올랐다.

있는 힘껏 땅을 박차고 나무에 달라붙어 기어올랐다.

커헝!

갑작스럽게 뛰어오르는, 위협적으로 보이는 움직임에 반사적으로 물러났던 개들이 이내 정신을 차리고 덤벼들었지만 이빨이 닿는 범위 내에 있는 것은 딱딱한 나무줄기뿐이었다.

생쥐는 필사적으로 나무를 올랐다. 맨발이어서 다행이었다. 줄기에 굴곡이 있고 가지도 굵게 휘어진 이국적인 정원수라서 또 다행이었다.

"후우, 후……."

생쥐는 그새 거칠어진 숨을 몰아쉬며 나무줄기와 가지 사이에 걸터앉았다. 다리를 편히 늘어뜨리지 못하고 바싹 웅크린 채였다. 워낙 큰 개들이라 뛰어오르면 닿을 것만 같았다.

컹컹!

크르릉!

아래에서 마구 짖는 소리가 귀를 윙윙 울린다. 이젠 어쩌지. 한숨 돌리고 나자 걱정이 고개를 치켜들었다. 생쥐는 고개를 돌려 열린 문을 바라보았다. 이대로 아침까지, 누군가 나타날 때까지 기다리는 편이 안전하겠지만 그랬다간 밤중에 멋대로 나왔다는 사실을 들키고 만다. 어쩌면 도망치려 했다고 오해받을 수도 있었다. 라린 살타토르 와는 다른 모습이었지만 혹 모른다. 머리카락 색이 다르다 해도 밤이 아닌 낮이라면 얼굴을 쉽게 알아보겠지.

"저기, 그냥 가주면 안 될까요?"

생쥐는 개들을 내려다보며 부탁해보았다. 상대는 개였지만 겁먹고 놀란 바람에 무심코 익숙한 경어가 튀어나왔다.

그녀의 목소리를 들은 개가 더욱 목청을 높였다. 쉽게 물러날 기세가 아니었다. 애초에 번견이니만큼 낯선 사람을 발견하고도 그냥 가버리는 편이 이상할 것이다.

'어쩌지…….'

이대로 해가 뜰 때까지 기다리는 수밖에 없는 걸까. 생쥐는 나무줄기를 붙잡은 손에 꽉 힘을 주었다. 하는 수 없다고 생각한 순간, 개들의 동향이 이상해졌다.

끄응. 낑.

바싹 치켜 올라갔던 꼬리가 아래로 쳐졌다. 귀 또한 슬금슬금 뒤로 젖혀지며 잔뜩 위를 쳐다보던 머리도 수그러들었다. 그렇게 당황한 듯 낮게 낑낑대던 번견들이 나타날 때 이상으로 재빠르게 정원의 덤불 안쪽으로 사라져갔다. 무슨 일인지 알 수 없어 당황하는 생쥐의 시야에 다가오는 커다란 인영이 들어왔다. 사람이었다. 그녀는 무심코 몸을 움츠렸다. 나무 아래에 선 남자, 황제가 가지 사이에 작은 올빼미처럼 웅크린 소녀를 올려다보았다.

"아니었군."

그가 예상했던 것과는 다른 상황인 듯, 나직한 중얼거림이 들려왔다. 그 말에 생쥐가 화들짝 입을 열어 소리쳤다.

"처, 처음 뵙겠습니다!"

처음 보는 사람, 본 적 없는 사람. 그래야만 한다.

생쥐는 머리를 짜내며 더듬더듬 말을 이었다.

"저는, 그러니까 식당 조수인데, 네, 조수예요!"

이카르가 식당에서 일하는 조수가 두 명 있다고 말했다. 그리고 황제는 그 조수의 얼굴을 모를 것이다. 그녀가 배운 짧은 지식대로라면 그러했다.

생쥐의 거짓말에 황제의 입가가 미미하게 비틀렸다.

"식당 조수?"

"네."

"그렇군."

믿어줬다! 생쥐는 무심코 튀어나오려는 안도의 한숨을 억눌러 삼켰다.

"이름은."

"아…… 새, 생쥐요."

"생쥐?"

"네. 그냥, 그렇게 불러요. 저기, 내려가도 괜찮을까요?"

"내려와라."

생쥐는 고개를 끄덕이고 더듬더듬 나무줄기에 발을 디뎠다. 그 위태한 모습에 황제가 말했다.

"뛰어내려."

"……예?"

"내려오다가 날 새겠다. 뛰어."

높은데. 생쥐는 망설이며 나무 아래에 선 남자를 바라보았다.

뛰어내리라고 말해놓고서 받아주겠다는 태도는 조금도 없었다. 팔을 뻗는다거나 하지도 않고 그냥 내린 채 구경만 하고 있다.

생쥐는 긴장 어린 침을 꼴깍 삼켰다. 높긴 해도 죽을 정도는 아니다. 그냥, 운이 좋으면 멍 정도 들고 운이 나쁘면 다리가 부러지겠지.

황제 폐하의 명을 어겨서는 안 된다는 밀레즈의 말이 떠올랐다. 다른 사람인 척하고 있기에 더더욱 곤란했다. 말을 듣지 않는다고 화가 나 죽임당하기라도 하면, 라린 살타토르는 실종되어 버리고 마니까. 그럼 안 돼. 생쥐는 눈을 꼭 감고 아래로 몸을 날렸다.

허공에 발이 뜨고 하얀 네글리제 자락이 어둠 속에 흩날린다. 맥없이 추락하던 작은 몸뚱이가 땅에 닿기 직전 턱, 가볍게 붙잡혔다. 그녀가 다시 눈을 뜨기도 전에 두 발이 온전히 바닥에 닿았다. 약간 비틀거리며 똑바로 선 생쥐를 황금색 눈동자가 내려다보았다.

"피 냄새. 물렸나?"

"예? 아뇨."

나무를 오르느라 손이며 발이 긁히긴 했지만 피가 날 정도는 아니었다. 그러다가 문득 떠오르는 것이 있었다.

"아!"

생쥐는 자신의 머리에 손을 갖다 대었다. 상처라면 머리에 있었다. 수십 개의 핀으로 단단히 고정시키는 금빛 가발을 벗고 쓰기는 힘들었다. 그간 연습을 했지만 오늘 처음으로 누구의 도움도 없이 가발을 벗으려다 보니 핀에 여러 번 찔렸다. 피가 좀 나기는 했지만 흐를 정도는 아니었는데다가 금방 멈추었는데.

생쥐는 무심코 솔직하게 대답했다.

"가발 핀에 찔렸습니다."

"쓰지 마."

"하지만 회색 머리칼은 못났다고 했어요."

"금발도 딱히 예쁘진 않다."

"안 예뻐요?"

돌아온 것은 침묵뿐이었지만 무언의 긍정을 뜻하고 있다는 것을 생쥐는 어렴풋이 눈치챘다.

그녀는 자신의 짧은 머리카락을 재차 만지작거렸다. 가발 안에 짓눌리고 핀에 잔뜩 꿰이느라 엉망으로 헝클어진 머리였다. 여태껏 외모에 대해서 신경 써본 적은 없었다. 여자로서의 외양을 절대 눈에 띄지 않으려 애쓰면서 살아왔으니까.

그 오래된 습관 때문에 화사한 드레스를 걸치는 지금에도 스스로의 외모에는 여전히 별 느낌이 들지 않았다. 당연하게도 자신이 예쁘다고 생각해본 적도 없었다.

금발의 소녀는 생쥐가 아니라는 생각이 무의식중에 자리 잡고 있는 탓이었다.

예쁜 것은 라린 살타토르지 생쥐가 아니다. 하지만, 금발인 그녀도 예쁘지 않다니. 라린 살타토르와 생쥐를 아직 동일시 여기고 있지 않음에도 조금 서운한 감이 들었다. 안 예쁘다니.

"그럼 가발 안 써도 될까요? 불편합니다."

갑갑함도, 쓰고 벗기 어려움도 참고서 썼던 가발인데 예쁘지 않다니.

더는 그 불편을 감내하고 싶지 않아진 생쥐의 말에 황제가 무뚝뚝이 대꾸했다.

"쓰지 말라 했다만."

"네."

생쥐는 기쁘게 고개를 끄덕였다. 그러다가 화들짝, 어깨를 움츠렸다. 뒤늦게서야 황제의 금발 운운이 무엇을 뜻하는지 눈치챈 것이었다. 그녀는 그렇잖아도 큰 편인 연녹색 눈을 더욱 커다랗게 하고서 황제를 올려다보았다.

"아, 저, 가발은……! 저, 저기, 저…… 알아보세요……?"

무덤덤한 시선이 회색 머리칼에 닿았다가 그보다 아래로 쭉 내려가, 흰 잠옷 아래로 살짝 솟은 가슴께에 뚝 멈추고는 대답했다.

"없으니까."

한발 늦게 말의 의미를 알아챈 생쥐가 발끈해 소리쳤다.

"있습니다!"

생쥐는 잠옷 자락을 잡고 아래로 바싹 당겼다. 작은 젖무덤의 윤곽이 좀 더 도드라져 나타나게 하며 그녀가 재차 주장했다.

"보세요, 분명히 있어요."

"그걸 있다고 말하면 진짜 여자들이 항의하겠지, 꼬마 생쥐."

"저도 틀림없는 진짜 여자입니다. 그, 그리고 전 라린 살타토르……예요."

목소리의 끝이 의기소침하게 줄어들었다. 그녀의 손이 다시 머리로 향했다.

지저분한 회색 털의 생쥐. 금발 소녀는 자신이 아니라고 생각하고 있음에도, 어쩐지 울고 싶은 기분이 들었다.

생쥐는 아랫입술을 잘근 깨물었다.

"해가 지면 정원에 개를 풀어 놓는다. 이카가 말 안 했나."

"……네."

"칠칠찮은 놈. 이 시간에 왜 나왔지?"

생쥐는 조금 망설였다가 솔직하게 대답했다.

"배가 고파서 식당을 찾으려고요."

"정원에서?"

"살짝, 구경하고 싶어서요……. 조금만 보고 식당에 가려고 했는데……."

"따라와."

생쥐는 몸을 돌리는 황제의 뒤를 얼른 쫓아갔다. 혼자 남았다간 또다시 개가 나타날 것이다. 허둥지둥 따라붙는 소녀의 발치에 금색 시선이 짧게 가 닿았다. 생채기투성이의 맨발이었다. 황제는 커다란 손을 뻗어 살점 없이 얄팍한 허리를 붙잡았다. 새끼고양이 다루듯 달랑 들어 올려지는 것에 생쥐가 눈을 두어 번 크게 깜박였다.

"걸을 수 있어요?"

"느려."

"뛰면 됩니다."

"정신 사납다."

생쥐는 고개를 살짝 갸웃했다가 이내 수긍했다.

귀족 아가씨들은 정말로 급할 때가 아니고선 뛰면 안 된다고 했으니까 뛰면 거슬린다고 말하는 거구나, 하고 속으로 중얼거렸다.

짐짝처럼 옆구리에 끼워 들린 채 생쥐는 자신을 든 남자를 힐끔힐끔 올려다보았다. 귀족 아가씨는 물론이요, 여자아이를 옮기는 올바른 방법과는 꽤나 먼 거리의 모양새였다. 하지만 나쁘진 않았다. 피가 머리로 조금 쏠리기는 했지만 그것만 제외하면 묘하게 안정적인 기분이 들었다. 그러니까, 안전하다는 본능적인 직감 같은 것이. 말하자면 어미에게 목덜미를 물린 새끼고양이와 비슷했다.

  "무섭지 않아요?"

  "살점 더 붙이고 물어라."

  "전보다 늘었습니다."

  "전에는 날아다녔겠군."

  "날개가 없으면 날지 못합니다. 날 수 있다면 좋겠지만요."

  날개가 있다면 좋겠다고 꿈꾸어 본 적이 있다. 칙칙한 회색이 아닌 새하얗고 커다란, 폭신한 깃털 날개를. 하지만 꿈은 어디까지나 꿈일 뿐으로 실현될 가능성은 조금도 없었다. 실상 지금의 이 상황도 실현 불가능한 꿈에 가까웠다.

  아니, 새의 날개는 상상이나마 해보았지 지금의 호화로운 생활은 머릿속에 떠올려 본 적조차 없는데. 그렇기에 벌써 열흘에 가까운 시간이 흘러갔지만 현실감 없다는 감각이 계속해서 떠날 줄을 몰랐다.

생쥐는 다시금 자신을 든 남자를, 귀찮은 기색이 엿보이는 무뚝뚝한 얼굴을 힐끔거렸다.

"여기가 식당이다."

발끝으로 문을 밀어 열며 황제가 말했다. 열린 문 안쪽으로부터 달짝지근한 냄새가 물큰 새어나왔다. 생쥐는 고개를 들어 주위를 두리번거렸다. 어두웠지만 그럭저럭 위치를 확인할 수 있었다.

"감사합니다."

이젠 내려주지 않을까 싶었지만 황제는 여전히 생쥐를 든 채 식당 안으로 걸음을 내디뎠다. 긴 식탁 위에는 음식 대신 침묵과 어둠이 진득한 단내와 뒤섞여 흘러넘쳤다. 그 옆을 지나쳐 턱턱 울리는 발소리는 곧장 주방 쪽으로 향했다.

주방 역시 불씨 하나 없이 새카맣게 물들어 있었지만 이내 타닥, 불꽃 튀는 소리와 함께 화덕 속이 발갛게 타오르기 시작했다. 길게 그림자를 드리우며 어른거리는 불빛에 생쥐는 고개를 살짝 갸웃했다. 하지만 굳이 의문을 말로 표현하지는 않았다. 달빛을 모으는 돌도 있으니까 저절로 불이 붙는 화덕도 있지 않을까. 그렇게 생각했기 때문이었다. 그리고 화덕의 불보다 더 궁금한 것이 있었다.

"왜 여기까지, 아!"

어째서 황제가 식당이 아니라 주방 안쪽까지 자신을 들고 온 것일까, 그 이유를 물으려던 생쥐는 별안간 아리에스의 말을 떠올렸다. 용에게 잡아먹히는 거야. 그녀는 그렇게 말했었다.

그리고 그 용이라는 게 황제를 뜻하는 말이라는 것을 나중에 배워 알게 되었다. 즉 황제가 자신을 잡아먹는다. 인간이 인간을 먹는다는 건, 생쥐가 아는 세상에서는 흔하진 않지만 없는 일은 아니었다. 특히 갓난아기는 고급 식재료로 암암리에 거래되기도 하였다.

생쥐의 그런 추측은 황제가 그녀를 조리대 위에 내려놓음과 동시에 확신으로 뒤바뀌었다.

"폐하."

왜, 라는 대꾸가 담긴 시선이 그녀를 향하였다. 조리대에 걸터앉은 채 생쥐는 담담한 목소리로 말했다.

"저를 잡아먹으실, 아니 드실 건가요?"

"직접적으로냐 간접적으로냐."

"어, 음……. 그러니까 칼로 썰어서 굽거나 찌거나 삶거나 혹은 날것으로요."

고기는 보통 익혀서 먹지만 어쩐지 눈앞의 남자는 날로도 잘 먹을 것 같았다. 황제는 조리대 위의 말라깽이 소녀를 잠시간 쳐다보다가 무심히 대꾸했다.

"살이 없어."

"적긴 하지만 아주 없는 것은 아니에요."

"먹어봐야 뼈만 씹히겠지."

"아…… 뼈는 맛없기는 합니다. 배고플 때 뼈다귀라도 갉아봤는데 먹기도 힘들고 이도 아팠어요."

연녹색 눈이 가느다란 제 손목을 담았다. 확실히 뼈에 가죽만 겨우

걸친 모양새였다. 먹을 게 없는 몸뚱이. 생쥐는 약하게 한숨을 내쉬었다.

"얼마나 더 살이 쪄야 먹을 만할까요?"

"쪄봐야 조그만 건 마찬가지다."

"닭이나 오리보다는 큽니다. 살만 붙으면 제가 더 나아요."

그러니까 살만 더 찌면 먹을 만해질 거라고 주장했다. 다시 말해 쓸모가 있는 것이다.

"노력할 테니까 조금만 기다려 주세요."

열심히 살찌울게요, 하고 그녀는 자신을 잡아먹으라는 소리를 진심으로 입에 담았다. 두려움이나 슬픔 한 자락 없이, 냉정할 정도로 차분한 모습으로.

"그러니까 뭔가 먹어도 괜찮을까요?"

잠시 잊고 있었던 허기가 독사처럼 고개를 바싹 치켜들었다. 남은 음식을 찾아보고 싶은데 여기서 내려와도 괜찮을지 모르겠다. 둥지를 떠날 수가 없어 어미가 물고 올 먹이만을 간절히 기다리는 새끼 새 같은 생쥐의 눈빛에 황제가 조리실 천장 줄에 걸린 훈제 연어를 통째로 끌어내렸다.

"먹어라."

생쥐는 그가 던져주는 연어를 두 팔로 안듯이 받아들었다.

그녀의 상체만한 연어의 불그레하니 갈라진 뱃속에서 무언지 모를 나무 향이 솔솔 흘러나왔다. 내장만 제거했을 뿐인 통연어를 먹으라 던져준다면 여느 소녀는 당황하고 말았겠지만 생쥐는 대신 군침을 꼴깍 삼켰다. 먹으라고 했으니까 먹어도 되겠지.

그녀는 조그만 입을 한껏 벌려 석류 속처럼 불그레한 연어 속살을 깨물었다.

별다른 조리도 하지 않은 채지만 상질의 장작으로 알맞게 훈제된 생선의 살점은 혀끝에서 사르르, 감칠맛 있게 녹아들었다. 입안에 잔뜩 머금었던 훈제연어가 순식간에 목구멍 너머로 흘러내리고 생쥐는 쉬지 않고 재차 다음 한 입을 덥석 물었다. 그렇게 가장 부드러운 뱃살 부분을 대여섯 번 정도 야금야금 파먹고 나서야 겨우 정신이 든 듯 고개를 들었다. 연녹색 고운 눈동자가 반짝반짝, 생기 있게 빛난다.

"맛있어요."

정말로. 그렇잖아도 맛있는 음식이 허기가 조미료가 되어 더욱 감미롭게 느껴졌다.

생쥐가 연어를 먹는 사이 오크통 마개를 열고 와인을 따라 마시고 있던 황제가 윤기가 좔좔 흐를 듯 환해진 그녀의 얼굴을 보고 입꼬리를 올렸다. 고작 훈제연어 몇 입에 세상을 다 얻은 것처럼 행복한 얼굴을 하고 있었다.

"잘 먹는군."

"맛있으니까요. 하지만 맛없어도 잘 먹습니다."

배만 채울 수 있다면, 제대로 영양을 섭취할 수 있는 음식이기만 한다면 맛이야 아무래도 상관없었다. 그렇게 평생을 살아왔다.

생쥐는 재차 훈연향이 그윽이 밴 살점을 베어 물었다. 욕심껏 양볼을 가득 부풀린 것이 생쥐라기보다는 도토리를 잔뜩 주운 다람쥐 꼴이었다. 그리 우물우물 다시 먹는 것에 집중하는 모양새를 구경하던 황제가 연어 속살처럼 불그레한 와인이 가득 담긴 잔을 내밀었다. 바다 생선 특유의 소금기가 배어들어 있는 연어였다. 그 때문에 입안이 짭조름했던 생쥐는 무릎 위에 연어를 내려놓고 와인잔을 공손히 받아들었다.

"감사합니다."

자세는 예의 바르다 할 수 없었으나 배운 대로 인사를 하곤 와인을 홀짝, 입안을 적셨다. 한 모금 마시고는 눈을 동그라니 크게 뜨며 다시 한 모금 더 맛본다.

"이거, 술입니까?"

"그래."

"술인데 맛있네요."

먹을 게 없을 땐 그나마 물보다는 나았기에 손님들이 남긴 술을 몰래 훔쳐 마시기도 했다. 하지만 식당에서 파는 술은 독하기만 한 저급의 밀주였다.

입에도 쓰고 속도 왕왕 쓰린, 처음 맛봤을 땐 상한 물이 아닌가 싶을 정도로 맛없는 것이 바로 술이었는데 이건 전혀 달랐다. 색깔도 곱고 향도 뛰어나다.

농익은 포도향이 혀 위를 감돌다가 상쾌할 정도의 시큼함과 함께 목구멍 너머로 부드럽게 흘러내려 간다. 도수는 꽤 높은지 이내 뱃속이 뜨끈해졌지만, 기분 좋은 온기였다.

그렇게 몇 번 홀짝거리다 보니 잔 그득하던 와인이 어느새 바닥을 보였다. 사라진 와인 대신 핏기 없던 두 뺨이 와인빛 발그레하게 물들었다.

"맛있습니다."

재차 맛있단 소리를 되풀이하며 방긋 웃는다.

"술인데 맛있어요. 술인데 맛있네요?"

벌써 취기가 도는 걸까, 반복되는 말에 황제가 그 맛있다는 술 한 잔 더 가득 채워 내밀었다. 생쥐는 사양 않고 제 두 볼처럼 붉은 음료를 답삭 받아다 입술에 가져다 대었다.

"맛있어요."

홀짝홀짝, 잔의 절반이 순식간에 사라졌다.

"맛있는 게 엄청 많아요."

노래하듯 흥얼거리는 어조로 종알거린다.

"전부 다 맛있어요. 이전에는요, 구운 닭이 제일 맛있는 거였거든요. 누린내 나고, 여기저기 타고, 양념도 하나 안 되어 있는 거요. 그게 제일 맛있는 거였습니다."

황궁에서는 못 먹을 쓰레기라며 내다 버릴 그런 질기고 오래된 닭고기가 생쥐에게 있어선 일 년에 한 번 입에 대기도 힘든 귀한 음식이었다. 그런 저급한 고기조차 양껏 먹어 본 기억이 없다.

아주 운이 좋아야 손님이 남긴 찌꺼기를, 그마저도 눈치 살금살금 살펴가며 입에 쓸어 담는 것이 고작이었던 생활.

"신기해요. 이상할 정도로."

혀가 녹을 것 같은 멋진 음식들이 끼니때마다 종류를 달리해서 나온다.

"응, 이상해요. 대단해요. 신기해라……."

생쥐는 중얼거리면서 또 홀짝홀짝, 참새처럼 조금씩 와인을 마셨다. 볼의 발그레하던 훈기가 어느새 눈가까지 기어 올라가, 연녹색 큰 눈이 더욱 도드라져 보였다.

"맛있는 걸 먹여준다면 죽어도 좋다는 건가."

죽을 줄 알면서도 여기까지 순순히 온 이유는 아직 제대로 듣지 못했다. 황제의 물음에 생쥐의 고개가 살짝이 기울어졌다.

"그것도 맞습니다. 하지만 다른 이유가 더 커요. 맛있는 것도 좋은데, 달라요. 저는요, 좋아하는 사람을 위해서 온 겁니다."

그녀는 흐느적 기울어졌던 고개를 빳빳이 세우고 마치 자랑스럽다는 듯 작은 가슴을 활짝 펼쳤다.

"부모?"

"고아예요, 전. 아주 어릴 적부터 혼자였습니다. 혼자였어요. 혼자였는데, 아니게 되었어요. 같이 살게 해준다고 했습니다."

같이 살게 해준다.

그 말에 황제는 생쥐가 위한다는 그 누군가가 그녀의 연인 혹은 짝사랑 상대일 것이라 생각했다.

가족이 아닌 타인이 같이 살아준다는 말에 죽음을 기꺼이 무릅쓸 정도라면, 그 상대는 십중팔구 목매어 사랑하는 남자가 아니겠는가.

"그 좋아한다는 자는 널 별로 좋아하지 않는 모양이군."

황제는 냉담하게 말했다. 조그만 소녀를 사지로 내몰았으니 당연한 추측이었다. 서로 사랑한다면 함께 도망이라도 쳤겠지.

"아닙니다."

생쥐는 조금 뾰로통해져서 대답했다.

"물론, 제가 많이, 훨씬 더 많이 좋아하지만! 저를 좋아도 해줘요. 좋아한다고 말해줬습니다! 그러니까 같이 살자고도 했어요? 좋아하니까."

무사히 돌아온대도 그냥 내쫓을 수 있는 건데, 그런데도 아리에스는 같이 살게 해준다고 말했다. 생쥐는 크게 고개를 끄덕였다. 날 좋아하니까 그렇게 말해 준 거야.

"처음으로, 처음으로 좋아한다는 말을 들었습니다. 절 좋아해 주는 사람이 있어요. 저를 좋아해 줘요."

술기운 때문만이 아닌 홍조가 짙게 물이 올랐다. 생쥐는 행복하게 미소 지었다.

"돌아가면, 같이 살 겁니다."

돌아갈 수 있다면.

생쥐는 후아, 달아오른 숨을 내쉬고 남은 와인을 꼴깍꼴깍 단숨에 들이켰다. 이젠 제법 취했는지 동그란 눈동자의 초점이 멍하게 흐려졌다.

"아, 음, 맛있어요."

생쥐는 조리대 아래로 늘어진 가느다란 다리를 툭툭 흔들며 희미하게 콧노래를 흥얼거렸다.

"맛있어라~."

"날이 밝거든 돌아가라."

"안됩니다."

생쥐는 크게 머리를 흔들었다.

"저 쓸모없는 거 알아요. 매일매일 들었습니다. 하지만요, 폐하아. 전 쫓겨날 수 없어요. 그러면 안 돼요. 이건, 이건 제가 할 수 있는 가장, 가장 멋진 일이거든요!"

보잘것없는, 약속된 미래라곤 창녀가 고작인 소녀가 지금은 소중한 사람을 지키고 있다. 절대로 물러날 수 없어.

생쥐는 폴짝, 조리대 위에서 뛰어내렸다. 먹다 남은 훈제연어가 바닥에 철푸덕 떨어졌다.

"절대로 쫓겨나지 않아요!"

빳빳하게 서서는 목소리를 높였다. 황제는 마치 사자 앞에서 겁도 없이 삐약대는 병아리 같은 모양새를 가소롭게 내려다보다가 입을 열었다.

"쫓겨나는 게 아니라면."

"전 배운 것도 없고, 세상도 잘 모르고, 아무튼 모르는 게 아는 거보다 훨씬 많지만, 여기에 후궁으로 온 것은 알아요. 그러니까 첩이요. 남자가 여자를 하루 만에 돌려보낸다고요? 그건 쫓겨나는 겁니다. 폐하께서 아니라 그러셔도 다들 그렇게 생각할 거예요."

"배운 게 없다고 말하면서 잘도 종알거리는군."

하지만 생쥐의 말이 맞기는 하였다. 들인 후궁감을 고작 하루 만에 내보낸다면 설사 황제가 직접 변명해준다더라도 세간에서는 계집이 눈에 차지 않아 쫓아내었다 떠들어 댈 것이었다. 그리고 황제로서는 아무래도 좋을 일이었지만, 생쥐를 이곳에 보낸 자들은 어떠한 방식으로든지 피해를 입게 되겠지.

"그래서 죽겠다는 거냐."

"살고 싶어요."

생쥐는 코끝을 조금 훌쩍였다.

죽어도 좋다고 말해도, 진심으로 죽고 싶을 리는 없었다. 고작 열여섯 살의 어린 소녀. 목숨을 잃는다는 소리가 무섭지 않을 리가 없는 것이다.

"살고 싶지만, 행복하게 살고 싶어요. 굶주리고, 얻어맞고, 추위에 떨면서, 그렇게 사는 건요, 그런 삶 속으로는 다시 돌아가고 싶지 않습니다. 행복하게 살고 싶어요."

생쥐의 눈동자는 크게 일렁이고 있지만 당당하게 남자를 올려다보고 있었다. 그 조그만 소녀를 내려다보던 황제가 그녀를 향해 손을 뻗었다.

"한 달 뒤에도 살아 있다면."

동그란 머리통을 붙잡은 손이 약간 거칠게 회색 머리칼을 쓰다듬었다.

"돌려보내 주마."

생쥐는 그 커다란 손이 보기보다 따뜻하다고 생각했다. 그리고 이내, 술기운에 못 이겨 스르륵, 잠에 곯아떨어지고 말았다.

3
빨간색 슬리퍼

볕에 잘 말린 깨끗한 이불에선 햇살 냄새가 난다. 생쥐는 아침 햇살에 감겨든 듯한 포근함 속에 뺨을 비볐다. 부드러운 천의 감촉. 이제는 익숙해질 법도 하였건만 그래도 잠결에 깜짝깜짝 놀라는 따스한 잠자리였다. 아직 와인향이 옅게 배어나는 숨을 내쉬며, 작은 소녀는 느릿이 눈을 깜박였다.

그녀가 누워있는 곳은 침대 위였다. 생쥐는 약간 무거운 머리를 천천히 가누며 상체를 일으켜 앉았다.

"……방."

새롭게 주어진 자신의 침실. 그녀는 침대 위에 주저앉은 채로 손등으로 눈을 비볐다.

"식당에 있었는데."

정확히는 주방이었다. 거기서 연어를 먹고, 술도 마시고, 그리고 잘 기억이 나질 않았다.

생쥐는 하품을 한 번 하고 주위를 두리번거렸다. 아무도 없다. 사위는 고요하여 시계의 태엽 소리만이 작게 들려올 뿐이었다. 조용한 아침이었다. 아니, 아침이라기엔 조금 늦은 오전이다.

폐하께서 정원에서처럼 달랑 들어서 방에 데려다 준 것일까. 침대까지 옮겨다 주었지만 그냥 내려만 놓았을 뿐 제대로 눕히고 이불을 덮어주는 친절까지는 보여주지 않았다. 하기야 그렇게까지 해주는 것이 더 이상할 터였다.

생쥐는 잠시간 늦은 아침의 여유를 즐기다가 침대에서 내려섰다. 어린애처럼 작은 발에 큼직한 슬리퍼를 걸치고서 타박타박 침실을 나섰다. 잠에서 깨어나 혼자 몸단장하는 방법은 지난 일주일간 충분히 배우고 익혔다. 뒷골목에서는 매일 새벽 물을 길어와야만 했었지만 살타토르 백작의 별장 별채에는, 그리고 이곳 황궁에도 수도 시설이 잘 되어 있었다. 욕실에는 아래로 수도가 연결된 큼직한 물그릇이 있어 퍼내면 퍼낸 만큼 다시 물이 차올라, 항시 깨끗한 물이 찰랑찰랑 들어차 있었다. 그 옆쪽으로는 물을 끓일 수 있는 화로가 설치되어 조금만 수고를 들이면 언제나 따뜻한 물을 양껏 쓸 수 있었다. 심지어 별채에서는 하녀가 물을 뜨고 데워주어 생쥐는 가만히 앉은 채 세수만 하면 그만이었다.

게을러질 만큼 편안한 생활. 하지만 지금은 하녀까지는 없었다. 생쥐는 차가운 물을 퍼 올렸다.

연료도 부싯돌도 모두 준비되어 있었지만 굳이 물을 데우진 않았다. 날이 추운 것도 아니고 물을 길으러 우물까지 먼 거리를 오갈 필요가 없다는 것만으로도 충분히 만족스러웠다.

생쥐는 양치와 세수를 하고 양털같이 부드러운 수건으로 얼굴을 닦았다. 그리고는 상아 빗을 들어 화장대의 선명한 거울을 들여다보며 회색 머리칼을 빗어 내렸다.

그녀는 헝클어진 머리를 가지런히 정돈하며 거울 속의 자신을 향해 낯선 시선을 보내었다.

"너는 라린일까 생쥐일까."

황금빛 가발이 없으니 생쥐의 모습이 보였다. 하지만 거울 속의 소녀는 깨끗하고, 마르긴 했어도 혈색이 돌고, 살짝 구겨졌지만 좋은 옷을 입고 있다. 빗어 내린 머리카락은 짧았지만 그래도 어깨에 살짝 닿는, 그럭저럭 여자애라고 말할 수 있는 그런 길이였다. 라린 살타토르와 생쥐의 그 중간 즈음이 아닐까. 그렇게 생각하다 생쥐는 고개를 저었다.

"아직은 라린 살타토르야."

생쥐는 가볍게 고개를 끄덕였다. 황제에게는 들켰지만, 그래도 아직 라린 살타토르인 것이 맞을 것이었다. 아무튼 생쥐는 여기 들어와서도 안 되는 신분이니까.

그녀는 머리를 정돈한 뒤에 드레스 룸으로 들어갔다. 물결치며 눈을 희롱하는 드레스의 파도 속에서 색이나 모양새보다는 왜소한 체구에 그럭저럭 맞는 옷을 골라 입고는 방을 나섰다.

계단에까지 올라서서야 신발 대신 슬리퍼를 끌고 있다는 사실을 눈치챘지만, 생쥐는 고개만 갸웃하고 말았다. 방 밖이긴 해도 실내니까 슬리퍼를 신고 있어도 괜찮지 않을까. 게다가 여기 올 때 신고 온 신발 외에는 죄다 커서 뒤가 트인 슬리퍼류 외엔 신을만한 것도 없었다.

3층의 집무실로 올라간 생쥐는 문을 두드리고 입을 열었다.

"폐하."

그리고 잠깐 머뭇거리다가, 말을 이었다.

"라린 살타토르입니다."

대답을 기다렸지만 닫힌 문 너머는 고요했다. 생쥐는 어제 이카르가 들어오란 답변 없이 문을 열었던 것을 떠올렸다. 그녀는 조금 더 기다렸다가 다시 노크를 하고 들어갑니다, 하고 목소리를 낸 뒤 문을 열었다.

"폐하?"

가장 먼저 눈에 들어 온 커다란 책상은 텅 비어 있었다. 펜과 잉크병만이 외로이 놓였을 뿐 주인은 물론이요 쌓여있던 서류도 한 장 남아있질 않았다. 생쥐는 코끝을 작게 움찔거렸다. 커피란 음료의 냄새. 그것이 옅게 감돌고 있는 텅 빈 방.

"폐하? 안 계세요?"

돌아오는 대답은 없었다. 생쥐는 침묵이 오래된 먼지처럼 가라앉아있는 방을 한 바퀴 천천히 돌았다. 역시 아무도 없다. 불안감이 살짝 가슴 속엘 스며들었지만 내색지 않고 참았다.

낮이니까. 무언가 일이 있어서 나간 거겠지, 아마.

황제가 없으니 이젠 무얼 해야 할까. 방을 빙 돌아 다시 문 앞에 다다른 그녀는 자신의 배에 손을 살짝 대었다.

아침을 먹어야겠다. 살을 찌우는 것도 해야 할 일이니까.

입꼬리가 미소를 그리며 살짝 올라가고 발걸음이 빨라졌다. 생쥐는 즐겁게 식당이 있는 1층으로 향했다. 조금 방정맞게 계단을 폴짝폴짝 뛰어내려 홀에 내려선 그녀가 문득 발걸음을 멈추었다.

너른 홀의 정 가운데 위치한 커다란 문 너머가 어쩐지 소란스러웠다. 생쥐는 계단 바로 아래에 그대로 멈추어 선 채 닫힌 문을 빤히 쳐다보았다.

말 울음소리와 여러 사람들이 오가는 발소리가 들렸다. 황제가 돌아온 것일까. 그때, 닫혀 있던 문이 활짝 열어젖혀 졌다.

"아……."

눈부시게 쏟아지는 아침 햇살과 함께 줄을 잇는 시녀들의 무리가 들어섰다. 시녀들은 그들을 멍하니 쳐다보는 말라깽이 소녀에겐 일절 관심도 두지 않은 채 바쁘게 붉은 카펫을 계단 앞쪽까지 길게 깔았다. 생쥐의 발끝에 카펫의 끄트머리가 툭 닿았다.

"비키십시오."

냉랭하게 떨어지는 목소리에 생쥐는 당황하며 계단 옆으로 비켜났다. 이카르가 사흘에 한 번 청소 따위를 하러 시녀들이 온댔는데, 오늘이 그날인 걸까 싶었다. 그러나 그런 것치곤 인원이 많은데다가 붉은 카펫으로 길을 깔 이유가 없었다.

생쥐가 어쩔 줄을 모른 채 머뭇머뭇 서 있는 사이 준비를 마친 시녀들이 카펫 양옆으로 나란히 섰다. 이어 햇빛이 잔뜩 들이비치는 문 너머에서 태양이 무색할 정도로 화려한 차림의 여자가 붉은 카펫 위로 발걸음을 올려놓았다. 생쥐는 눈을 동그랗게 뜬 채 그녀를 바라보았다.

누굴까. 생쥐의 머릿속에는 없는 여자였다. 순금을 뽑아낸 것이라 해도 믿을 만큼 눈부신 금발에 도도하게 치켜뜬 보라색 시원한 눈이 매력적인 무척이나 아름다운 귀부인이었다.

걸음걸이며 손짓, 눈짓 하나하나에 평생에 걸쳐 새겨진 기품이 넘쳐흘렀다. 그 옷차림은 또 어떤가. 이름을 다 나열하기도 힘든 온갖 보석과 가장 귀하다는 비단에 금실, 은실을 아낌없이 쓴 휘황찬란한 자태였다.

백작의 외동딸인 아리에스도 고급 드레스를 걸쳤지만 저 여자의 진줏빛 장갑 한 켤레 값에도 못 미칠 터였다. 그야말로 대저택을 몸에 두르고 다니는 격이었다.

생쥐는 그 모든 것의 가치를 알아보지는 못하였지만 천천히 다가오는 여자가 평범한 신분이 아니라는 것만큼은 재빨리 눈치챘다. 주변에 널린 시녀 이상으로는 보이지 않는 조그만 소녀는 얼른 시선을 발치로 떨어뜨렸다. 저런 귀부인이 자신에게 볼일이 있을 것이라곤 생각지 않았다. 그저 얌전히 머리를 숙인 채 지나가기만을 기다렸다. 그러나.

"못 보던 얼굴이 있구나."

여자의 부채 끝이 생쥐를 가리켰고 이내 시녀들이 소녀를 끌어다 제 주인 앞에 세워놓았다. 생쥐는 배운 대로 계속해서 고개를 숙이고 있었다.

"이름이 무엇이냐."

우아한 발음이었으나 목소리는 차디찼다.

"……살타토르 백작의 먼 친척, 라린 살타토르라 합니다."

생쥐는 약하게 숨을 들이켜며 공손히 대답했다. 부채가 탁, 여인의 손바닥을 가볍게 두드렸다.

"네가 바로 주제도 모르고 기어들어 온 새끼 고양이로군."

냉랭한 시선이 생쥐의 아래위를 훑어 내리다가 핏, 비웃음을 던졌다.

"아니, 고양이가 아니라 쥐새끼 같은 몰골이로구나. 어쩜 이리도 볼품없을까. 사내애마냥 짧은 머리카락은 색마저도 칙칙하고, 몸은 굴곡 하나 없이 비썩 마른 모양새라니."

조금쯤 유쾌해진 낯빛으로 여자가 말을 이었다.

"여자도 아닌, 뼈만 남은 어린애야. 이런 것을 보내다니 살타토르 백작도 어지간히 급했던 모양이로구나. 외동딸은 제법 미색이 출중하다 들었건만."

이래서야 사내를 유혹할 수 있을 리 만무하다. 여자가 한껏 여유롭게 생쥐를 조롱했다.

"후궁이라는 직책이 무색하구나. 그래, 어제가 초야였을 터인데 황제 폐하께서는 네년과 밤을 함께하셨더냐?"

당연히 아니라는 대답을 기대하고 던진 물음이었다.

그러나 생쥐의 대답은 그녀의 예상을 빗겨나가는 것이었다.

"예."

생쥐는 나직이 대답했다. 뒷골목의 소녀는 고상하게 돌려 말한 밤의 의미를 제대로 이해하질 못한 것이었다. 그 때문에 생쥐는 밤을 함께했다는 말을 단어 그대로 받아들여 고개를 끄덕이고 말았다. 분명 자신은 황제와 밤에 함께 있었다.

생쥐의 대답에 유들유들한 미소를 머금고 있던 여자의 얼굴이 쨍 소리가 날 듯 뻣뻣하게 굳어졌다.

"폐하와."

보라색 눈동자 위로 서늘한 독기가 비친다.

"밤을 지새웠다?"

"지새울 정도는 아니었습니다."

생쥐는 어제 있었던 일을 솔직하게 털어놓았다.

"밤늦게 정원에 나갔다가 폐하와 마주쳤습니다. 그리고 함께 술과 음식을 먹고, 폐하께서 침대로 데려다 주셨습니다."

그저 딱 침대까지 데려다 놓았을 뿐이었다. 그러나 듣는 사람의 귀에는 전혀 다르게 다가왔다. 황제가 후궁으로 들어온 여자를 침대로 데리고 갔다. 그전에 술까지 함께 마셨다. 그런 이야기를 듣고서 아무 일도 일어나지 않았을 것이라 생각하는 사람은 없었다.

"……네년이 감히."

선명하게 붉은 입술을 새하얀 이가 짓씹었다. 여자는 망설이지 않고 손을 들었다.

짜악! 사정없이 내려쳐진 뺨이 순식간에 붉게 물들었다. 생쥐는 한쪽으로 휙 돌아간 고개를 바로 들 엄두조차 내지 못한 채 멍하니 눈을 깜박였다. 왜 화가 난 걸까 길게 생각할 겨를도 없이 재차 반대쪽 뺨에 불이 났다.

짝! 가녀린 몸뚱이가 힘을 이기지 못하고 비틀거린다. 그래도 끝내 쓰러지지는 않았다. 떡하니 버티고 서서 비명도, 신음도 하나 없었다. 그 꼿꼿한 모양새가 더더욱 여자의 비위를 거슬렀다.

"천한 것이 독하기까지 하구나! 그냥 놓아두어선 안 될 계집이야. 채찍을 가져오너라!"

"예, 마마."

두 뺨이 화끈화끈 부어오르는 것을 느끼며 생쥐는 주먹을 작게 쥐었다. 괜찮아, 새삼스러울 거 없는 일이다. 별다른 이유 없이 매타작을 당하는 일이야 흔히 겪어왔다. 생쥐는 끝까지 침묵을 지켰고 여자는 매달려 애원하지도 용서를 빌지도 않는 그 모습에 이를 바득 갈았다.

이윽고 시녀가 채찍을 들고 오고 여자는 그것을 개중 덩치가 가장 좋은 시녀에게 건네도록 하였다.

"라린 살타토르. 무릎을 꿇어라."

노기 어린 명령에 생쥐는 순순히 두 무릎을 카펫 위에 대었다.

"존엄하신 황제 폐하와의 사사로운 일을 가벼이 떠들어대는 그 경박함을 내 엄히 처벌하겠노라. 정확히 열 대를 치겠다. 직접 소리 내어 수를 세도록."

"예. ……마마."

생쥐는 조금 전 시녀가 말했던 것을 떠올려 대답했다. 마마. 그 호칭을 듣자 백작가에서 배웠던 것이 뒤늦게 생각났다. 선대 황제에게 아들은 없었다. 그러나 딸은 한 명 있었으니 유일한 황녀, 로제시아 공주마마였다. 그리고 그녀는 궁에서 황제와 황태후 다음으로 신분이 높다고 하였다. 가진 것 하나 없는 평민 소녀가 감히 반항할 엄두조차 낼 수 없는 상대였다.

"쳐라."

로제시아 공주의 명령에 시녀가 채찍을 들어 올렸다. 길게 늘어진 가죽채찍이 뱀처럼 꿈틀거린다.

휘익!

공기를 찢는 소리와 함께 뼈와 가죽뿐인 마른 등을 채찍이 날카롭게 헤집었다.

"……하나."

생쥐는 이를 악물고 수를 세었다. 고작 한 대만에 드레스의 등판이 할퀸 듯 헤지고 새빨갛게 핏물이 번져나갔다.

짜악!

"……둘."

채찍이 닿은 부분 부분마다 순식간에 붉은 물이 든다. 찢어진 옷자락 사이로 메마른 등이 훤히 드러났다. 다시 셋, 하고 말하는 입술 사이에서 고통 어린 단내가 새어나왔다. 그리고 넷.

털썩. 생쥐의 상체가 앞으로 푹 고꾸라졌다.

눈앞이 아찔하니 흐려진다. 생쥐는 몸을 일으키려 바르작거리며 간신히 말했다.

"네, 엣……."

작게 끙끙거리며 기어이 혼자 힘으로 일어나 앉는 것에 로제시아의 미간이 짙게 찌푸려졌다. 지독한 계집.

차악!

"윽, 다서, 다섯……."

생쥐는 다시 휘청거리며 넘어지려다가 겨우 몸을 바로잡고 다섯까지 세었다. 등이 불타는 것 같았다. 이제 겨우 반이었건만 흘러내린 피가 등은 물론이고 허리를 지나 엉덩이께까지 적셔 들었다. 사나운 짐승이 사정없이 찢어발긴 듯한 처참한 등의 몰골에 채찍을 휘두르던 시녀가 손을 머뭇거렸다. 더 때렸다간 저 메마른 몸뚱이가 버티지 못하고 산산조각이 나버릴 것만 같았다. 다른 시녀도 그리 생각했는지 조심스럽게 황녀를 말렸다.

"마마, 자칫 후궁이 목숨을 잃을까 우려되옵니다."

"천한 계집의 숨 줄기 따위!"

말은 그리하였지만 로제시아도 더는 채찍을 내리치라 명하지 못하였다. 눈앞의 계집이 정말로 죽어버려서야 곤란하다. 정식으로 들인 것은 아니라 하나 명목상은 후궁이다. 황실의 어른으로서 체벌 정도는 가할 수 있으나 목숨까지 앗아서야 책잡히는 것을 면할 수 없었다. 죽인다면 비밀스럽게 해야 할 일이다. 로제시아는 팩, 신경질적으로 몸을 돌렸다.

"내 관용을 베풀어 줄 터이니 몸가짐을 조신이 하여 자성하거라."

대답을 기다리지도 않고 황녀는 자리를 떠나갔다. 주인의 뒤를 따라 시녀들도 우르르 몰려나갔다. 남은 몇몇이 카펫을 거둬가며 간신히 몸을 지탱하고 있던 생쥐를 옆으로 밀쳐냈다. 바닥에 쓰러진 피투성이 소녀를 신경 쓰는 사람은 아무도 없었다. 남아 있던 시녀들까지 자리를 뜨고 문마저 굳게 닫혔다. 생쥐는 초점이 흐려진 눈으로 빛이 가로막힌 문을 바라보았다.

일어나야지.

힘이 들어가지 않는 팔다리를 억지로 움직였다. 바닥의 찬기가 심장에 스며들어 가슴은 서늘해졌으나 등은 숯불을 올려놓은 듯 뜨거웠다. 전신의 감각이 마비된 듯 의외로 고통은 느껴지지 않았다. 그저 멍했다. 제 몸뚱이가 아니라 꼭두각시 인형의 줄을 끌어당기듯 삐걱삐걱 일어나 계단을 오르려다가 다시 풀썩, 다리가 꺾였다. 무릎이 계단 모서리에 콱 부딪쳤다.

생쥐는 남의 일 대하듯 피가 번져가는 제 무릎을 내려다보았다.

"……돌아가야지."

방에 가서 쉬자. 의사를 찾는다는 생각은 하지 못했다. 아무리 아파도, 곧 죽을 만큼 괴로워도 16년 평생 그녀를 돌봐주는 사람은 누구 하나 없었다. 오히려 눈총을 던지고 쓸모없는 놈이라는 욕만 잔뜩 얻어먹을 뿐이었다.

몸이 아프면 남의 눈에 띄지 않는 곳에서 나을 때까지 웅크리고 있는다. 그것이 생쥐가 아는 유일한 치료법이었다.

마치 보호받을 곳 없는 야생의 어린 짐승과도 같은 몸짓으로, 생쥐는 다시 계단을 기어올랐다.

"개미떼처럼 몰려왔군."

길게 늘어선 사람들의 줄을 내려다보며 상석에 앉은 황제가 성가신 속내를 감추지 않은 채 중얼거렸다.

대륙의 절반을 차지한 광대하리만큼 거대한 제국 산크투스에는 그 땅 넓이에 걸맞은 수의 지방 영주가 존재했다. 각 지방을 자치하는 영주는 일 년에 두 번 직접 수도로 상경해 황제에게 인사를 올려야만 하였다. 황실의 지배권을 확고히 하기 위한 법도 중 하나였다. 전국 각지의 영주가 일시에 자리를 비울 수 없었기에 그들이 올라오는 기간은 제각각이었고, 그래서 영주에게는 해에 두 번이라지만 인사받는 황제는 보름에 한 번씩 귀찮은 자리에 얼굴을 내밀어야만 하였다.

"그러게, 오늘은 유독 많네요."

호위기사라는 명목으로 황제의 곁에 서 있던 이카르가 작게 말했다. 그는 황제의 자리보다 한 단 아래지만 못지않게 화려한 상좌에 앉아 있는 중년 여인을 힐끗 쳐다보았다. 마치 자신이 황제라도 되는 양 꼿꼿한 자세의 성질이 만만찮아 보이는 인상의 여자였다.

"태후도 빠지지 않고 참석했고 말입니다. 황녀는 안 보이지만요."

"그 계집이야 득달같이 후궁전으로 달려갔겠지."

언제나 그렇듯이. 황제는 눈가를 찌푸렸고 마침 절을 올리고 있던 애꿎은 영주가 그것을 보고 당황하며 허둥지둥 물러났다. 황제에게 후궁이 바쳐지면 매번 로제시아 공주가 나타나 새로운 후궁을 확인하곤 하였다. 그 말에 이카르가 조금 걱정스러운 표정을 지었다.

"해코지는 안 하겠지요?"

"후궁이래 봐야 어린애다."

"하긴 그렇죠."

황녀가 사납게 성질 부리는 대상은 라이벌이 될 가능성이 있을 만큼 반반하고도 성숙한 여자였다. 뛰어난 미모의 후궁이라면 못 잡아먹어 안달이었지만 반대로 볼품없는 후궁은 비웃고 무시하는 정도로 끝냈다. 이따금 기분이 내키면 관대한 척 굴기도 하였으니 어린데다가 미색이 뛰어나지도 않은 생쥐 상대로 크게 손대는 일은 없을 것이라 두 남자는 생각했다.

하지만 어쨌거나 후궁들에게는 반갑잖은 재난인 방문이었다. 이카르가 작게 한숨을 내쉬며 말했다.

"그냥 폐하께서 결혼하시면 끝날 일 아닙니까."

로제시아 공주와 황제의 혼인. 그것이 황녀와 황태후 측의 요구였다.

직계도 아닌 사촌 정도의 근친혼은 귀족들 사이에서 흔한 일이었다. 현황제와 로제시아 공주는 삼촌 간이었으나 선황제와 현황제가 이복형제간이라 법적으로 문제없는 혼사였다.

실상 황태후 측만 아니라 황제에게도 실보다는 득이 많은 일이다.

현 황제 솔레드 알타리아 오드 산크투스의 출신은 명확하지 않았다. 선황제가 이복동생이라고 내세우기는 하였으나 모친의 정체는 아직까지도 밝혀지지 않은 채였다. 그래서 이에 대해 의혹을 품고 있는 귀족들도 상당수였다. 그나마 큰 소요 없이 황위에 오를 수 있었던 것은 황제의 비인간적인 특성 때문이었다.

산크투스의 초대 황제의 연인이자 초대 황후는 인간이 아닌 붉은 드래곤이었다. 그 용의 핏줄이 전해지는 황족에게는 드래곤의 특징이 이따금 나타나곤 하였다. 인간의 기준을 뛰어넘는 육체, 황금색 짐승의 눈, 각질의 비늘이나 뾰족한 귀 등의 특이성이 바로 그것이었다.

현 황제 솔레드는 인간에게는 있을 수 없는 황금빛 짐승의 눈을 지니고 있었고 덕분에 황족으로서 인정을 받을 수 있었다. 동시에 그 눈이 용이 아닌 다른 마물이나 짐승의 것일지도 모른다는 음해가 떠돌아 황제의 눈동자에 대한 이야기는 금기시되고 있는 실정이었다.

그러한 뒷사정 탓에 황제의 자리는 아직 굳건하지 못하였다. 하지만 확실한 직계 황족이자 태후 태생의 적자이기도 한 로제시아 공주와 결혼한다면 그 누구도 황위의 정당성에 대해 이의를 제기치 못하게 될 것이었다.

"로제시아 공주가 성질은 좀 사나워도 얼굴은 예쁘잖습니까. 폐하 앞에서는 성질 죽이고 새끼 양처럼 순한 척 굴기도 하고 말입니다. 그냥 결혼하시면 불쌍한 아가씨들 요절시킬 일도 없을 텐데."

다들 쉬쉬하고 있었으나 후궁들이 오는 족족 죽어 나가는 것은 황태후 측의 짓거리였다.

황태후는 아들을 낳지 못해 결국 황제의 이복형제에게 황제 자리를 빼앗기고 말았다. 그런 상황에 만에 하나 황제가 로제시아가 아닌 다른 여자로부터 후계를 얻게 된다면 황태후 측의 입지는 더더욱 좁아질 것이 자명했다.

아직 후계자가 없는 황제의 후궁전을 비워두는 것은 황실 법도가 허락지 않았다. 그렇다고 후궁이 황제의 아이를 품도록 놓아둘 수는 없었다. 그런 정치적인 문제 탓에 가여운 여자들이 젊은 목숨을 덧없이 잃어가고 만 것이었다.

"시끄럽다. 네가 참견할 일이 아니야."

"하지만 폐하. 그렇다고 언제까지 후궁들이 죽어 나가는 꼴을 보고만 계실 수는 없지 않습니까. 심지어 황태후는 폐하께서 후궁들을 살해하는 거라고 헛소문까지 퍼뜨려서 황제의 악명이 배가 되었다니까요. 솔직히 폐하 책임도 있지만요. 결혼 안 하실 거면 불쌍한 애들 어떻게든 지켜라도 주시든가."

이카르가 부루퉁하게 투덜거렸다. 정식으로 들인 것이 아니라 해도 어쨌거나 후궁이다. 아내란 말이다. 그런데도 죽어 나가는 꼴을 쳐다만 보고 있다. 보기 좋은 광경도 아니었고 사람으로서의 도리도 절대 아니었다.

"로제시아 공주가 그렇게나 눈에 안 차십니까? 솔직히 그 정도면 괜찮은 여자 아닙니까."

나라에서 손꼽히는 미인에다 황제 앞에서만은 순종적이며 뒤따라오는 권력도 상당했다. 연애감정이 없어도 정치적인 목적만으로도 치러볼 법한 혼사인 것이다. 그런데도 황제는 로제시아를 단지 귀찮은 여자로만 취급했다. 대하는 걸 보면 대충 한여름 밤 모기와 비슷한 위치였다.

"대체 어디가 마음에 안 드십니까?"

"전부 다."

"……."

그렇게까지 취향이 아니라니 할 말이 없었다. 이카르는 어깨를 으쓱하곤 입을 다물었다.

황제가 후궁전으로 돌아온 것은 하늘이 불그스름한 저녁때였다. 먼저 말에서 내린 이카르가 황제의 말고삐를 받아들었다. 평범한 말과는 종 자체가 달라 보이는 칠흑의 짐승이 사납게 투레질을 했다.

하인이 없다 보니 말을 마구간에 들이는 것도 호위기사인 그의 일이었다. 가끔은 자신이 호위기사가 아니라 몸종이 아닌가 하는 생각마저 들 지경이었다. ……솔직히 가끔이 아니라 꽤 자주.

"마구간지기 하나쯤은 들여놓자니까요."

이카르는 툴툴대며 말을 끌고 갔다. 제아무리 황제가 무섭다 해도 목숨 걸고 일할 사람이 없는 것도 아닌데 쓸데없는 고집이었다. 그는 반쯤 뛰다시피 한 걸음으로 말을 마구간에 들여놓았다. 말을 돌보는 것은 식당 조수가 맡아줘서 그나마 다행이었다. 견습 기사나 할 일까지 부려 먹혔다면 그냥 가출했을지도 몰랐다.

"……폐하?"

일을 마치고 건물 안으로 들어서던 이카르의 얼굴에 의아한 빛이 떠올랐다. 벌써 위층으로 올라가고 없으리라 생각했던 황제가 계단 앞에 우뚝 서 있었던 것이다. 무슨 일일까. 그는 큰 걸음으로 황제의 옆으로 다가갔다.

"왜 여기서……."

"궁의를 불러와라."

"예?"

갑자기 웬 의사인가 싶던 이카르의 안색이 딱딱하게 굳었다. 한발 늦게, 하지만 뚜렷하게 그의 눈에도 검붉은 핏자국이 들어 온 것이었다. 그리 흥건하지는 않았지만 적은 출혈양도 아니었다. 혈흔의 주인일 소녀의 조그맣고 메마른 몸뚱이를 생각한다면 더더욱. 이카르는 긴말치 않고 발꿈치를 돌려 왔던 길을 달려나갔다.

빠른 발소리가 등 뒤로 멀어져가고 황제는 미간을 찌푸린 채 계단 위로 올라섰다. 핏자국은 계단을 따라 희미하게, 하지만 끊어질 줄을 모른 채 점점이 이어지고 있었다. 그 흔적이 뜻하는 사실이 그의 심기를 불편케 만들었다.

"······고집스러운 녀석."

무슨 짓을 당하였는지는 모르나 분명 상처가 크다.

그런 상처를 입고서도 출혈이 채 멈추기도 전에 기어이 계단을 기어오르는 비썩 마른 몸뚱이가 눈앞에 어른거렸다. 누군가에게 도움을 청하지도 않고 혼자 힘으로 사력을 다해 몸을 일으키는 조그마한 소녀.

황제는 천천히 계단을 올랐다.

한 걸음 한 걸음 피의 흔적이 이곳에서 벌어졌던 광경을 설명해주고 있었다.

뚝 뚝 일정한 간격으로 떨어져 있는 핏방울이 한순간 넓게 퍼졌다. 소녀는 이곳에서 한 번 넘어진다. 곧장 일어나지 못하고 꽤 오래 바르작거리다가 다시 계단을 올라, 겨우겨우 계단 끝에 다다라 잠시 쉰다.

검붉은 얼룩 사이로 조그만 손바닥의 흔적이 흐릿하게 나타나 있었다. 그리고 다시 일어서다가 슬리퍼 한 짝이 벗겨진다. 황제는 손을 뻗어 계단 끄트머리에 아슬아슬하니 걸쳐있는 슬리퍼를 집어 들었다. 원래는 새하얀 색이었던 슬리퍼에 핏자국이 도드라지게 피어나 있다.

피투성이 소녀는 슬리퍼 한 짝을 잃어버린 것도 모른 채, 혹은 챙길 기력이 남아있질 않은 채 계속해서 걸어간다. 남은 슬리퍼에 핏물이 젖어들다 못해 넘쳤는지 질질 끌리는 흔적이 어두운 복도 위로 이어져 있었다. 제 방을 향해 절룩절룩, 발을 끌면서 걸어간다. 그렇게 반쯤 가다가 다시 한 번 쓰러진다. 그곳에서 황제의 미간의 골이 좀 더 깊어졌다.

소녀는 이번에는 일어나지 못한다. 벽에 붉은 손자국이 남아 있었다. 벽을 긁으며 일어나고자 몇 번 버둥거린다. 그러나 힘이 빠진 두 다리는 기어이 제 몸을 지탱하지 못하고, 여기서부터는, 바닥을 기기 시작한다. 늘어진 몸을 끄는 흔적.

황제는 남은 슬리퍼 한 짝을 주웠다. 먼젓번 것보다 피의 흔적이 더욱 짙다. 본래의 하얀색을 찾아보기가 힘들 지경이었다.

그리고 복도의 끝.

"⋯⋯."

어스름한 저녁노을 빛 속에 쓰러진 몸뚱이가 보였다. 닫힌 문 아랫부분에 옅은 핏자국이 남아 있었다. 문을 열려고 시도한 흔적이었다.

생쥐는 문 손잡이에 닿지 못한 채 정신을 잃었다. 결국 제 방에 들어가지 못하고서 엎드려 쓰러진다.

옮겨야겠다고 생각은 하면서도 황제는 의식 없는 소녀에게 쉽사리 손을 내밀지 못하였다. 다치지 않았어도 한 줌 얄팍한 그 등이 이제는 차마 손댈 엄두가 나지 않을 정도로 멀쩡한 틈이 없었다. 사나운 개가 잔뜩 물고 흔들다 내던진 인형이 떠오르는, 처참하게 찢어진 등이었다. 어젯밤처럼 아무렇게나 집어 들 수는 없어, 황제는 한쪽 무릎을 바닥에 굽혀 대었다. 슬리퍼를 내려놓고 상처를 건드리지 않도록 조심스럽게 두 손으로 생쥐를 안아 들었다. 들어 올리는 대로 힘없이 축 처지는 머리가 목숨이 붙어 있기는 한 건지 의심스러운 모양새였지만, 가느다란 숨소리는 들리고 있었다.

"⋯⋯조그만 것이."

이런 상처를 입고도 여기까지 기어이 다다르다니. 등 전체가 찢어졌다. 한 걸음 한 걸음 내디딜 때마다 상처가 벌어지며 끔찍한 고통이 전신을 치달았을 것이다. 바닥을 기느라 두 팔까지 쓰게 되면 그 통증은 더더욱 심해진다. 어지간한 장정이라 해도 비명을 지르며 도중에 포기했을 고통이었다.

황제는 쯧, 짧게 혀를 찼다. 대단키는 하다만 칭찬은 못 하겠다, 미련한 계집. 얌전히 계단 밑에 웅크리고 있어도 되었을 것을 쓸데없이 움직여 상처만 더 키워놓았다.

황제는 못마땅한 낯빛으로 자신의 방을 향해 걸음을 옮겼다.

어스름하니 의식의 빛이 밝아졌을 때 가장 먼저 느껴진 것은 은은한 커피 향이었다. 이제는 익숙해졌다 해도 좋을 그 풍부한 향내. 덕분에 생쥐는 눈을 뜨지 않고서도 자신이 있는 장소를 알 수 있었다.

황제 폐하의 방.

그렇게 입속으로 중얼거리곤 이상하다 생각했다. 내 방에 갔었는데. 아니, 들어가지는 못했던 거 같다. 문을 열 수가 없었다. 손잡이가 너무 높아서. 그리고…… 기억이 없었다.

생쥐는 천천히 눈꺼풀을 들어 올렸다.

머리 탓에 푹 눌려져 양옆이 솟아오른 베갯잇에 눈앞이 새하얬다. 보통은 천장이 먼저 눈에 들어왔겠지만 지금 그녀는 엎드려 머리를 외로 한 채 베개를 베고 소파 위에 길게 엎드려 있었다.

생쥐는 베개에 파묻힌 고개를 조금 들썩, 움직였다. 베갯잇 너머로 테이블이 보였다. 그리고 그 너머, 생쥐가 누운 소파와 마주하고 있는 소파에 낯익은 사내가 앉아 있었다. 그가 생쥐와 눈을 마주치곤 싱긋 웃었다.

"깨어났네, 꼬마 아가씨."

"……이카 님."

생쥐는 웅얼거리듯 작게 말했다. 황제의 호위기사인 이카르다. 그럼 폐하도 근처에 계신 걸까. 아직 기운 없는 몸을 억지로 일으키려는 생쥐의 모습에 이카르가 얼른 말렸다.

"그냥 누워있어! 억지로 움직였다간 상처 덧난다."

"상처요?"

웬 상처일까, 했다가 황녀에게 채찍을 맞았다는 것을 기억해 냈다. 생쥐는 손을 뒤로 꺾어 자신의 등 쪽을 더듬어보았다. 새 잠옷 아래로 칭칭 감긴 붕대가 만져졌다. 거의 상체 전부가 붕대투성이였다.

"……아프진 않습니다."

"마비성분이 있는 약을 발랐으니까. 오래가진 않을 거다. 밤중에 아파서 자다 말고 벌떡 일어날지도 몰라."

평범한 소녀라면 지레 겁먹을 만한 소리였으나 생쥐는 아무렇지 않게 들어 넘겼다. 그러곤 다시 팔에 힘을 주고 몸을 일으키려 들었다.

"그냥 있으라니까?"

"괜찮습니다. 아프지 않잖아요."

다쳤다고 해도 아무런 통증도 없는데 마냥 쉬고 있다는 것은 그녀에게 있어서 과히 사치스러운 일이었다. 심지어 이곳은 자신의 방도 아닌 황제의 사실이 아니던가. 도저히 맘 편히 엎어져 있을만한 장소가 못되었다. 아직 쓸모 있다는, 허니 남겨놓겠노라는 확답도 못 받아냈는데.

생쥐의 머릿속에서 전날 밤 들은 황제의 약조는 술기운과 함께 깨끗이 쓸려나간 뒤였다.

"엎드려 있어!"

기어이 상체를 일으키는 생쥐의 고집에 이카르가 자리에서 벌떡 일어나 반대편 소파로 다가갔다. 그는 생쥐를 만류할 목적으로 손을 내밀었으나 차마 가녀린 몸 어디에도 대질 못하였다. 등은 당연하고 어깨도 함부로 내리눌렀다간 상처에 악영향을 줄지도 몰랐다. 그 정도로 생쥐의 상처는 넓고도 깊었다. 그렇다고 일단은 숙녀의 머리를 꽉 짓누를 수도 없고.

이카르가 당황하는 사이 생쥐는 소파 등받이를 붙잡고서 조심조심, 완전히 일어나 앉았다. 소파 위에 두 무릎을 댄 채라 키가 작은 편임에도 머리가 등받이 위로 불쑥 튀어나왔다. 짧은 회색 털의 머리가 갸웃, 황제가 자리한 책상 쪽으로 향하였다. 아직 몽롱한 연녹색 눈과 짜증이 희미하게 어린 황금색 눈이 마주쳤다.

"안녕하세요, 폐하."

소파에 살짝 기댄 채 생쥐가 인사했다. 그에 돌아온 목소리는 무뚝뚝했다.

"엎드려."

"하지만 아프지 않습니다."

"명령이다."

털썩, 명령이라는 말이 떨어지기가 무섭게 생쥐의 몸이 다시 소파 위로 엎어졌다. 그녀는 베개를 끌어당겨 턱을 괴면서 여린 녹색 눈동자를 빙그르 굴렸다. 말 잘 듣는 충견, 정확히는 쓸데없이 철이 일찍 든 강아지 같은 모습에 이카르는 기막힌 눈빛을 하며 제 자리로 가 앉았다.

"커피 필요하지 않으세요?"

"필요 없다."

"제가 무언가 해야 할 일은 없습니까?"

"그냥 엎어져 있어."

아무 데도 필요가 없는 모양이다. 생쥐는 조금 기가 죽어 눈을 숙였다. 두 사람의 대화가 끊기자 이번에는 이카르가 입을 열었다.

"로제시아 공주가 왜 너를 채찍질했지?"

그가 생각하기론 생쥐가 무슨 잘못이라도 하지 않은 이상 황녀가 포악을 떨 이유가 없었다. 황녀가 질시하고 해코지하려는 상대는 연적이 될 만한 성숙한 여인이지 앞뒤 구별도 안 되는 어린애가 아니었다. 이카르의 질문에 생쥐가 나직이 대답했다.

"모릅니다."

"몰라?"

"예."

채찍으로 호되게 얻어맞았지만 생쥐는 여전히 자신이 벌을 받은 이유를 까맣게 몰랐다.

"그냥 화풀이한 것이겠죠. 자주 있었어요."

그런 일, 아무 이유 없는 폭력은.

"물론 황녀가 좀 히스테릭한 면이 있긴 하지만 이유 없이 날뛰는 성격은 아닌데. 음, 오늘 무슨 일이 있었지?"

"아침에, 아니 조금 늦게 제 방에서 일어났어요."

생쥐는 천천히 낮의 일을 이야기했다.

"씻고 머리도 빗고 옷을 갈아입고 폐하의 방으로 향했습니다. 하지만 아무도 없어서 무얼 할까 하다가 밥을 먹기로 했어요. 그래서 1층으로 내려갔습니다."

"황녀는?"

"그때 나타났어요."

문이 열리고 붉은 카펫이 깔리며 수많은 시녀들을 거느린 채 여왕처럼 등장했다.

"그래서?"

"제게 와서, 아니, 오셔서, 어⋯⋯. 폐하와 밤을 함께했느냐고 물으셨습니다."

"그야 당연히⋯⋯."

"그래서 그랬다고 대답했습니다."

"……뭐?"

"밤에 같이 있었어요. 술도 마시고요."

"폐하?!"

이카르는 기겁하며 튕기듯 자리에서 일어났다. 설마? 어린애 취향 아니라더니 사실은 그 반대였나?! 경악에 가까운 부름에 황제가 시 큰둥하게 대꾸했다.

"네놈 탓이다."

"……예?"

"밤에 번견을 풀어놓는다는 충고를 잊었더군."

"아! 물렸어?"

생쥐는 짧게 고개를 저었다.

"폐하께서 오셔서 개가 도망쳤어요."

"그래서 밤에, 아니, 그보다!"

이카르가 난처한 얼굴로 말을 이었다.

"황녀가 완전히 오해해버렸단 소리잖아? 망할!"

"오해요?"

"그래! 네가 폐하와……. 그러니까, 같이 잤다고 말이야."

"함께 잔 적은 아마도 없습니다. 잘 기억은 안 나지만요."

"……그냥 단순히 잠만 잔 게 아니라. 어, 초야를 치렀다는 거지."

"초야요?"

이카르는 부족한 상식 탓에 순진무구한 눈망울로 물어오는 소녀에 게 더듬거리다가 힘겹게 입을 떼었다.

"뭐냐, 음, 섹스…… 말이지."

"아. 안 했어요. 아직 가슴이 작거든요."

"……아무튼 로제시아 공주는 네가 폐하와 했다고 착각하고 있다는 거다."

"어째서일까요. 이상한 공주님이네요."

"네가 그렇게 말했잖아."

생쥐는 눈을 크게 뜬 채 반박했다.

"말한 적 없습니다."

"아니, 했거든."

"안 했어요."

"폐하랑 같이 밤을 보냈다고 말했다며?"

"밤에 함께 있었지만 섹스는 안 했습니다."

"그게 그거라고!"

"네?"

"남자와 여자가 함께 밤을 지새웠다는 거, 그게, 섹스, 랑 같은 뜻이라는 거지."

"예에?!"

이카르의 설명에 생쥐가 아주 크게 놀란 표정을 지으며 입을 딱 벌렸다.

"세상에, 그럴 수가……."

"그래서 황녀가……."

"전 엄청나게 많은 남자와 섹스한 거였군요. 처녀인 줄 알았는데."

술집은 낮보다 밤에 성행한다. 그러므로 생쥐는 자연스럽게 수많은 남자 손님들과 밤을 지새운 꼴이 되어버린 것이었다. 한참 멀리 가 버린 그녀의 충격 고백에 이카르가 당황하며 손을 내저었다.

"잠깐, 잠깐! 무슨 소리를 하는 거야? 아니거든! 무슨 생각을 했는진 몰라도 아닐 거거든! 은유라고 은유! 돌려 말하는 거! 왜, 남자와 여자가 주로 밤에 하잖아!"

"여자는 모르겠지만 남자는 주로 밤에 술을 마십니다."

"말고, 젠장, 섹스!"

이카르는 자신이 왜 여기서 이딴 소리를 지껄이고 있는지 모르겠단 표정을 한 채 말을 이었다.

"밤에 주로, 남몰래 하기 때문에 남녀가 단둘이서 함께 밤을 보냈다, 하면 아무 일 없었어도 듣는 사람은 섹스했구나, 착각하기도 한다는 말이다! 넌 페하의 후궁이기까지 하니까 더더욱! 알아듣겠냐?"

"아아."

알아들었다! 이카르는 안도의 한숨을 내뱉으며 소파에 털썩 주저앉았다. 진땀이 다 날 지경이었다.

"그래서 그렇게 착각한 로제시아 공주가 너를 채찍으로 때린 거지."

"왜요?"

"……앞에 했던 설명 다시 해줘야 하는 거냐."

"아뇨, 말씀하신 대로 저는 후궁입니다. 페하와 당연히 섹스해요?"

황녀가 오해했다손 치더라도 후궁으로서는 자신이 맡은 바 소임을 다했을 뿐인 것이다. 그런데 왜 벌을 받아야 한단 말인가.

생쥐의 물음에 이카르가 뒷머리를 긁적였다.

"으음, 설명하자면 복잡한데. 로제시아 공주는 황제 폐하와 결혼하고 싶어 하거든."

"폐하와요?"

"그래. 폐하가 공주의 삼촌이긴 하지만 또 폐하께선 선황제의 이복형제이기 때문에 법적으로 문제 될 것도 없고. 아무튼 이런저런 정치적 상황도 겹쳐서 로제시아 공주로선 폐하에게 꼬이는 날파리가 달갑지 않은 거지."

"날파리요?"

"여자. 후궁. 그러니까 너."

애한텐 돌려 말하면 안 되겠다고 이카르는 생각했다. 그의 설명에 생쥐가 멍한 눈빛을 하였다. 그녀가 아는 사실은 황제에게 바쳐진 후궁은 모두 목숨을 잃었기에 다음 차례인 아리에스를 구하기 위해 자신이 대신 왔다는 것뿐이었다. 자세한 뒷사정은 당연히 까맣게 몰랐다.

"……황제폐하는 후궁을 여럿 둔다고 들었습니다. 하지만 공주님은 그게 싫은 거예요?"

"뭐, 황녀는. 황태후 쪽은 좀 더 복잡하긴 하다만 황녀는 그냥 질투심이라 칠 수 있지."

"첩이 마음에 들지 않는 본부인 같은 거로군요."

"아직 본부인은 아니지만 비슷하지."

지금은 그저 황제가 쓸데없는 고집을 피우고 있을 뿐이며 결국 황녀와 결혼하게 될 거라는 소리가 궁정의 대세론이었다.

황제에게는 자신만의 세력이 없었으며 그 세력, 즉 지지기반을 얻을 수 있는 가장 손쉬운 길이 황녀와의 성혼이기 때문이었다. 그리고 이카르도 비슷하게 생각하고 있었다. 다만 이유는 다른 것이, 평생 혼자 살 게 아니라면 황녀랑 결혼하겠지 뭐, 정도의 생각이었지만.

"그럼 또 찾아오실까요?"

자신이 거슬린다면 또 해코지를 하러 오지 않을까. 생쥐는 덤덤하게 물었지만 이카르의 표정은 심각해졌다.

"아니."

"안 오세요?"

"와 봐야 그때쯤 넌 이미 죽고 없겠지."

이제 와 해명해봤자 엎질러진 물이다. 남자의 침실에 들어서기에는 어리고 모자란 여자애라는 믿음을 주었더라면 꽤 오래 무사할 수 있었을 것이다. 어쩌면 적당히 기회를 봐 돌려보내 줄 수 있었을지도 모른다. 그러나 이제는 글러 먹었다.

이카르는 못마땅하게 혀를 찼다. 새로 온 후궁이 황제와 동침하였다는 말은 이미 황태후의 귀에까지 들어갔을 터이고, 그 말인즉 눈앞의 조그만 소녀의 목숨은 바람 앞의 등불이나 다름없다는 뜻이었다.

"……폐하."

낮게 깔린 묵직한 목소리에 옆에서 무어라 떠들어 대든 업무에나 신경 쓰고 있던 황제가 시선을 들었다. 이카르가 미간에 주름을 깊게 새긴 채 제 직속상관을 곱지 못한 눈초리로 쳐다보았다.

"이번에도 강 건너 불구경하듯 지켜만 보실 겁니까?"

불만을 넘어서 분노마저 희미하게 서린 눈빛에 황제가 들고 있던 펜을 손에서 놓았다.

"새삼스럽군. 저 꼬마가 마음에 든 거냐."

"그간 쌓인 게 한계치에 달했다고 해 두죠."

그동안 한 명 한 명 죄 없는 여자들이 싸늘한 시체가 되어 후궁전을 빠져나갈 때마다 속이 편치 않았던 이카르였다. 짧은 시간이었다 해도 어쨌거나 얼굴을 마주치고 한두 마디나마 대화를 나눈 이들이다. 그런 여자들이, 그것도 아직 앞길 창창한 젊디젊은 처녀들이 속절없이 죽어 나가는 모습이 보기 좋았을 리가 만무했다.

그리 마음 한쪽에 불만이 켜켜이 쌓아가던 판에, 이제는 아예 어린애가 죽게 생겼다. 제 말로는 열여섯 살이라 하지만 정수리가 그의 가슴께에 닿을 듯 말 듯한 조그만 소녀. 그런 어린애가 황제의 고집에 따른 쓸데없는 정치 싸움에 휘말려 무자비한 채찍질에 등이 죄 찢어진데 이어 이제는 목숨까지 부지치 못하게 되었다.

이카르는 속에서 울컥 올라오는 것을 참지 않고 토해놓았다.

"그냥 황녀와 결혼하십시오! 아니면 어떻게든 자기 여자 정도는 지키시든가! 일단 후궁으로 들어온 이상 폐하의 여자가 아닙니까!"

상관에게, 그것도 황제 상대로 말한다기엔 심히 무례한 외침에 황금색 눈 위로 불쾌감이 스쳐 지나갔다. 오냐오냐했더니 기어오르는 것에도 정도가 있다.

"네놈 목이 먼저 떨어져 나가길 바라는 거냐."

"왜요, 저도 죽이실 겁니까?"

이카르는 핏대를 세우며 얌전히 엎어져 있는 생쥐를 손가락질했다.

"따지고 보면 저 애들은 결국 폐하께서 살해한 거나 마찬가지 아닙니까! 아무 힘이 없어서 무력하게 당하고만 있는 것도 아니고, 맘만 먹으면 충분히 지켜 줄 수 있으면서 손 놓고 계시잖아요, 지금!"

지지기반이 없다 해도, 황태후 측에서 제아무리 날고뛰어도 황제는 황제다. 어린 여자애 하나쯤 숨겨줄 길이 없는 것은 아니었다. 무엇보다도 그냥 로제시아 공주와 결혼하면 다 좋게 끝날 일이 아닌가. 어차피 유일한 직계 남성 황족으로서 후계자를 가지지 않을 수는 없는 일이고, 애를 낳긴 낳아야 하는 입장이면서.

결국 황제에게 남은 방법은 단 두 가지뿐이었다. 순순히 황녀와 결혼하든가, 아니면 황태후 측과 맞설 정도의 힘을 가진 세력의 다른 여자를 황후로 들이든가. 그러나 현재로서 후자의 조건을 만족시키는 여자는 없었다. 황태후 파와 대등한 세력인 귀족 측의 수장, 카얄룬 공작에게는 이미 결혼한 딸들과 너무 어린 손녀뿐이다. 이제 겨우 뛰어다니는 어린애와 혼약할 수는 없으니 선택지는 로제시아 공주뿐인 것이다. 혹은.

"아니면, 로제시아 공주가 정히 싫으시면 마음에 드는 여자를 찾으세요! 그리고 카얄룬 공작에게 양녀로 들이라 청하란 말입니다! 그렇게라도 결혼 하십쇼, 쫌!"

적당한 귀족 여성을 카얄룬 공작의 양녀로 삼아 결혼하는 방법도 있기는 있었다. 물론 공작의 친 혈족과 성혼하는 것보다 반발이 훨씬 심하기는 할 것이나 불가능한 방법은 아니었다.

그렇게 해서라도 황후가 생기게 되면, 더 이상 가엾은 후궁들이 죽어 나가는 일도 없어질 것이었다. 황후가 존재하면 후궁을 들일 필요 자체가 없었으니.

그러나 황제는 이카르의 부탁 섞인 질타에도 불구하고 무심히 눈가만 찌푸릴 뿐이었다.

"결혼할 생각 없다 했다."

"왜요!"

쾅! 이카르가 분을 못 이겨 발을 굴렀다.

"나이 먹을 만큼 먹어 놓고선, 아들 우글우글한 집안 막내쯤 되는 것도 아니고 달랑 하나 있는 황제 주제에 왜 결혼을 안 합니까! 결혼하라고요, 결혼! 그냥 하……!"

기세 좋게 외치던 목소리가 별안간 뚝 끊겼다.

얼어붙은 듯 굳어버린 이카르의 뒷목을 서늘한 손날이 툭, 가볍게 쳤다. 어느 사이엔가 그의 뒤쪽에 선 황제의 손이었다.

이카르는 등골을 따라 소름이 타고 내리는 것을 느끼며 아랫입술을 얇게 깨물었다. 지금처럼 황제가 인간의 인지를 벗어 난 움직임을 보이면, 오랜 시간 곁을 지켜 온 그라 할지라도 본능적인 공포가 엄습해왔다.

마치 늑대 앞의 토끼가 된 듯한, 그런 감각.

짧은 금발 아래로 드러난 뒷목을 손날이 재차 툭 두드린다.

"건방은 적당히 떨어라. 어린애가 관여할 일이 아니다."

"……저는 어린애가 아닙니다."

"잘 알지도 못하는 평민 여자 몇 죽어 나간 것 가지고 징징거리는 놈이."

냉혹한 말이었다. 그러나 실상, 황제가 평민 여자 몇의 목숨에 연연하여 자신의 의지를 굽히는 편이 길게 본다면 더욱 곤란한 일이다. 사사로운 정을 이용한 협박에 굴복하는 황제라니, 권위를 유지하기는커녕 바닥까지 얕보이게 될 것이 분명했다.

황제의 손이 부드러운 금발을 거칠게 쓰다듬었다.

"나가서 머리나 식혀."

"……."

이카르는 제 머리를 헤집는 손을 뿌리치고 묵묵히 문을 향해 걸어갔다. 문 손잡이를 잡은 그가 한숨과 함께 황제를 돌아보았다.

"길게도 말고 딱 한 달 만이라도, 지켜주실 순 없는 겁니까?"

느슨히 팔짱을 낀 채 서 있던 황제가 한쪽 눈썹 끝을 치켜올렸다.

"한 달?"

"예. 원래라면 그 정도는, 살 수 있었을 거잖습니까."

황녀가 오해만 하지 않았더라면 연적이 될 가망이 현저히 적은, 볼품없이 조그만 여자애는 꽤 오래 목숨을 부지할 수 있었을 것이다. 그러니까.

버리지 못한 미련을 담은 부탁에 황제가 짧게 한숨을 내쉬었다.

"대신 올해 생일선물은 없다."

"전 어린애가 아닙니다."

"개소리. 덩치만 컸지."

속은 여전히 여려빠진 애새끼다.

이카르는 작게 투덜거리며 방을 나갔고 황제는 그새 소파 등받이 위로 배꼼 솟아난 동그란 머리통을 노려보았다.

"엎드려 있으라 했다."

소파 등받이에 턱을 괴고 앉은 채 생쥐가 눈을 깜박깜박했다.

"계속이요?"

"계속."

"네."

얌전히 대답하고 생쥐의 머리가 다시 소파 너머로 사라졌다. 완전히 애가 둘이 된 셈이었다. 그나마 하나는 말이라도 잘 듣지.

황제는 혀를 쯧 차며 다시 자리로 돌아가 앉았다. 그리고 침묵이 내려앉았다, 싶었다.

"……꼬마 너."

"네, 폐하."

어느샌가 소파에서 기어 내려와 바닥을 엎드린 채 꾸무적꾸무적 포복 전진하고 있던 생쥐가 답삭 대답했다. 연녹색 눈동자는 당당하기 그지없었다.

"명하신 대로 엎드려 있습니다."

뭐, 틀린 말은 아니었다. 그녀는 분명히 엎드린 채였다. 황제는 한 손으로 턱을 괴며 어이없다는 투로 물었다.

"어딜 가는 거냐."

"제 방으로 돌아갈 생각입니다, 폐하."

"문은 어떻게 열려고."

방을 반쯤 가로질러 간 생쥐가 움찔 기는 것을 멈추었다. 그녀의 시선이 제 눈높이의 한참 위에 자리한 문의 손잡이를 향했다.

"……그게 문제네요."

엎드린 채로 문을 어떻게 연담. 열심히 머리를 굴려보았지만 뾰족한 수가 떠오르질 않았다. 그녀는 힐끔, 도움을 요청하듯 황제를 돌아보았다.

"송구스럽사옵니다만 잠깐 일어나도 괜찮을까요? 문을 열어주셔도 좋아요."

"싫다면?"

"어……. 음, 그럼 어떻게 해야 할까요. 저는 잘 모르겠습니다."

엎드린 채로 혼자 힘으로 문을 열 방법은 도무지 없었다. 생쥐는 몸을 아예 돌려 황제를 올려다보았으나 도움의 손길도, 일어나라는 명령도 내려오지 않았다. 그녀는 눈썹을 살짝 모아 찡그리곤 기느라고 굽혔던 팔을 쫙 펼치며 바닥에 찰싹 달라붙듯 엎드려 누워버렸다. 오도 가도 않고 그냥 그렇게 방 중앙에 길게 늘어져 있다가 다시 황제를 향해 눈길을 올렸다.

"이카 님이 어린아이셨어요?"

황제는 업무 서류에서 눈을 떼지 않은 채 대꾸했다.

"틀렸다."

"아니에요?"

"아니. 그놈은 어린애 맞지만 부르는 방법이 틀렸단 거다."

"음, 이카르 님?"

"님 자를 떼."

"하지만 이카 님은 저보다 더 높은 분이세요?"

"내 앞에서는 누구에게도 존칭을, 님 자를 붙일 필요가 없다."

압존법까지 배우지 못한 생쥐가 고개를 갸웃 기울이며 물었다.

"그럼 공주님도 그냥 공주라고 해요?"

"그래."

"로제시아 공주, 라고요? 막 불러요?"

"그래."

"우와."

생쥐는 로제시아 공주, 라고 다시 한 번 존칭 없이 불러보았다. 어색하고도 묘한 기분이 들었다.

백작의 별장에서 하녀를 상대로 난생처음 존칭 없이 상대를 불러보았다. 하지만 황궁에서는 그럴 일 없을 거라고 생각했는데, 그 대단한 공주님을 이렇게 막 부를 수가 있다니. 이상했다. 하지만 살짝, 기쁘기도 하였다.

"이카 님이 그냥 이카면, 로제시아 공주도 그냥 로제시아라고 해도 돼요?"

"맘대로 불러."

"로제시아. 로제시아 그 여자 나빴습니다."

나쁘다는 말에 황제가 숙였던 눈길을 들어 생쥐를 바라보았다.

"그런 말도 할 줄 아는군. 무조건 참을 줄만 아는가 했더니."

"저도 사람이에요. 익숙해서 잘 참지만, 아픈 건 싫습니다. 하지만 반항하면 더 많이 맞으니까요. 무조건 입 다물고 참고 참아야, 그냥 아무 생각하지 않아야 조금이라도 덜 괴롭습니다."

표현하지 않는다고 해서 모르는 것은, 느끼지 못하는 것은 아니다. 그저 남들보다 좀 더 익숙해졌을 뿐이었다.

"참지 마."

손가락 사이로 펜을 빙그르 돌리며 황제가 말했다.

"어차피 한 달이다. 참지 말고 말해라."

"그럼요."

생쥐가 동그랗게 눈을 치뜨고서 입을 열었다.

"배가 고픕니다."

째액, 제힘으로 먹이를 찾아 밖엘 나설 수가 없는 새끼 새가 둥우리 속에서 울었다. 황제는 혀를 쯧 차고, 자리에서 몸을 일으켰다.

"황제가 어린 계집을 좋아하였을 줄이야."

황태후는 입가에 주름이 지지 않을 정도로 옅게 미소하며 말했다. 오십 줄에 가까운 나이임에도 서른 중후반 정도로밖에 보이지 않는, 처녀 시절의 미색이 짙게 남아 있는 외모는 절로 감탄이 나올 정도였다.

그 젊은 미모의 밑바탕에는 수많은 시녀들의 노고와 엄청난 재물이 깔려 있었겠지만 어쨌거나 그녀 자신의 노력 또한 적지는 않았을 것이었다.

"그리 가볍게 말씀하실 일이 아니에요!"

테이블을 사이에 두고 모친과 마주 앉은 로제시아 황녀가 분한 얼굴로 아랫입술을 잘근 깨물었다.

"어쩐지 제게는 눈길 한 번 주질 않더라니! 그런 비썩 마르고 못생긴 어린년을……!"

황제가 다른 여자를 품었다는 것도 화가 났지만, 그 상대가 보잘것 없는 어린 소녀라는 사실에 황녀는 더더욱 열을 내었다. 지나가는 사람을 붙잡고 묻는다면 열이면 열, 장님이 아니고서야 자신이 훨씬 더 아름답고 매력적이라 말할 것이다. 한데 그런 비루먹은 계집에게 패배하고 말았다. 얼굴에 몸매, 재력이며 권력, 지성, 교양 등등 무엇하나 뒤처지지 않는 제국 유일의 황녀인 자신이!

분을 이기지 못하고 연신 제 입술을 잘근잘근 짓씹는 황녀의 모습에 황태후가 타악, 손에 쥔 부채로 테이블을 내리쳤다.

"보기 흉한 모습은 그만두어라. 누누이 말하지 않았느냐. 속에서 천불이 끓는다 하여도 입술 위로는 장밋빛 미소를 머금을 것을. 이성을 잃는다면 싸움을 시작하기도 전에 패배하는 것이다."

"하오나 어마마마. 너무도 원통하지 않습니까. 그 계집을 낮에 그냥 쳐 죽였어야 했어요!"

"어리석은 소릴!"

황태후의 섬세하게 다듬어진 눈썹이 힐끗 치켜 올라갔다.

"너는 아직 황후가 아니다. 흠을 만들어서 좋을 것이 없어. 황제에게는 뒤를 받쳐 줄 세력이 전무하나 늙은 이리가 호시탐탐 노리고 있음을 모르느냐."

늙은 이리란 카얄룬 공작을 뜻했다. 카얄룬 공작 파는 로제시아 공주가 황제와 결혼하여 황태후 파의 세력이 더욱 커지는 것을 우려하고 있었다. 그렇기 때문에 틈을 보인다면 놓치지 않고 이를 드러낼 것임이 분명했다.

모친의 질책에 황녀의 표정이 부루퉁해졌다.

"하지만, 그 천한 계집이!"

"미천한 후궁이 황은을 입는 일이야 흔하고도 소소한 사건일 뿐. 일일이 눈길을 둘 가치조차 없지 않느냐."

황태후의 입가에 달콤할 정도로 부드러운 미소가 떠올랐다.

"가엾게도 후궁전 아이들의 수명은 지극히 짧아 귀한 씨를 품는다 한들 소금밭에 심은 자갈 씨앗과 다름이 없으니, 그리 걱정할 필요 없단다."

후궁들의 지극히 짧은 수명. 그 말이 의미하는 사실에 황녀의 울분이 한풀 꺾여 들었다. 그녀는 후궁전 쪽을 노려보며 이를 갈았다.

"지저분한 계집의 몰골을 언제까지 보아야 할까요."

"글쎄다."

황태후는 우아한 손놀림으로 찻잔을 들어 가볍게 한 모금 머금었다. 흔들리는 찻물 위로 알싸한 향이 공기 중에 천천히 퍼져 나갔다.

"불운한 사고는 언제 어느 때 일어나도 이상치 않은 법. 당장 오늘 밤에라도 말이야."

오늘 밤. 그제야 로제시아 공주의 입가에도 미소가 짙게 칠해졌다.

애벌레처럼 바닥을 기어 다니던 생쥐는 다시 소파 위에 길게 엎드렸다. 전과 같은 장소에 전과 같은 포즈였지만 달라진 것은 턱을 괴고 있는 곳이 푹신한 베개 위가 아니라는 점이었다. 그녀가 목을 쭉 뺀 채 턱을 올린 곳은 다름 아닌 황제의 무릎 위였다.

이카르가 봤다면 기겁해서 역시 어린애 취향 맞다고 소리칠 모양새로 생쥐가 입을 쩍 벌렸다.

벌어진 입안으로 오리고기와 채소를 만 밀전병이 쏙 들어갔다. 물론 밀전병 말이에 발이 달려 절로 입안에 뛰어든 건 아니었다. 아기 새에게 먹이 물어다 주듯 생쥐의 입에 음식을 넣어주고 있는 것은 황제의 손이었다. 그는 한 손에는 상법 개정안을 길게 펼쳐 들고 다른 한 손으론 접시에 담긴 음식을 규칙적으로 벌어지는 입에 밀어 넣고 있었다.

"폐하께선 안 드세요?"

생쥐는 우물우물 열심히 씹은 것을 꿀꺽 삼키고서 말했다.

황금색 눈을 개정안 두루마리로부터 떼지 않은 채 황제가 이번에는 한입 크기의 송어 튀김을 종알거리는 입에 집어넣었다. 그것을 씹고 삼키느라 잠시 조용해졌던 생쥐가 또다시 입을 열었다.

"폐하께선 안 드세요?"

향이 좋은 구운 버섯이 그 벌어진 입에 쏙 던져진다. 생쥐는 주는 대로 얌전히 받아먹고는 재차 물었다.

"폐하께선 안 드세요?"

그에 대한 대답은 마지막 남은 밀전병 말이였다. 제법 그득했던 접시가 깨끗이 비워지고 생쥐가 조금 곤란한 표정으로 말했다.

"폐하께선 하나도 안 드셨어요."

그 말에 황제가 빈 접시를 힐끗 쳐다보았다.

"잘 먹는군."

"맛있었습니다."

배가 터질 때까지 먹을 수 있을 만큼. 생쥐는 다시 한 번, 이번에는 좀 더 목소리를 높여 물었다.

"폐하께서는 저녁 안 드세요?"

"어."

"배 안 고프십니까?"

"안 고프다."

"어째서요?"

"안 고프니까."

"왜 저녁을 안 드시는데도 배가 안 고프세요?"

이해할 수 없다는 표정으로 생쥐가 말했다. 아무것도 안 먹으면 당연히 배가 고픈데. 하루 정도는 굶어도 괜찮지만 이틀이 되면 힘이 빠지고 사흘이 넘어가면 창자가 꼬이듯 괴로워진다. 굶주리는 것은 추위에 떠는 것 다음으로 싫은 일이었다.

그러니까 황제가, 자신이 아닌 남이 저녁을 굶는 것도 생쥐는 탐탁지가 않았다. 그것도 먹을 게 없는 것도 아닌데 왜 일부러 굶는 건지 이해가 되지 않았다.

"지금은 괜찮아도 시간이 더 지나면 배가 고프실 거예요."

생쥐는 연이은 무시에도 굴하지 않고 또다시 재잘거렸다.

"이번에는 제가 식당, 앗."

"얌전히 엎어져 있으라 했다."

발딱 일어나려는 것을 머리를 꾹 눌러 막으며 황제가 말했다. 말을 잘 듣는가 싶더니만 가만 보니 영 아니올시다. 아니면 아까 참지 말라 한 탓인가.

"입 다물고 그냥 자라."

"하지만 폐하."

생쥐는 슬금슬금 뒤로 기어 황제의 커다란 손아래서 벗어나며 말했다.

"문을 열어주셔야 제 방엘 갈 수가 있습니다."

"여기서 자."

"여기서요?"

"그래."

황제는 한숨을 흘리며 개정안 두루마리를 감아 접었다. 한 달 동안은 지켜주기로 이카르와 약속했다. 귀찮은 노릇이지만 이미 내뱉은 말이었다. 그러니 당연히 닥쳐올 황태후의 마수로부터 어린 소녀를 지키기에는 곁에 두는 편이 가장 좋았다.

"저 문 안쪽이 침실이다. 욕실도 딸려 있으니 씻고 자라."

"네."

소파 위의 몸이 바닥으로 미끄러지듯 기어 내려갔다.

"일어서서 가."

"서도 돼요?"

"씻고 침대에 엎드릴 때까지만."

"식당에는……."

"안 돼."

"그럼 제 방에 잠깐……."

"안 돼. 씻고, 자라."

"알겠습니다."

생쥐는 순순히 대답하면서 바닥에서 발딱 일어섰다. 등의 상처가 조금 아려왔지만 아직은 괜찮았다. 그녀는 침실을 향해 몇 발짝 걸어가다가 불현듯 멈추어 서 뒤를 돌아보았다.

소파에 앉아 있는 황제의 뒷모습이 새싹 빛 눈동자 위로 비쳤다. 생쥐는 희미하게 고개를 기울였다. 오랫동안 이어지지 않는 발소리에 핀잔이 들려왔다.

"멍청히 서 있지 마."

"소파에서, 옆에서 자도 괜찮아요?"

혼자 침실에 들어가기가 어쩐지 외로워졌다. 혹은, 밤에 기다리는 위험에 대한 경고가 그녀의 직감을 두드렸는지도 몰랐다.

생쥐의 말에 황제가 오똑 서 있는 소녀를 힐끗 돌아보았다. 그는 인상을 찌푸리는가 싶더니 무뚝뚝이 허락해주었다.

"입 다물고 잠만 잘 거라면."

"조용히 할게요."

생쥐는 얼른 대답하고 욕실을 향해 종종걸음쳐갔다.

간신히 창문턱깨나 맴돌던 여린 달빛이 밤이 깊어감과 함께 시리도록 새하얗게 짙어져 갔다. 창문을 훌쩍 넘어 길게 새어드는 월광 끝이 한 무더기 쌓인 서류에 닿았다. 그 위로 하나 더 툭, 훑어보는 것을 끝마친 두루마리가 떨어져 데구르르 굴렀다.

벽시계의 태엽 소리와 종이를 넘기는 소리만이 뒤엉키는 방은 고요하고도 어두웠다. 좀 더 귀를 유심히 기울인다면 규칙적인 숨소리가 희미하게 들려왔다. 약간 비스듬하게, 하지만 등이 닿지 않도록 소파에 누운 채 조그만 소녀는 단잠에 빠져 있었다. 흐트러진 회색 머리칼 아래로 쿠션을 받쳐 베고 무슨 꿈을 꾸는지 이따금 콧등을 찡그렸다.

황제는 그 머리맡에 지키듯 앉아 있었다. 그의 손끝이 종잇장을 넘겼다. 달빛만 배어들 뿐 사위가 어두웠으나 그는 수월히 글자를 읽어 내렸다. 물론 평범한 사람에게는 무리다. 하지만 황금색 눈동자에게 어둠은 아무런 장애가 되질 못하였다. 다시 팔랑, 종이가 넘어가는 소리 사이로 잠꼬대가 섞여들었다.

"그거 제가 먹을게요."

낮과 달리 안경을 쓰지 않은 눈이 힐끗 옆자리를 쳐다봤다. 잔뜩 먹어놓고서 꿈속에서 또 먹는 모양이다. 소녀의 헤 벌어진 입술이 살짝 오물거렸다.

"……폐하는, 왜 안 드세요?"

웅얼웅얼 잠꼬대를 흘리며 등을 대고 돌아누우려는 생쥐의 뒤척임을 황제의 손이 붙잡아 막았다. 이제는 약효도 거의 떨어졌을 즈음이다. 붙잡은 어깨가 희미하니 뜨거운 것이 열도 조금 오른 모양이었다. 이 와중에 실수로라도 등의 상처를 건드린다면 아프다 못해 경기를 일으키며 화들짝 깨어나고 말겠지. 일어나서 또 조잘거리는 것은 귀찮다.

하음, 하품 같은 숨소리를 작게 내며 생쥐가 뺨을 쿠션에 눌러 비볐다. 잠자리를 정돈하는 어린 짐승과 같은 몸짓이었다. 한쪽 손은 쿠션의 모서리를 꼭 쥐고 있었다. 그녀의 어깨를 붙잡았던 황제의 손이 귓가를 살짝 스치며 떨어져 나가자, 간지럽다는 듯 목을 움츠렸다. 감은 눈매가 둥글게 휘어졌지만 그뿐으로, 무의식중에라도 웃지는 않는다.

크게 소리 내어 웃은 적이 16년 짧은 평생 있기나 하였을까. 황제는 손을 완전히 거두려다 말고 다시 살짝 붉은, 동그라니 조그만 귀를 쿡쿡 찔러보았다. 그러다가 순간 움직임을 멈추었다.

평소의 무심함에 얼음조각 하나를 띄운 황제의 시선이 창을 향했다. 달빛이 스며드는 창문을 잠시간 바라보던 그가 이내 소리 없이 몸을 일으켰다. 창문이 열리고 밀어닥치는 밤공기 사이로 범인은 들을 수 없는 소음을 잡아챈 황제는 창밖으로 가볍게 몸을 날렸다.

황제가 빠져나간 활짝 열린 창문 너머로 밤의 서늘한 바람이 흘러들어왔다. 추운 날씨는 아니라지만 그래도 태양의 열기가 사라진 차가운 공기가 스물스물 방을 가로질렀다. 달빛 맺힌 바닥을 기어 책상과 테이블, 그리고 길게 놓인 소파를 지나 이불도 없이 반쯤 엎드린 채 잠들어 있는 소녀의 파리한 뺨을 투명한 손을 내밀어 톡톡 두드렸다. 조금 전과는 다른 차가운 손길에 제법 가지런히 긴 잿빛 속눈썹이 파르르 흔들렸다.

"……으음."

생쥐는 미간을 살짝 찌푸리며 몸을 뒤척였다. 그리고.

"꺄악!"

새된 비명과 함께 생쥐가 불에 덴 듯 소파에서 벌떡 몸을 일으켰다. 등이 소파에 쓸리듯 닿은 것이었다.

"아…… 아파……."

소스라쳐 일어나 앉은 생쥐가 멍한 얼굴로 중얼거렸다. 아픈 건 익숙했지만 잠결에 상처가 후려친 듯 화닥거려오자 참지 못하고 비명을 내지르고 말았다.

"폐하……? 죄송해요."

조용히 있으라 했는데 크게 소리쳐버렸다. 그러나 사과의 말은 무의미하게 허공에서 흩어지고 말았다. 생쥐의 옆자리는 텅 빈 채였던 것이다. 그녀는 눈가를 비비며 주위를 두리번거렸다.

"……폐하?"

약의 진통 효과가 다해 등 전체가 욱신욱신 쓰라려 왔지만 생쥐는 꾹 참고서 몸을 일으켰다.

"폐하? 황제 폐하?"

책상 쪽을 바라보았으나 그곳도 휑하기만 하였다. 너른 방 안 구석구석 퍼져있는 것은 밤 그림자뿐, 황제의 모습은 어디에서도 찾아볼 수 없었다.

어떻게 된 걸까. 안절부절못하던 생쥐의 눈에 활짝 열린 창문이 들어왔다. 잠들기 전에는 분명 닫혀 있었던 창문이었다. 생쥐는 얼른 창가로 쪼르르 달려가 고개를 내밀었다.

저 아래, 3층 아래 월석에 갇힌 달빛이 안개처럼 퍼져있는 정원을 마치 산책하는 듯한 발걸음으로 가로지르는 인영이 보였다.

먼 거리에 어둡기까지 했지만 생쥐는 그 사람이 황제라는 사실을 이내 눈치챘다. 밤에는 이 후궁전에 황제와 자신 외의 사람은 없으니까.

"……폐하."

천천히 멀어져가는 뒷모습에 생쥐가 불안스레 중얼거렸다. 가 버린다. 아무 말도 없이, 자신이 잠든 사이에 훌쩍. 가녀린 가슴이 조마조마 죄어들어갔다. 가 버렸어.

"……내가, 쓸모가 없어서……?"

생쥐는 아랫입술을 꽉 깨물었다. 그런 것일지도 모른다. 오늘 하루 종일 쓸모가 없었으니까. 정말로 버리는 것이라면 황제가 떠나는 것이 아니라 생쥐를 내쫓아야겠지만, 아직 잠기운 짙은 머릿속으로는, 열마저 올라 멍해진 이성으로는 올바른 사고를 하기가 힘들었다.

버림받는다.

생쥐는 초조하게 발을 동동 구르다가 허둥지둥 방을 뛰어 가로질렀다. 가서 부탁하자. 버리지 말아 달라고.

그녀는 문을 벌컥 열어젖혀 맨발로 차갑게 식은 복도를 디뎠다. 한 발짝 뗄 때마다 등의 상처가 감전된 듯 저리고 따가워 왔지만 아랑곳하지 않고 달렸다. 황제가 완전히 떠나버리기 전에 붙잡아야 한다.

지저분한 뒷골목을 신 하나 없이 헤집고 다니던 때의 상처가 아직 옅게 남은 맨발이 계단을 뛰어내렸다. 급한 마음에 두세 단을 건너 뛰다가 비틀, 넘어질 뻔하기도 수 번.

"헉, 허억."

턱 끝까지 차오른 숨을 몰아쉬며 생쥐는 1층의 홀을 가로질렀다. 밤에는 무서운 번견을 풀어 놓는다는 사실조차 까맣게 잊고서 힘껏 문을 밀어 열며 외쳤다.

"폐하아!"

돌아와 주세요, 제발!

야행성 맹수와 흡사한 황금색 눈이 스산한 예기를 띠었다. 어두운 정원을 떠도는 것은 살인을 코앞에 둔 인간의 감출 수 없는 긴장감 어린 살기였다. 제아무리 프로라 해도 은밀하고도 비합법적인 일을 처리하는데 있어 조금의 감정 동요도 없기란 불가능하다. 그 흥분한 인간 특유의 체취를 황제는 놓치지 않았다.

황태후가 보냈을 암살자들은 아직 그의 시야에 들어오지는 않았다. 그러나 그 수도, 움직임도 인간의 범위를 뛰어넘은 감각은 모조리 잡아챘다.

'다섯 마리. 제법 독이 올랐군.'

평소보다 배 이상 많은 숫자였다. 고작 어리고 힘없는 계집애 하나 처리하는 데 건장한 사내 다섯이라니. 십중팔구 황녀가 울분을 참지 못하고서 제 모친에게 징징대며 매달린 탓일 터다.

황제는 우거진 정원수 가운데 우뚝 섰다. 시커먼 불청객 다섯 마리는 이미 후궁전의 담을 넘었다. 가벼운 목표물임에도 신중하게 제각각 방향을 달리하여 건물을 향해 접근해 오고 있다.

'귀찮게.'

하나하나 찾아가줘야 하는 꼴이었다. 황제는 소리 없이, 정신적으로 혀를 쯧 찼다. 생쥐의 방에 숨어들었을 때 한 번에 처리할 것을 그랬나 싶었지만 한 층 아래에서 소란이 커졌다간 애가 깨겠지. 지금 잠에서 깨면 상처가 아파 다시 쉽게 잠들긴 힘들 테니, 그냥 조금 더 뛰어다니는 편이 덜 번거로울 터다.

신발 밑창이 풀잎을 스치는 소리. 떨어진 나무 잎사귀를 짓밟는 소리. 최대한 죽인, 그러나 뚜렷이 들려오는 숨소리. 그 모든 소리의 주인이 기어드는 위치를 정확히 파악한 황제는 가장 가까운 기척을 향해 몸을 움직였다. 어둠 속에 숨어든 흑의 복면의 사내가 시야에 들이박힌다. 잘 훈련된 번견조차 눈치채지 못한 은밀함. 황제는 그 모든 면면을 캐내듯 눈에 담으며 송곳니를 날카롭게 드러냈다. 그리고.

콰득. 복면 틈새로 충혈된 눈이 부릅떠졌다. 제게 들이닥친 불행을 미처 인식도 못한 채 목이 부러진 암살자의 시체가 흙바닥 위로 조용히 쓰러졌다.

'우선 한 놈.'

불만족스런 감을 느끼며 황제는 침입자의 목을 부러뜨린 손을 가볍게 주먹 쥐었다. 피를 보지 않은 사냥은 아무래도 개운치가 않았다. 육식동물의 본능이 만족하지 못하고 으르렁대는 것이다.

그러나 피비린내를 풍겨서야 나머지 놈들이 대번에 눈치채고 만다. 그렇지만.

모양 좋은 입매가 비틀리며 사나운 미소를 만들어냈다. 마지막 놈에게까지 지금과 같은 자비를 베풀어 줄 이유는 없었다. 황제는 살의로 번득이는 눈을 가늘게 하며 두 번째 사냥감을 향해 몸을 움직였다. 바로 그때였다.

"폐하아!"

고요한 밤의 정원을 쩌렁쩌렁 울리는 익숙한 목소리에 황제는 순간 등골이 서늘해지는 것을 느꼈다.

"저 멍청한 놈!"

언뜻 들어도 가녀린 소녀의 목소리를 암살자들이 눈치채지 못할 리가 없었다. 저것은 이곳에 머무는 유일한 계집, 목표인 후궁의 목소리라고. 암살자뿐일까, 정원에는 조그만 여자애의 메마른 몸뚱이쯤 순식간에 갈가리 찢어 놓을 사나운 번견들도 도사리고 있었다. 심지어 지금의 생쥐는 등의 상처 때문에 제대로 도망칠 수도 없었다. 달리는 것 정도야 가능하겠지만 전처럼 나무를 오르는 짓은 절대 무리였다.

얌전히 엎어져 있으라고 저녁 내내 말하지 않았던가! 치미는 짜증을 억누르며 황제는 목소리가 들려 온 쪽을 향해 땅을 박찼다.

"돌아오세요, 폐하!"

부랴부랴 쫓아 나왔지만 황제의 모습은 이미 사라지고 없었다. 생쥐는 초조하고 불안한 마음에 눈물까지 희미하게 글썽이며 소리쳤다. 대문 앞 낮은 계단을 걸어 내려가는 발걸음이 눈에 띄게 떨렸다. 두 다리만이 아니다. 전신에 열이 끓어올라 희미하게 경련하고 있었다. 무리해서 달린 탓에 상처가 도졌기 때문이었다. 다시금 벌어진 상처에 등의 붕대는 물론이고 잠옷에까지 붉은 흔적이 서서히 번져 나갔다. 고통 또한 극심할 것임에도 생쥐는 아랑곳하지 않고 창백한 입술을 꽉꽉 깨물며 연신 황제를 찾아 두리번거렸다.

"폐하아!"

커헝!

그 간절한 부름에 가장 먼저 답한 것은 송아지만한 검은 개였다. 득달같이 달려오는 번견들의 모습에 생쥐는 화들짝 발걸음을 멈추었다. 그러나 이번에는 도망치지 않았다. 바로 뒤에 안전히 피할 수 있는 입구가 있었건만 모른 체 꿋꿋이 버티고 섰다. 황제를 찾아야 한다.

"저리 가!"

전과 달리 당당하게 외치는 소리에 번견이 당황하여 주춤거렸다.

생쥐가 아직 계단 위에 올라서 있는 터라 키가 커 보이는 탓도 있었다.

"나는 여기 사는 사람이야! 그러니까 저리 가라고!"

덤벼든다면 나도 가만있지 않겠다. 같이 콱 깨물어버릴 테다! 제법 사납게 성질을 내는 생쥐의 태도에 번견도 쉽사리 덤벼들지 못하였다. 그러나 순순히 길을 내주지도 않는다.

그 팽팽한 대치 속에 커다란 인영이 불쑥 끼어들었다.

"이 얼빠진 꼬마가!"

생쥐는 자신의 허리를 덥석 감아 드는 단단한 팔뚝에 놀라면서도 기뻐했다. 익숙한 팔이었다. 열이 잔뜩 올라 붉어진 뺨에 홍조를 더하면서 그녀가 소리쳤다.

"폐하!"

"얌전히 엎어져 있으란 말은 어느 구멍으로 쳐들어 먹은 거냐!"

"귓구멍입니다, 폐하!"

냉큼 대답하곤 뭘 잘했다고 배시시 미소 짓는다.

"폐하께서 돌아오셔서 다행이에요. 전 버림받은 줄 알았습니다."

"바보 같은 소리."

황제는 한숨을 삼키며 시커먼 정원을 바라보았다. 남은 네 마리의 불청객이 허둥지둥 후궁전을 빠져나가는 기척이 느껴졌다.

진심으로 귀찮게 되었다. 지금 이 모습이 전해진다면 황태후는 십 중팔구 자신이 새로운 후궁을 특별시 여기고 있다고 생각할 것이다. 그리되면 눈에 불을 켜고 달려들겠지.

황녀야 귀찮게 앵앵대는 날파리쯤에 불과했지만 황태후는 속에 독을 품은 뱀이다. 거기에 더해 그간 지켜만 보고 있던 이리, 카얄룬 공작까지 비집고 들어올 것임이 분명했다.

"······폐하?"

길게 이어지는 침묵에 생쥐가 고개를 갸웃하며 황제를 불렀다.

"제가 잘못했습니다. 곧장 다시 들어가서 엎드려 잘게요."

"······음."

황제는 따스하다 못해 뜨겁게 느껴지는 팔 안의 소녀를 내려다보았다. 확실히 골치 아프게는 되었다. 그러나 이카르의 부탁을 들어준 그 순간부터 결정된 것이나 다름없는, 어차피 시간문제인 일이었다. 그게 예상보다 빨라졌을 뿐이다.

그는 못마땅하게 혀를 쯧 차며 말했다.

"너, 열이 심하군."

"아······. 그런 것도 같습니다."

"피도 다시 흐르고."

"그런 모양입니다만, 상처가 너무 아파서 잘 느껴지진 않아요."

"아프면 말을 해라."

"네. 아파요, 저."

진짜 아프다는 건지 시키니까 하는 말인 건지 모를 표정이었다. 황제는 열린 문을 힐끗 돌아보았다가 건물로 들어가지 않고 계단을 내려갔다. 그의 팔에 달랑 들린 생쥐가 의아해하며 물었다.

"안 들어가세요?"

"이곳에는 궁의가 없다."

뼈에 살가죽만 붙은 꼴의 몸뚱이가 계속 피를 흘려서야 이내 목숨까지 위험해 질 것이다. 직접 궁의를 불러올 수도 있었지만 천둥벌거숭이 같은 계집을 놔두고 가기엔 신경이 쓰였다. 암살자가 완전히 물러났는지도 알 수 없거니와 또 무슨 엉뚱한 짓을 할지 모르니.

애보기는 이카르 놈으로 끝날 줄 알았건만. 이번에는 삼키지 못한 한숨을 흘리며 황제는 마구간으로 걸음을 옮겼다.

뒤뜰의 절반 가까이 차지한 마구간은 짙은 어둠에 휩싸여 있었다. 황제는 희미한 달빛이 전부인 컴컴한 길을 대낮인 양 거침없이 걸어나갔다. 이윽고 마구간 앞에 도착한 그가 들고 있던 소녀를 내려놓으며 말했다.

"못 서겠거든 앉아 있어라."

"설 수 있습니다."

생쥐는 약간 휘청이면서도 제 두 발로 똑바로 섰다. 그 모습을 잠시 지켜보던 황제가 마구간 문을 열었다. 특이하게도 목재가 아닌 맹수의 우리처럼 철창살이 쳐진 문이 귀를 긁는 소리를 내며 바깥으로 열렸다.

안의 풍경은 그저 시커멓게만 보일 뿐, 인간의 눈으로는 무엇 하나 식별이 불가능하였다. 그 암흑을 향해 황제가 명령했다.

"나와라."

말이 떨어지기 무섭게 발굽 소리가 들려왔다. 바닥을 거칠게 짓밟는 소리와 함께 어두운 마구간 안에서 머리를 불쑥 내미는 것은 갈기며 꼬리 끝까지 한 점 티 없이 새까만 붉은 눈의 거대한 흑마였다.

제 주인을 한 번 쳐다본 짐승이 위태롭게 서 있는 조그만 소녀에게 관심을 돌렸다. 놈이 가장 먼저 잡아챈 것은 작은 몸뚱이로부터 흘러나오는 구미 당기는 향기였다. 갓 솟아오른 신선한 피의 냄새.

크흑!

흑마는 길게 고민하지 않고 생쥐의 앞으로 치달았다. 흥분 어린 뜨거운 숨결이 핏기없이 창백한 얼굴 전체를 훅 덮쳤다. 절대 초식동물의 것으로는 생각할 수 없는 날카로운 송곳니가 연녹색 눈동자 위로 드리우는 순간.

퍼억! 황제의 주먹이 먹이를 삼키려는 짐승의 대가리를 사정없이 후려쳤다. 거대한 몸뚱이가 옆으로 크게 휘청이며 컥컥 숨 막히는 비명을 토해놓는다. 흑마는 결국 버티지 못하고 볼썽사납게 주저앉아 대가리를 푸르르 떨며 새빨간 눈으로 주인을 노려보았다. 그 불만 가득한 눈초리에 황제가 시큰둥하게 말했다.

"네놈 먹을 거 아니다."

푸르르. 투덜대듯 콧김을 내뿜는 흑마를 아직 사태 파악이 안 된 생쥐가 멍하니 바라보았다. 저 말이 먹을 게 아니라고 했다.

무얼 먹지? 생쥐는 눈을 깜박이며 조금 전 자신의 코앞에서 벌어졌던 날카로운 이빨 그득한 입을 떠올렸다.

"……말이 사람도 먹어요?"

"가끔은."

가끔은 먹는구나. 생쥐는 황제의 말을 한 점 의심 없이 답삭 받아들이며 아직 몸을 제대로 가누지 못하는 흑마 앞으로 다가갔다. 그녀는 세로 동공이 날카로운 붉은 눈을 들여다보며 친절하게 알려주었다.

"저는 폐하께서 먹으셔야 해서 네가 먹으면 안 돼요."

자신과 황제를 가리키며 손동작도 확실히 덧붙였다. 생쥐의 손을 따라 말의 시선이 오갔다. 검은색 귀가 쫑긋 솟더니 재차 눈앞의 소녀와 난폭한 제 주인을 번갈아 바라보았다.

크르르.

"폐하께서 드셔야 해요."

흑마는 생쥐의 말을 이해했다는 듯이 머리를 끄덕거리며 벌떡 몸을 일으켰다. 그러고는 꼬리를 거칠게 휙 휘두르며 동질감 섞인 동정심을 담아 제 반의반도 안 되는 소녀를 내려다보았다. 그 모양새에 황제는 헛웃음을 지었다.

저놈이 아무래도 생쥐를 자신과 같은 처지로, 무서운 주인에게 붙잡혀 언제 잡아먹힐지 알 수 없는 비상식량쯤으로 결론 내린 모양이었다.

황제는 마구를 꺼내어 흑마에게 채웠다.

이제껏 보아온 그 어떤 말과도 다른 시커먼 짐승을 열에 취해 몽롱한 시선으로 올려다보던 생쥐가 입을 열었다.

"이름이 뭐예요?"

당연히 대답이 돌아올 리 없었지만 그녀는 쉽게 포기하지 않았다.

"저는 생쥐입니다. 이름이 뭐예요?"

크릉!

"크릉이에요?"

목을 길게 빼며 말에게 말을 거는 생쥐를 황제가 덥석 들어 안장 위에 앉혔다. 갑자기 높아진 시야에 약간 비틀대던 그녀가 자신의 뒤쪽으로 올라타는 황제를 돌아보며 이상하다는 듯 물었다.

"말이 말이 없어요?"

생쥐의 등이 자신에게 닿지 않도록 옆으로 돌려 앉히며 황제가 대꾸했다.

"말은 원래 말을 못한다."

"아, 맞다. 그랬던가요?"

열이 오른 탓인지 슬슬 상태가 이상해지고 있었다.

"그래서 이름이 뭐예요?"

"……검둥이."

황제는 대충 대답하곤 졸지에 검둥이가 되어버린 흑마에 박차를 가했다.

황궁 본궁의 심처, 황제와 그 직계 혈족들이 머무르는 침궁의 높은 벽을 따라 횃불들이 대낮처럼 밝게 타오르고 있었다. 그중에서도 가장 환한 성문 앞, 근위병의 손아귀에 기대어 일자로 곧추선 창날 끝이 불빛에 비쳐 형형하게 번득였다. 가장 중요한 주인이 늘상 자리를 비우는 탓에 침궁을 지키는 보람은 적었지만 근위병들은 한 치의 흐트러짐 없이 동상처럼 서 있었다.

　타닥, 다그닥. 흩날리는 불길의 그림자를 피해 어슬렁거리는 밤의 어둠 사이로 말발굽 소리가 들려왔다. 한밤중에 침궁을 향해 마차도 아닌 말을 달려올 사람은 몇 없었다. 급한 전령이거나 혹은 침궁에 얼굴 비치는 일이 거의 없는 집주인, 황제일 터였다.

　점차 다가오는 땅을 박차는 편자 소리에 꼿꼿하던 근위병의 자세가 흐트러졌다. 한 명은 앞으로 나서 다가오는 자를 살피고 다른 하나는 성문 안쪽을 향해 호각으로 신호를 보냈다. 시커먼 형체가 어둠 속에서 빛의 원으로 훅 뛰쳐나옴과 동시에 앞으로 나와 섰던 근위병이 소리쳤다.

　"황제 폐하십니다!"

　호각 소리가 두 번 짧고 길게 울렸다.

문 안에 있던 병사들이 신호를 확인하자마자 끼이이익, 소음을 흘리며 급히 성문을 열기 시작했다. 아직 지나가기에는 좁은 틈새에 황제가 말의 고삐를 잡아당겼다. 그의 양옆으로 근위병들이 한쪽 무릎을 꿇어 예를 취했다.

"여기는 어디예요?"

황제의 품 안에서 새어나오는 가느다란 목소리에 머리를 숙이고 있던 근위병들은 순간 자신의 귀를 의심했다. 나직하고 가냘픈 그 목소리는 틀림없는 소녀의 것이었다.

황제가 황녀가 아닌 여자를 품에 안고서 침궁으로 들어선다니. 정치에 뜻이 없는 하급 무관이라 할지라도 솜털이 쭈뼛 설, 파란을 일으킬 스캔들인 것이다.

"침궁."

황제는 무뚝뚝하게 대꾸하며 열린 문 안쪽으로 말을 몰았다. 그의 품 안에는 생쥐가 등이 닿지 않는 비스듬한 자세로 안겨 있었다. 내내 어둠 속을 헤쳐 왔던지라 갑작스러운 환한 불빛에 눈가를 살짝 일그러뜨린 채다. 그녀가 손등으로 아린 눈가를 비비며 재차 물었다.

"여기는 어디예요?"

"침궁이라고 했다."

"아, 음. 침궁이 뭐죠?"

"그냥 자는 곳이다."

"폐하께서는 후궁전에서 주무시잖아요?"

"여긴 짜증 나거든."

고개를 숙이고 있던 문지기들이 그들을 지나쳐 멀어져가는 황제의 뒷모습을 힐끔힐끔 쳐다보았다. 그들 또한 황제와 친밀감 있게 대화를 나누는 여자애의 목소리를 똑똑히 들었다.

생쥐는 머리를 작게 흔들고, 눈동자를 데구르 굴려 주위를 둘러보곤 입을 열었다.

"여기는 어디예요?"

"……맛이 갔군."

황제는 혀끝을 쯧 찼다. 그를 올려다봐 오는 생쥐의 홀쭉한 두 뺨은 언뜻 보아도 불타오르듯 발갛게 물들어있었다. 열이 생각보다 많이 오른 모양이었다. 설마 버티지 못하고 죽어버리는 건 아니겠지. 인간 어린애는 약해빠져서 귀찮았다. 비단 어린애가 아니어도 그에게 비하면 인간은 연약하기 그지없는 생물이었지만. 황제는 미간을 찌푸린 채 그녀가 제대로 알아듣지 못하는 대답을 재차 해주었다.

"여기는 침궁이고 잠자는 곳이다."

"아, 음. 그런데 왜 여길 오셨어요?"

그러다 생쥐는 몽롱한 머릿속에서 후궁전을 떠나기 전 후궁전에는 궁의가 없다고 했던 황제의 말을 간신히 떠올렸다.

"궁의라는 게 여기 있습니까?"

궁의가 뭔지는 모르겠지만. 그녀의 물음에 황제가 대답하려는 찰나, 신호로 연락을 받은 궁인들이 우르르 몰려나와 두 사람의 앞에 늘어섰다.

"황제 폐하를 뵈옵니다!"

일제히 몸을 굽혀 인사를 올리는 광경을 놀란 눈으로 쳐다보며 생쥐가 황제에게만 들릴 정도로 작게 소곤거렸다.

"그런데 여기는 어디예요?"

"……."

황제는 대답 없이 그녀를 안아 들고 말에서 내렸다.

천장에 매달린 커다란 샹들리에가 반짝반짝 빛을 발하며 빙글빙글 맴돌고 있다고, 황제의 품에 기대듯 안긴 생쥐는 생각했다. 그 너머로는 아름다운 천장화와 으리으리한 조각 기둥이 보였다. 생쥐는 살타토르 백작가에서 본 것보다 훨씬 크고 화려하다며 황제의 옷깃을 꼭 붙잡은 채로 멍하니 종알거렸다. 홀을 가로지른 앞에는 붉은 카펫이 깔린 황금빛 손잡이의 널따란 계단이 우아하게 곡선을 그리며 2층으로 이어졌다.

"와아, 계단이 막 늘어났다가 줄어들었다가 그래요."

"네 눈이 이상한 거다."

"어, 벽 무늬가 춤추는 것도요?"

"그래."

생쥐는 고개를 끄덕이곤 작게 중얼거렸다.

"벽이랑 계단이 함께 춤추고 있어요."

빙글빙글 도는 모습이 즐거워 보였다. 그렇지만 또 어지럽기도 하여, 생쥐는 눈을 꾹 깊게 감았다. 다시 눈을 떴을 때 시야에 들어온 것은 그녀에게 주어진 방이나 황제의 사실보다 훨씬 더 넓고 화려한 침실이었다.

"우와."

생쥐는 작게 감탄한 뒤에서야 자신이 푹신하고 둥근, 등받이가 없는 의자에 앉아있다는 사실을 눈치챘다. 그녀의 곁에는 예순 가까이 되어 보이는 늙은 남자와 시녀들이 서 있었다. 시녀의 손끝이 생쥐가 입은 잠옷의 리본을 스르륵 풀어냈다.

"천천히 팔을 들어 올려 주세요."

시키는 대로 팔을 위로 올리면서 생쥐는 주위를 두리번거렸다. 시녀가 잠옷을 벗겨 내고 속옷 대신 상체를 감싸고 있던 피에 젖은 붕대를 조심스럽게 풀었다. 붕대 아래에서 드러나는 상처에 시녀도 노련한 궁의도 얼굴을 찌푸렸지만 정작 당사자인 소녀는 보이지 않는 사람의 흔적을 눈으로 좇는 데 열심이었다.

없어. 당황하며 생쥐가 물었다.

"폐하는요?"

분명 조금 전까지는 있었는데. 눈을 감기 전만 해도.

미지근한 물이 담긴 대야가 날라오고 시녀가 부드러운 천을 온수에 적셨다. 궁의가 그녀들에게 무어라 명령하는 사이로 생쥐는 여전히, 필사적으로 눈동자를 굴렸다.

"……폐하는요?"

대답을 듣지 못한다면 금방이라도 일어나 찾아 나설 기세였다. 연이은 물음에 시녀 하나가 옆으로 물러서며 공손히 대답했다.

"저쪽에 계십니다."

시녀가 가리키는 곳의 소파에 황제가 앉아 있는 것이 보였다. 그의 모습을 확인한 생쥐가 안도의 한숨을 깊게 내쉬었다. 있다. 괜찮아. 아직 버려지지 않았다.

"폐하-."

애절할 정도의 목소리에 황제가 눈썹을 치켜올리면서도 자리에서 일어나 다가왔다.

"뭐가 그렇게 불안한 거지."

생쥐는 목을 꺾어 자신 앞에 선 남자를 올려다보았다.

"네?"

"아까도 그렇고, 내가 너를 쉽게 버릴 거라고 생각하는 거냐."

"네."

생쥐는 고개를 끄덕였다. 연녹색 두 눈 위로 그림자를 드리운 속눈썹이 가느다랗게 떨렸다.

"쓸모가 없으니까요."

"쓸모없다고 해서 버리진 않는다."

"아뇨. 쓸모없는 건 밥버러지 입니다."

열 기운과 어지럼증에 시달리면서도 생쥐는 선명하게 뚜렷한 목소리로 말했다.

"쓸모가 없으면 죽습니다. 일을 못 하면 버려지고, 버려지면 구걸이라도 해야 굶어 죽지 않습니다. 하지만 쓸모없는 거지에겐 쓰레기, 찌꺼기도 잘 주어지지 않아요. 개를 먹이는 게 나으니까요."

생쥐가 아는 세계는 그러하였다. 아무 도움도 되지 않은 고아를 선심으로 거둬 먹이는 사람은 없다. 설사 있다 해도, 그런 선량한 사람은 뒷골목에서 오래 버티질 못하였다.

그렇기에 생쥐는 불안했다. 내색하진 않았지만 이곳에서 할 일이 없다는 것을, 자신을 필요로 하는 일이 없다는 사실을 안 순간부터 그녀의 가슴 깊숙이 불안이 자리 잡았다.

버리지 않는다고 해도, 친절히 대해준다고 해도, 그래도 자신은 쓸모가 없다. 생쥐의 좁은 세계에 우뚝 서 있는 확고한 진실. 어디에 쓰지도 않을 어린 계집을 공으로 먹이고 입히고 재우는 것은 있을 수 없는 일이었다.

실제로 뒷골목 소녀 하나쯤 가볍게 거두어들일 수 있는 백작가도 좋은 옷과 음식과 방을 대가로 목숨을 요구했다. 비정한 짓이었지만 생쥐에게 있어선 오히려 그것이 더 이해할 수 있는, 당연한 일이었다.

그러나 황제의 행동은 이해할 수 없었다. 그것이 불안했다. 그 불안감이 잠결에, 열 기운에 밖으로 드러난 것이었다.

생쥐는 미간을 잔뜩 좁히며 횡설수설 말을 늘어놓기 시작했다.

"배고프다고 해도, 먹을 걸 주면 안 돼요. 아무것도 안 했는걸. 왜 화를 안 내세요? 아프다고 늘어져 있는데도 때리지 않아요? 왜? 피가 났어요. 바닥이 더러워졌어요. 혼나야 하는데. 공주는 나빴지만,

그래도 그러는 사람은 많아요. 하지만 폐하는 이상합니다. 이상해요. 저, 거짓말도 했어요. 말도 안 들었습니다. 멋대로 굴었어요. 혼자 밥 다 먹었어요. 있잖아요, 공주님한테 나쁘다는 말까지 했어요?"

"……."

황제는 기막힌 눈빛으로 조잘거리는 소녀를 내려다보았다. 어쩐지 대담하게 굴더라니, 일부러 한 짓이었나.

"내가 화내고 때리길 바란 거냐."

"그게, 그게 보통입니다. 평범한 거예요."

생쥐의 숨이 조금 거칠어졌다. 황제는 궁의에게 눈짓했다. 치료를 하라는 명령을 알아들은 궁의와 시녀들이 잠시 멈추었던 움직임을 다시 시작했다. 시녀가 적신 천을 가냘픈 등에 조심스럽게 대었다.

"따가우실 겁니다."

조심스럽게 등의 핏자국을 닦아내는 손길에 생쥐의 어깨가 움찔거렸다. 그러나 비명도 신음도 없었다. 열에 들뜬 주제에 여전히 고집스럽다.

"저는 버림받으면 안 됩니다."

메마른 입술을 달싹이며 생쥐가 말을 이었다.

"쓸모없다면, 버리는 대신 죽여주세요. 저 쓸모없는 거 알아요. 할 줄 아는 거 없어요. 가슴도 작습니다. 크면 쓸모 있었을 텐데, 왜 제 가슴은 작은 걸까요? 폐하, 그래도 없지는 않습니다. 여기 있잖아요."

마침 옷도 벗었고 붕대도 푼 채로 속바지만 입은 차림새였다.

분명 작지만 젖무덤이 봉긋이 솟아나 있는 것을 가리키며 생쥐는 울적하게 황제를 올려다보았다.

"있죠?"

"……그래."

"네, 있어요. 있습니다. 있어요."

그녀가 중얼거리는 사이 시녀들이 등의 상처를 깨끗이 닦았다. 궁의가 바늘을 소독하며 말했다.

"수면제와 진통제를 사용하고 채 하루가 지나지 않았기에 다시 쓸 수가 없습니다. 건강한 성인이라면 모를까, 허약한 소녀에겐 약이 너무 독할 것입니다."

그 말에 황제는 얌전히 앉아 있는 생쥐를 힐끗 살펴보았다.

"지금 꿰매지 않는다면?"

"상처가 덧날 수 있습니다. 몸이 약해 회복력도 떨어질 것이므로 최대한 빨리 소독하고 꿰매는 편이 안전합니다."

"알겠다. 그리해라."

황제의 허락에 시녀 둘이 생쥐를 조심스럽게 부축해 침대에 엎드리게끔 하였다. 그러곤 자칫 힘을 세게 주면 부러져버릴 듯 가느다란 팔다리를 꽉 붙잡아 억눌렀다. 다른 시녀가 등불을 들어 상처를 비추고 궁의의 주름진 손이 실을 꿴 바늘을 붙잡았다. 날카로운 첨단이 새빨갛게 갈라진 살갗을 파고들었고, 그리고 조용했다.

비명도 눈물도 몸부림도 없었다. 옆에 선 이의 숨소리가 세세히 들려오는 고요함 속에 당황 어린 침묵이 떠다닌다.

바늘에 꿰뚫린 소녀의 것보다 더 딱딱히 굳어버린 시녀들의 얼굴에 황제는 고개를 절레절레 저었다.

겉은 툭 치면 그대로 푹 고꾸라질 정도로 작고 약해빠졌건만 속은 질기다 못해 억세다. 그러면서 또 어린 불안감에 어쩔 줄을 몰라 하질 않나.

"이상한 건 네 쪽이겠지."

황제는 팔짱을 끼고서 하얀 붕대에 칭칭 휘감겨가는 이상한 소녀를 지켜보았다.

생쥐는 자다 말고 길을 잃고 헤맬 만큼 너른 침대에서 베개를 끌어안았다. 그러곤 풀썩 엎어져 침대 끝에 걸터앉아있는 황제를 올려다보았다. 시녀들이 챙겨 입혀 준 몸에 딱 맞는 화사한 잠옷에서 약초 냄새가 폴폴 풍겨 나온다. 상처 치료도 끝마치고 해열제도 마셔 발갛게 열이 올랐던 두 뺨이 이제는 살짝 창백하게 빛이 바랬다.

"일단."

침대 기둥에 등을 기대앉은 채 황제가 서두를 떼었다.

"머릿속은 이제 멀쩡한가."

"네."

생쥐가 베갯잇에 파묻힌 턱을 움찔거리며 대답했다.

"이제 기둥이랑 천장도, 천장에 있는 거랑 벽도 춤을 추지 않습니다."

"멀쩡해졌군."

황제는 잠깐 입을 다물었다가 다시 말을 이었다.

"세상에는 쓸모없는 상대에게도 온정을 베푸는 사람이 있다."

생쥐는 눈을 동그랗게 뜨고서 황제를 쳐다보았다. 굳이 반박까진 하지 않았지만 그녀는 그의 말을 답삭 믿지 않았다. 말은 없어도 그 기색을 눈치챈 황제가 설명을 덧붙였다.

"가장 흔한 예시로는 부모자식간이다. 어린애는, 특히 갓난애는 도움될 일이라곤 아무것도 못 하지만 부모는 자식을 먹이고 돌보지."

생쥐는 잠깐 머뭇거렸다가 입을 열었다.

"저도 알고 있습니다. 갓난아기는 정말로 아무것도 못 하니까요. 하지만 그건 서너 살도 못 된 운 좋은 어린애만이에요. 운이 나쁘다면 갓난애라도 버려지고 또 부모가 있어도 걷고 말할 수 있게 되면 잔심부름이나 구걸이라도 해 제 먹을 건 법니다. 그리고 저는 어린애가 아닙니다. 부모도 없습니다."

베개를 붙잡은 손끝에 자신도 모르게 힘이 들어갔다.

"저는 혼자였습니다."

도움 따위 받은 적도 바라본 적도 없었다. 먹을 것, 입을 것, 잠잘 곳 모두 스스로의 힘으로 대가를 치르고서 얻어내야만 하였다. 그렇게 노력을 해도 굶주리기가 태반이었지만, 어떻게든 발버둥 치며 오롯이 홀로 이날 이때까지 살아왔다.

일견 양순해 보이는 연녹색 두 눈이 인간미 없는 황금색 눈과 똑바로 마주쳤다. 누군가 그 두 쌍의 눈을 나란히 바라본다면 의외로 심지 깊숙한 곳이 닮았다는 사실에 깜짝 놀라고 말 것이다. 생명의 위협이 코앞에 닥쳤다 하더라도 타인의 도움을 바라지 않는, 누군가의 도움을 받는다는 개념조차 없는, 제힘에 부친다 해도 끝까지 홀로 발버둥 치며 죽어갈 들짐승의 외로운, 혹은 고고한 기백.

아무 힘도, 능력도 없는 주제에 건방지다고, 오만하다고 생각할지도 모른다. 그러나 생쥐는 그렇게 살아왔다. 목숨이 위험했던 적 따위 열 손가락을 훌쩍 넘어선 지 오래였다. 굶어 죽을 뻔한 적, 맞아 죽을 뻔한 적, 얼어 죽을 뻔한 적.

너는 죽어. 죽을 거다.

그래서?

물론 죽는 것은 싫다. 무섭기도 하다. 그렇기에 있는 힘껏 발버둥 쳐 살아왔지만 죽음이라는 개념이 새삼스러운 일은 아니었다. 여기 있으면 죽는다고 이카르는 나름의 걱정을 담아 경고했지만 생쥐에게 있어선 놀랄 일도, 지레 겁먹을 일도 아니었다. 어차피 죽음의 위험은 항상 도처에 도사리고 있었으니까. 백작가에 들어가기 직전만 해도 술주정꾼에게 얻어맞질 않았던가. 그자가 조금만 더 난폭했더라면, 그냥 그때 맞아 죽었을지도 모른다.

그러니까 생쥐는, 지금의 그녀는 죽는 것보다 버림받는 것이 훨씬 더 무섭고 두려웠다. 버림받는다는 것이, 자신에게 주어진 임무를 제대로 완수하지 못하는 것이 가장 끔찍하였다.

지금의 자신은 혼자가 아니니까.

실패하면 아리에스가, 언니가 죽는다. 그렇게 들었다. 그것이 가장 끔찍했다. 그녀는 생쥐의 유일한 가족이었다. 그녀를 처음으로 좋아한다고 말해 준 사람이었다. 무슨 일이 있어도 잃을 수 없는, 처음으로 좋아하게 된 사람이었다.

버림받았다는 생각에 후궁전을 뛰쳐나올 때 생쥐의 머릿속에는 암살자의 존재도, 심지어 변견이 있다는 사실도 없었다. 하지만 그 모든 것을 알고 있었더라도 망설이지 않았을 것이다. 그렇게 해서 죽는다면 되레 안심할 일이었으니까. 후궁전에서 후궁이 죽는 것은 당연하고 올바른 결말이었다. 생쥐는 그렇게 배웠다.

"제게 있어 부모와 같이 소중한 사람은 단 한 명뿐이고, 지금 이곳에는 없습니다. 그러니까 저는 쓸모없어서는 안 됩니다. 이곳에는 저를 아무 대가 없이 먹여 살릴 이유를 가진 사람이 없습니다."

"……너는, 일단은 내 후궁이다만."

"섹스하지 않았잖아요."

생쥐는 담담하게 말했다.

"남자가 여자를 집에 들이는 이유는 사랑이나 돈이나 성욕 때문입니다. 폐하는 저를 사랑하지 않습니다. 저는 돈도 없습니다. 그러니까 제가 후궁으로서의 의무를 다하려면 섹스를 해야 하는데, 그것도 하지 않았습니다. 당장 내쫓지 않는 것이 더 이상한 일이에요?"

정치와 권력이 더 붙는다는 것만 제외하면 궁정에서도 틀린 말은 아니었다. 분명 지금의 생쥐는 후궁으로 놓아둘 이유가 전혀 없었다.

황제는 입맛이 씁쓸해지는 것을 느끼며 엎드려있는 소녀를 바라보았다. 말하는 것을 보아하니 알량한 동정심 같은 이유는 통하지 않을 듯하다. 저를 먹이고 입히고 재워주는 납득할만한 확실한 이유를 대지 않는다면 앞으로도 얌전히 있을 기세가 아니었다.

그러나 진짜 쓸데가 없다. 생쥐가 할 수 있는 평범한 일은 모두, 훨씬 더 능숙하게 대신할 수 있는 사람이 궁정 안에 널리고 널려 있었다.

"확실히 너는 쓸모가 없다."

"……네."

알고는 있었지만, 생쥐는 무심결에 어깨를 바싹 움츠렸다.

"다른 일을 시킬 것도 없고 능력도 모자라다."

"알고 있습니다."

마른침이 꼴깍 삼켜졌다. 설마 그래서, 쫓아내겠다는 건 아니겠지. 생쥐는 이를 악물었다. 눈빛에 두려움이 스며들었다. 마치 사형선고를 기다리는 죄수인 것처럼.

"허나 네가 쓸모 있는 일이 하나 있기는 하다."

"무엇이든 할게요."

들어보지도, 생각도 하지 않고 곧장 튀어나오는 대답에 황제는 눈썹을 휘어 올리며 못마땅한 표정을 지었다. 자신이 권하기는 하였으나 겁도 없이 냅다 불에 뛰어드는 모양새가 마음에 들지 않는다. 그러나 제안을 굳이 거두지도 않았다.

"지금부터 너는 제대로 된 후궁이다."

"제대로 된 후궁이요?"

"성행위, 섹스했다는 거다."

"아, 예. 그렇게 말할까요?"

"그래."

황제는 겉보기만큼은 가벼운 바람결에도 쉬이 쓸려갈 듯 여리기만 한 소녀를 훑어보았다. 원래라면 이런 어린애를 데리고 벌일 짓이 아니었지만, 의외로 적당한 상대일지도 몰랐다. 무엇보다 이 꼬맹이는 배신을 하지도, 폭력이나 협박에 굴하지도 않을 터이니. 그 소중하다는 놈을 제외한다면. 게다가 제대로 된 뒷배가 전무하여 목숨을 잃는다 해도 별 탈이 없을 것이었다.

"네가 정식 후궁이 되면 황태후는 물론이고 카얄룬 공작까지 가만 있지 않을 거다."

"카얄룬 공작이요?"

"간단히 말해 네 신변이 지금보다 훨씬 더 위험해질 거란 뜻이다."

"신변이 뭐……."

"죽는다고."

"아, 괜찮습니다."

"고문이나, 그러니까 폭력을 당할 수도 있다."

"익숙합니다."

"……네놈은."

스스로를 너무 가벼이 여기고 있다. 황제는 하려던 말을 삼켰다. 해줄 필요도 없고 통하지도 않을 잡소리였다.

"지금부터 네가 할 일은 어떠한 협박이나 회유에도 후궁 자리에서 물러나지 않는 것이다."

"그것뿐이에요?"

"그리고 나와 내 주변 사람의 일을 절대 타인에게 발설치, 그러니까 말하지 마라. 무조건 입 다물어."

"네. 그리고요?"

"그거면 돼."

그렇게 말했다가 황제는 한 가지를 더 덧붙였다.

"하나만 더. 이카르를 해치지 마라."

"이카 님, 아니, 이카를요? 해치지 않아요."

황제는 옅게 한숨을 내쉬며 말했다.

"황태후가 필사적으로 죽이려 들 터이니, 너한테도 틀림없이 접촉해 올 거다."

자세히 설명치는 않았지만 머잖아 그리될 것이었다. 그가 비록 이카르를 제 몸 하난 지킬 수 있도록 키워는 놓았다만 정신적으로는 아직 어설픈 애새끼일 뿐이다.

순진해 빠져선 사람도 덥석덥석 잘 믿고 권모술수에도 약하다. 황제는 골치 아프다는 듯이 손가락 끝으로 관자놀이를 짚었다.

"……어밀 닮아서 그런 건가."

꼬마를 위험 속에 밀어 넣었다고 또 꽥꽥대겠지만, 따지고 보면 제 탓이 아닌가.

물론 근원이야 황태후였지만 지금 자신이 이렇게 귀찮은 자리에

죽치고 앉아 있는 이유가 뭔데 결혼 안 한다고 떽떽거리기나 하고. 적반하장도 유분수지.

"폐하?"

역정이 짙게 치민 황제의 얼굴에 생쥐가 고개를 갸웃, 그를 불렀다. 대답이 없자 베개를 옆으로 치우고서 엉금엉금 기어 다가가 재차 불렀다.

"폐하? 왜 그러세요?"

"……짜증 나서."

"뭐가요?"

"개 목줄 매인 내 꼴이."

연록색 눈동자가 이리저리 구르다가, 조심스럽게 되물었다.

"으음, 안 매셨는데요?"

없습니다, 하고 재차 갸웃하는 머리 위로 커다란 손이 턱 얹혀졌다. 옆에서 구르는 강아지 대하듯 회색 머리칼을 쓰다듬는 손길에 생쥐는 조용히 입을 다물었다. 큰 손에 머리를 들이밀듯 맡기고서 작게, 숨소리만 새근새근 내었다.

4
손에 쥐어도 괜찮아?

발 없는 말이 천 리를 간다 하였던가. 황제와 어린 후궁의 진득한 소문이 궁정 전체로 퍼져 나가는 데에는 채 하룻밤도 걸리지 않았다. 수군수군 밤새 속닥이는 소리는 어둠이 걷히고 날이 훤히 밝아 와도 멈출 줄을 몰랐다.

오히려 속삭이던 목소리는 더욱더 커지고 온갖 감정이 뒤섞인 채 눈덩이처럼 불어났다. 단순하게 시기와 질투를 품는 궁중 여인들만 아니라 이 기회를 제 이득과 연결시켜보려는 협잡꾼들이며 곧 닥쳐올 혼란을 예견하고 심각히 논의하는 정치가들 등이 단순하던 소문에 얼룩덜룩 옳고 그름을 구분키 힘든 색을 집어넣었다.

그 한껏 지저분해진 소문을 한발 늦게 접한 남자 한 명이 격앙된 표정으로 침궁에 있는 황제의 침실 문을 쾅쾅 두드렸다.

"폐하! 잠시 들어가도 되겠습니까!"

허락을 구하는 건지 협박을 내뱉는 건지 모를 사나운 목소리에 돌아오는 대답은 없었다. 하지만 늘 그러하였기에 남자, 이카르는 길게 기다리지 않고 문을 벌컥 열어젖혔다.

그의 눈에 가장 먼저 들어온 것은 시녀들에게 빙 둘러싸인 조그만 소녀였다. 생쥐는 시녀들의 손에 반쯤은 길고 반쯤은 짧은 머리칼을 맡긴 채 까닥 고개를 숙이려다가 흠칫 목을 굳혔다.

"안녕하세요, 이카 님. 지금은 머리가 잡혀 있어서요."

"……뭐하는 거냐?"

"짧은 머리칼은 후궁의 격에 걸맞지 않는다고 합니다. 그래서 머리카락을 덧붙이는 중이에요."

불편한 가발이 아니라 생쥐의 것과 색이 같은 회색 머리카락을 구해 한 올 한 올 정성껏 이어붙이고 있었다. 그렇다고 해도 아주 긴 것은 아니고 등을 반쯤 덮는 정도였다. 이카르는 뒷머리를 긁적거리며 시녀들의 능숙하고도 재빠른 손놀림을 잠시 구경하다가 입을 열었다.

"폐하는?"

"아직 주무시고 계십니다."

"아직?"

드문 일이었다. 늦잠은커녕 밤에도 고작해야 두어 시간쯤 잠들 뿐이었는데. 안쪽의 침실로 쳐들어가야 하나 말아야 하나 고민하는 이카르에게 생쥐가 무심할 정도로 태연하게 말했다.

"어젯밤에 섹스했거든요."

"어……음, 아……음."

이카르의 입이 죽어가는 붕어처럼 뻐끔거렸다.

그에 비해 시녀들의 손놀림에는 일말의 흔들림도 없었다. 이카르는 벌게진 얼굴로 한참 동안 어쩔 줄을 몰라 하다가 간신히 제대로 된 단어를 입 밖으로 꺼내었다.

"그러니, 까……."

그는 꿀꺽, 마른 침을 한 번 삼키고 말을 이었다.

"그, 너…… 등에 상처, 있지 않았어? 해도…… 돼……?"

생쥐의 눈이 살짝 커졌다가 다시 담담하게 대답했다.

"엎드려서 했습니다."

"……아."

엎드려서. 그래, 뭐…… 그렇게 하면……. 이카르는 제 금발을 와락 움켜잡았다.

"거짓말! 말이 되냐! 아니, 음, 말은 되는 것도 같긴 하지만…… 아무튼! 너, 너! 가슴이 작아서 안 된다며!!"

"작아도 괜찮다고 하셨습니다."

살이 없어 뼈마디가 도드라진 손끝이 잠옷 아래로 살며시 솟아있는 가슴에 가리키듯 닿았다. 그 손길을 따라 무심코 가슴을 쳐다보던 이카르가 화들짝 시선을 돌렸다. 뭐, 솔직히 사내가 바라볼 만하게 색스러운 건 전혀 아니었지만.

"……말도 안 돼."

그가 작게 중얼거렸다. 소문을 듣고 기가 막히다 못해 열이 뻗쳐 여기까지 한달음에 뛰어오기는 했지만 솔직히 반신반의하고 있었다. 설마 황제가 그 쬐끄만 꼬마를 건드렸을까. 심지어 등이 온통 상처 투성이인 애인데. 그런데 그 설마가 진짜란다.

"역시 말도 안 돼!"

머리를 붙이는 작업이 끝날 때까지 한참을 넋 놓고 서 있던 이카르가 버럭 소리쳤다. 그는 목에 핏대를 올리며 생쥐의 드레스를 준비하는 시녀들에게 명령했다.

"전부 나가라."

"하오나 폐하께서……."

"나가. 내가 책임진다."

차디찬 목소리에 시녀들은 머뭇거리면서도 입구를 향해 발걸음을 옮겼다. 생쥐, 라린 살타토르를 단장시키라는 것은 황제의 명이었지만 이카르가 책임지겠다 하였다. 젊은 호위기사에 대한 황제의 관대함은 추잡한 소문이 돌 정도로 유명한 것이었기에 시녀들은 큰 반발 없이 그의 말에 따랐다.

열렸던 문이 닫히고 너른 거실에는 이카르와 생쥐, 단둘만이 남았다. 생쥐는 앉아 있던 의자에서 몸을 일으켰다. 길어진 머리카락이 살랑, 등을 덮으며 흔들렸다. 이은 머리카락은 원래 생쥐의 머리카락과 색이 같았으나 자세히 들여다보면 위아래 모질 차이가 뚜렷해 구분이 가능했다. 영양이 제대로 공급되지 않은 원래 모발의 푸석함을 완전히 감출 수가 없었기 때문이었다.

그러나 지금 이대로 배불리 잘 먹인다면 얼마 지나지 않아 젊고 건강한 소녀다운 윤기가 흐르게 될 것이었다. 그때까지 살아있을 수 있다면 말이다.

"이카 님?"

"……너, 진짜로……."

이카르는 입을 열다 말았다. 물어본들 뭣할까. 요 조그만 소녀의 쇠고집은 충분히 겪었다. 살짝 멍한, 백치처럼 순해 빠진 얼굴로 끝까지 똑같은 말만 되풀이하겠지. 망할 놈의 섹스 했다고. 그는 앞머리칼을 쓸어 올리며 침실 쪽으로 시선을 돌렸다.

"주무시고 계신다고?"

"예."

"웃기고 있네. 자긴 뭘 자."

그는 침실 문을 향해 성큼성큼 큰 걸음을 옮겼다. 그 뒤를 생쥐가 보폭 좁은 종종걸음으로 따라붙었다.

"폐하, 들어갑니다."

일단 기본적인 예의는 갖췄다. 오래 검을 쥐어 굳은살 단단한 손아귀가 문 손잡이를 부서지라 움켜쥐었다. 잠겨있지는 않았다. 그는 곧장 문을 박차 열었다.

"폐하!"

역시 안 자잖아! 광활하다 해도 좋을 너른 침실. 그에 걸맞게 커다란 침대에 황제가 두 다리를 꼬아 뻗고 기대어 누워있었다. 불청객을 향한 황금색 두 눈에 잠기운이라곤 그림자도 보이지 않았다.

아주 멀쩡하게 또렷한 눈알이요 시선이다. 심지어 잠옷 차림도 아니었다. 황제는 가죽 부츠까지 그대로 신고서 새하얀 이불에 흙모래를 툭툭 떨어뜨리고 있었다. 잠은커녕 이제 막 외출했다 돌아온 모양새였다.

"아침부터 시끄러운 놈이군."

"시끄럽지 않게 생겼습니까?"

이카르가 침대 옆으로 저벅저벅 다가가며 커다란 한숨과 함께 말을 토해냈다.

"폐하 때문에, 궁정 전체가 시끄럽습니다!"

물론 귀족들 체면상 대놓고 요란스레 떠들어대지는 않았지만 물밑에서 난리법석들이다.

이카르가 핏대 올려 소리치거나 말거나 그의 뒤를 따라온 생쥐가 답삭, 자연스럽게 황제의 옆자리에 엉덩이를 붙여 앉았다. 그걸 또 당연하다는 듯이 커다란 손을 뻗어 허리를 휘감는 사내의 모양새에 이카르의 귓가가 여러 의미로 붉어졌다.

"미쳤지, 미쳤어! 이, 이런 애를 데리고!"

"열여섯 살이면 다 컸지."

"이게 어딜 봐서 열여섯입니까! 열여섯이라도, 폐하 연세가 몇인데!"

이카르의 외침에 생쥐가 고개를 갸웃 기울이며 황제를 바라보았다.

"몇 살이세요?"

"몰라."

"모릅니까?"

"세 자리 수 되고 나선 안 셌다."

"세 자리 수요?"

"세 자리 수요?"

생쥐와 이카르가 똑같이 놀란 얼굴을 했다.

"농담 마시죠! 아무리 그래도 세 자리 수라니, 반백 년쯤은 되었겠지만."

이카르의 말을 깨끗이 무시하며 한 줌짜리 허리를 감쌌던 손이 길어진 머리칼을 향해 기어올랐다.

"제법 예쁘군."

상처 입은 등골을 닿을 듯 닿지 않을 듯 스치며 늘어진 뒷머리칼을 휘감는 손가락의 움직임이 은은히 관능적이어서, 이카르는 무심코 날이 선 숨을 훅 들이켰다.

"예뻐요?"

연녹색 눈을 동그라니 크게 하며 생쥐가 황제를 바라보았다.

"전보다는 낫지. 네 주제에는 예쁘다."

칭찬인지 야유인지 모를 말에도 생쥐가 살풋 미소했다. 일생 여자로 대접받은 일은 한 번 없었지만 그래도 여자는 여자였다. 라린이 아닌, 생쥐로서 예쁘다는 말에 그녀의 자그만 가슴 안쪽에서 기쁨이 여리게 샘솟았다.

생쥐는 둘의 행각을 멍하게 쳐다보고 있는 이카르를 돌아보며 재차 물었다.

"예뻐요?"

"으, 응⋯⋯?"

"저 전보다 예뻐요? 머리 길어서?"

"어⋯⋯ 뭐. 머리 기니까⋯⋯ 여자애 같네."

"그래서 예쁩니까?"

"그, 그래⋯⋯."

이카르는 여전히 멍청한 낯짝으로 미소 띤 소녀를 바라보았다. 그의 머릿속이 하루 종일 마구 흔들어댄 잡동사니 상자 속처럼 뒤죽박죽 헝클어졌다.

진짠가. 거짓말이라고, 무언가 속셈이 있어 남들을 속이는 것이라고 생각했건만 두 사람의 사이는 낯설어질 만큼 자연스럽게 다정했다. 다른 사람이라면 모를까, 그가 아는 황제가 저 정도면 충분히 다정한 것이다. 무려 예쁘다니.

일순 창백해졌던 이카르의 안색이 붉으락푸르락 변해갔다. 그러고는 빽, 귀가 찢어지라 소리를 질렀다.

"폐하! 진짭니까?!"

"뭐가."

"진짜, 진짜로 애를 데리고 잤다고요?"

"잤다."

황제가 시큰둥하게 범죄를 인정했다. 생쥐도 그에 한마디 거들고 나섰다.

"네, 잤습니다."

"그, 그냥 잔 게 아니라, 잠만 잔 게 아니라⋯⋯."

"섹스했다고."

"야, 이 짐승……. 윽!"

"시끄럽다."

전광석화처럼 몸을 일으킨 황제가 이카르의 이마를 철썩 쳤다. 이카르는 순식간에 발갛게 물든 이마를 감싸 쥐고서 뒤로 비틀비틀 쓰러질 듯 물러났다. 그래도 기세는 죽지 않았다.

"이 짐승! 멀쩡히 다 큰 여자들은 거들떠도 보질 않더니! 파렴치에도 정도가 있지, 변탭니까? 어린애 취향이었어요? 암만 그래도 저 조그만 애를 어떻게, 어떻게! 미쳤지 진짜, 한 달간 지켜 달랬더니 하루 만에 홀라당 잡아먹냐악!"

저 정도면 딸뻘을 넘어서서 준 손녀뻘이 아니던가! 충격 먹고 꽥꽥대는 쓸데없이 도덕 건전한 청년을 향해 황제가 파리 쫓듯 손을 내저었다.

"하룻밤 가지곤 부족했군. 하루 더 머리 식히고 와라."

"와……. 진짜, 진짜……."

이카르는 기가 막혀 말이 안 나온다는 표정으로 머리를 움켜쥔 채 방을 나섰다.

쾅, 문 닫히는 소리에 이어 침착지 못한 발소리가 멀어지자 생쥐가 도로 드러누운 황제를 힐끗 바라보았다.

"이렇게 하면 되나요?"

"그래. 누가 의심하면 그냥 입 다물고. 저놈은 멍청해서 쉽게 속았지만 눈치 빠른 놈들도 제법 많으니."

여색에 관심 없던 황제가 난데없이 어린 소녀를, 그것도 별다른 배경도 능력도 없는데다 뛰어난 미모를 가진 것조차 아닌 여자를 총애한다면 곧이곧대로 믿는 자보단 의심의 눈을 부릅뜨는 자들이 더 많을 것이다.

생쥐는 고개를 작게 끄덕이며 침대에서 일어나 방 한쪽에 놓인 테이블로 다가갔다. 그녀의 움직임을 따라 어깨를 넘어서 흔들리는 머리카락의 감촉이 낯설게 느껴졌다.

아침 햇살이 스며드는 창가의 테이블 위에는 작은 가방이 놓여 있었다. 생쥐의 유일한 소유물로 시녀가 방에서 가져다준 것이었다.

생쥐는 가방을 열고 가장 안쪽 깊숙한 곳에 감추듯 고이 넣어 둔 물건을 꺼내었다.

손아귀에서 반짝 빛나는 그것은 고운 나비 한 마리가 살짝 내려앉은 듯한 머리장식이었다.

-이건 내 거지만, 내가 되게 아끼는 거지만, 너 줄게.

아리에스는 그렇게 말하며 생쥐가 이제껏 보아 온 것 중에서 가장 아름다운 보석 장신구를 메마른 손에 꼭 쥐여 주었다.

-넌 내 동생이니까.

언니.

생쥐는 소리 없이 입술만 달싹거려 말했다. 그녀는 햇빛에 화사하게 반짝이는 나비 모양 머리핀을 소중히 감싸 쥐고서 화장대의 거울 앞에 가 섰다.

거울 속 비치는 모습은 생쥐의 상상 이상으로 고운 소녀였다.

백작가에 처음 들어갔을 때보다 확연히 좋아진 혈색과 내내 지저분한 탓에 오히려 볕을 받지 않아 새하얀 얼굴, 전과 달리 핏기가 발그레 도는 입술에 사내애라 생각될 만큼 볼품없었을 때에도 유일하게 예쁘다 내세울 수 있었던 여린 새싹 빛의 커다란 두 눈. 여기에 짧다 못해 지저분하게 헝클어졌던 머리카락도 곱게 길어져 놓으니 확실히 볼만했다.

물론 아리에스나 황녀처럼 뛰어난 미녀까지는 절대 아니었다. 하지만 이 정도면 예쁘장하다는 말은 충분히 들을 수 있을 얼굴이었다. 아직 해쓱한 뺨에 보드레한 살이 동그라니 오른다면 더더욱 예뻐질 얼굴이기도 하였다. 라린 살타토르가 아닌, 생쥐로서.

그녀는 익숙하지만 낯설기도 한 거울 속 모습을 바라보며 소리 없이 배시시 웃었다. 손안에서 만지작거리던 머리장식을 살짝, 회색 머리칼 위에 대어보았다.

"……예쁘다."

전에는 차마 해 볼 엄두를 내질 못했다. 라린은 진짜 자신이 아니었고 생쥐는 너무 볼품이 없었다. 하지만 지금은 괜찮을 거 같았다. 적어도 이상하거나 못나지는 않았다. 황제도 예쁘다고 말해주었다. 그러니까 괜찮을 거야.

생쥐는 조심스럽게 핀을 한쪽 머리에 톡 꽂고는, 거울 속의 자신을 향해 좀 더 크게 미소 지었다. 그리 한참을 만족스럽게 바라보다가 핀을 꽂느라 살짝 흐트러진 머릿결을 가다듬고 가벼운 발걸음으로 다시 침대 쪽으로 다가갔다.

황제가 기대어있는 바로 옆에 오똑 선 생쥐가 그를 비스듬히 내려다보며 물었다.

"예뻐요?"

그녀는 머리핀을 슬쩍 가리키며 재차 물었다.

"어울립니까?"

자랑하거나 칭찬을 원한다기보다는 괜찮다는 확인을 얻고자 하는 목소리요, 표정이었다. 황제는 힐끗 시선을 올려 섬세한 나비 모양의 머리장식을 바라보았다. 금빛 테를 두르고 붉은색과 검보라색 보석으로 날개 무늬를 자아낸 장신구는 언뜻 보아도 예사 물건이 아니었다. 빈민가 출신의 고아 소녀는 물론이요 귀족가 영애라 해도 웬만큼 재력을 지니지 않고서는 쉬이 머리에 달 수 없는 그런 보물에 황제의 눈썹 끝이 슬쩍 치켜 올라갔다.

"네 것이냐."

"네."

생쥐는 고개를 끄덕이곤 자랑스레 말했다.

"선물 받았습니다."

내 것이다. 이렇게나 예쁜 머리핀이 내 물건이다. 그것도 소중한 언니가 선물해준 장신구다. 볼까지 은은히 붉히며 활짝 미소 짓는 생쥐의 태도에 황제는 묻지 않고서도 머리핀의 출처를 짐작할 수 있었다. 물어보나 마나 그 소중하다는 놈의 선물이겠지.

그러나 섣불리 결론 내리기에는 걸리는 점이 하나 있었다. 이 정도의 물건을 이용만 해먹고 버릴 여자에게 선물할 가능성은 별로 없었다.

"선물 받은 거라고?"

"네. 황궁에 오기 전에 아리-."

"그놈에겐 관심 없다."

황제는 생쥐의 말을 자르며 그녀의 머리로 손을 뻗었다. 머리핀에 큰 손이 닿자, 생쥐의 몸이 마치 목 졸린 산새처럼 파르르 떨렸다. 툭 튀어나올 듯 커다래진 연녹색 두 눈이 겁을 먹고 이리저리 움직인다.

"……폐하."

긴장한 새가 깃을 부풀리듯 흰 네글리제 아래의 가슴이 크게 오르내렸다. 그 어느 때보다도 불안감에 가득 찬 얼굴에, 황제는 미간을 설핏 좁혔다가 와락 머리핀을 움켜쥐었다. 그와 동시에 생쥐의 두 어깨가 크게 덜컹거렸다.

삽시간에 파리해진 입술이 가늘게 떨렸다. 마주 잡은 두 손에 힘이 꽉 들어감은 물론이요, 슬리퍼 안의 발가락 끝까지 바싹 오그라들었다. 다시 한 번 폐하, 호소하듯 부르려는 찰나,

"아!"

머리핀이 숫제 뜯겨 나가듯 낚아채였다. 황제의 손아귀에 단단히 붙잡힌 머리핀으로부터, 핀에 얽혀 뽑혀나간 회색 머리카락이 나풀나풀 침대 위로 떨어져 내린다.

"폐, 폐하……."

이제껏 볼 수 없었던 짙은 당혹감을 얼굴 가득 드러낸 생쥐가 더듬더듬 말했다.

"그거 제 거, 제 거예요. 제 것, 입니다……."

돌려주세요, 제발. 부들부들 온몸을 떨면서 부탁해오는 말에 황제가 냉정히 대답했다.

"너는 이제 희생양이 아닌 정식 후궁이다. 본디 후궁은 외부의 물건을 몸에 걸쳐서는 안 되는 법."

후궁이라 함은 황제와 밤을 함께하는 여자다. 그렇기에 원래 후궁은 입궁하는 즉시 궁 밖의 물건은 모두 버려야만 하였다. 황제와 단둘이 침상에 오르는 몸인 만큼 모든 위험요소를 제거하기 위함이었다.

"허니 이 머리핀은 압수다."

"……."

생쥐는 아랫입술을 잘근 깨물었다. 그 잇새로 거칠어진 숨이 색색 새어나왔다. 심장이 마구 두근거린다. 등의 상처가 새삼스레 뜨거워져 왔다. 피가 바싹바싹 마르며 큰 돌을 올려놓은 것 마냥 가슴이 갑갑해졌다.

내 거다. 언니가 선물 한 내 물건이다. 내 머리핀이다.

목구멍 끝까지 자신의 것이란 주장이 올라왔지만 생쥐는 아무 말도 하지 못했다. 비명과도 같은 외침을 있는 힘껏 삼켰다.

눈앞의 남자는 황제. 궁정에 무지한 생쥐는 그가 마음만 먹는다면 백작가를 통째로 멸문시킬 수 있다는 무시무시한 사실까지는 몰랐지만, 자신을 내쫓고 아리에스를 위험 속에 끌어들일 수 있다는 사실만큼은 뼈저리게 알고 있었다.

그러니까 거슬러서는 안 된다. 제아무리 소중한 물건이라 하더라도 황제가 원한다면 내어주어야만 했다.

'……괜찮아.'

생쥐는 속으로 중얼거렸다. 괜찮다. 괜찮다. 어차피 늘 겪어 온 일이다. 아니, 저런 귀한 물건은 단 한 번 손에 쥐어 본 적조차 없다. 낡디낡은 옷 한 벌, 그것이 전부였던 삶.

그러니까, 그러니까 괜찮다. 머리에 한 번 꽂아보기라도 했잖아. 괜찮아. 괜찮다고. 어차피 내겐 어울리지 않았어. 과분했다.

"……불만인가."

한겨울 발가벗겨 쫓겨 난 어린애처럼 창백하게 질린 채 전신을 바들바들 떨고 있는 생쥐의 모습에 황제가 무뚝뚝이 물었다. 생쥐는 피가 나라 깨물고 있던 입술을 천천히 달싹였다.

"아, 아……뇨. 전……."

괜찮다.

"괘, 괘……."

괜찮다. 괜찮아. 괜찮다고. 익숙하잖아. 손에 아무것도 쥐지 못하는 삶이. 그냥 다시 전처럼 돌아가는 것일 뿐이다.

"괜……."

괜찮다고 말해. 괜찮다고. 괜찮아. 익숙해. 늘 이랬어. 언제나, 언제나.

그래도 참아왔다. 이런 사치품이 아닌 목숨을 이어가기 위해 반드시 필요한 것들조차 얻질 못했어도, 그래도 어떻게든 살아왔다.

그때보다는 나아. 그러니까 괜찮아.

"괜찮…… 괜……."

괜찮습니다. 필요 없어요.

그 두 마디가 가시처럼 목에 박혔다. 목구멍이 아팠다. 바싹 말라 따가웠다. 채찍으로 맞을 때보다도 지금이 더 고통스러울 정도로. 크게 떠진 두 눈이 말갛게 젖어들었다. 생쥐는 눈을 깜박였다. 눈앞이 자꾸만 흐려졌다. 울컥 뜨거운 것이 날카로운 가시와 함께 목을 틀어막았다.

"괘, 괜…… 저는, 괜……."

괜찮지 않아!

마음속 깊은 곳에서 비명이 올라왔다. 동굴 속에 갇힌 것처럼 윙윙 울렸다. 언니의 선물이다. 소중한 것이라고 했다. 무척이나 아끼는 것이라고 하였다. 너무나도 예쁘게 반짝이는 머리장식. 그 소중한 것을 자신에게 주었다.

―넌 내 동생이니까.

그렇게 말하고 선물해 준 것이다.

당장에라도 달려들어서 뺏고 싶었다. 마음만은 이미 굶주린 살쾡이처럼 황제에게 덤벼들고 있었다. 하지만 안 된다. 안 돼. 참아야 해. 참는 건 잘하잖아. 참아. 괜찮아. 참아.

"괜찮, 괜찮…… 습……."

뜨거운 것이 뺨을 타고 흘렀다. 잔뜩 고였던 눈물이 기어이 턱 아래로 뚝뚝 떨어져 내렸다. 후욱 훅, 뜨거운 숨을 받아내며 생쥐는 말했다.

"괜찮습, 니다……. 전……."

가슴 안쪽이 삐걱삐걱 조여 오는 것을 참으며 입꼬리를 애써 끌어올렸다. 울지 마. 우는 건 다들 싫어해. 보기 싫다고, 시끄럽다고 화를 내고 매를 들었다. 그러니까 조용히 해. 참아.

오만 감정을 억눌러 삼키는 소녀를 묵묵히 바라보던 황제가 손을 들어 올렸다. 생쥐는 반사적으로 몸을 움츠렸다. 때리려는 걸까. 그녀가 눈을 질끈 감는 사이, 손이 회색 머리칼에 닿았다. 이어 무언가 매달린 듯한, 묵직한 무게감이 느껴졌다. 잔뜩 주먹을 쥐고 있던 생쥐의 손이 펴지며 두려운 듯 천천히 자신의 머리로 향하였다. 손끝에 딱딱한, 나비 모양의 물체.

숨을 훅 들이켰다. 파리하던 뺨 위로 홍조가 서서히 번져나간다.

"아, 안 된다고……."

"이제는 내가 준 거다."

한쪽 눈가를 찌푸린 채 황제가 말했다.

"내 하사품인 셈이니 상관없다. 마음대로 하고 다녀."

"아…… 그, 그래요? 그렇군요……?"

하사품이 뭔진 모르겠지만 괜찮다고 한다. 생쥐는 소매 끝으로 허둥지둥 눈물을 닦아냈다. 제 감정을 어찌 표현해야 할지 몰라 발을 동동 구르다가 그냥 배시시, 웃고 말았다. 잇자국 선명한 입술 위로 이번에는 진짜 미소가 떠올랐다. 그녀는 머리에 단 핀을 몇 번이고 만지작만지작하더니 무슨 심경인지 그걸 도로 떼어냈다.

"감사합니다."

머리를 꾸벅 숙이고는 머리핀을 두 손으로 감추듯 꼭 감싸 쥐었다.

"마음대로 하고 다녀도 된다 했다만. 안 뺏는다."

"하지만요……."

여전히 머리핀을 끝 하나 보이지 않게 조그만 손안 가득 가려 쥔 채 생쥐가 우물우물 대답했다.

"다른 사람들이……."

빼앗기기만 하던 차가운 현실을 잠시간 잊고 있었다. 이렇게 예쁜 것을, 남이 보기에도 탐나는 것을 지킬 힘 같은 거 자신에게는 없었다. 남들 눈에 뜨이지 않게, 꼭꼭 감추는 것이 그녀로서 할 수 있는 최선의 방법이었다. 쥐구멍 깊숙이 숨어드는 진짜 생쥐처럼.

중간에 끊어진 뒷말을 쉬이 짐작한 황제가 생쥐의 손을 덥석 붙잡았다. 그는 어린애 사탕 뺏듯 쉽사리 머리핀을 빼앗고는 다른 쪽 손으로 회색 머리통을 잡아 아래로 끌어내렸다.

"폐, 폐하?"

황제는 당황해서 바둥바둥 거리는 소녀를 꾹 잡아 누르고서 회색 머리칼에 나비 머리핀을 다시 꽂아 주었다. 이내 커다란 손아귀에서 벗어난 생쥐가 잔뜩 헝클어진 머리를 양손으로 감싸 쥐었다. 당황한 볼이 살짝 발개져 있었다.

"저기, 전……."

"누가 빼앗으려거든 말해. 황제의 하사품이라고."

"하사품이라고, 말해요……?"

"그래. 그러면 뺏기지 않을 거다."

"……잘 모르겠습니다."

중얼거리듯 반복해서 말했다.

"저는 잘 모르겠어요. 저기, 탐나는 물건은 누구 것이든 누가 줬던 다 빼앗고 훔쳐가요? 하사품이라고, 그런 거래도 제가 가지고 있으면 쉽게 빼앗깁니다. 저는 지키지 못합니다."

생쥐는 아직 젖은 흔적이 가득한 눈을 손등으로 비볐다. 그렇잖아도 붉던 눈시울이 더욱 새빨가니 부풀어 올랐다. 황제는 그 빨개진 눈을 바라보며 말했다.

"너는 불가능하겠지."

"……네."

"나는 가능하다."

"예?"

"내가 지켜주겠다는 거다. 그러니 그냥 써."

할 말 다 끝냈다는 듯 황제가 다시 침대 위에 기대어 드러누웠다. 멍하니 서 있던 생쥐가 그의 곁에 바싹 붙어 앉았다. 한 손으로 머리핀을 만지작거리며 조심스럽게 물었다.

"폐하께서 지켜주세요?"

"그래."

귀찮다는 투의 시큰둥한 대답이 돌아왔다. 생쥐는 조금 더 단단한 팔뚝 가까이 몸을 붙였다.

"누가 못 뺏어가게요?"

"그래."

"몰래 훔쳐갈 수도 있는데."

"찾으면 된다."

"음, 공주는요? 공주가 달라 그러면요?"

"주지 마."

"안 줘도 돼요?"

"그래."

"안 주면 화낼 텐데요."

"머리가 있다면 대놓고 널 건드리진 않을 거다. 명목상 후궁과 정식 후궁은 전혀 다르니."

전에야 어차피 죽을 목숨인 후궁이니 기별도 없이 들이닥쳐 채찍질까지 할 수 있었다. 그러나 정식 후궁은 다르다. 황후도 아닌 황녀가 황제의 후궁에게 대놓고 횡포를 부리는 것은 제 살을 깎아 먹는 짓이었다. 설사 로제시아 공주가 아닌 다른 궁정인이라 해도 이제 타인이 보는 앞에서는 생쥐를 대놓고 멸시할 수는 없을 것이다.

"허니 쓸데없는 걱정 말고 하고 다녀."

생쥐는 잠깐 머뭇거렸다가 네, 하고 고개를 끄덕였다.

아직 해가 질 기미가 보이지 않는데도, 생쥐는 허허벌판에 외따로 떨어진 어린 짐승처럼 엎드려 웅크린 채 잠들어 있었다. 베개도 없이 이불에 뺨을 잔뜩 내리눌러 머리를 파묻고선 고른 숨을 색색 내쉬었다. 보통보다 훨씬 너른 침대 한가운데 보통보다 조그만 소녀가 둥글게 움츠리기까지 하니 딱 길 잃고 헤매다 쓰러진 꼴이었다. 그런 그녀의 몸 주위에는 약의 씁쓸한 향이 짙게 맴돌고 있었다.

　침대 끝에 걸터앉은 채 그 곤히 잠든 모양새를 지켜보던 황제가 몸을 일으켰다.

　"……괜찮겠지."

　잠시 자리를 비운다 해도.

　시중인들에게는 방해치 말라 일러두었고, 약에 취했으니 어제처럼 바람결에 깨어날 리는 없었다. 암살자들 또한 한적한 밤의 후궁전도 아니고 사람들이 버글거리는 대낮의 침궁에는 감히 침입하지 못할 것이었다. 그러니 잠깐 정도는 혼자 놓아둬도 괜찮을 것이다.

　황제는 걸음을 옮겨 거실과 연결된 발코니로 나갔다. 허리쯤 오는 낮은 난간 아래로 사람들이 오가는 것이 보였다. 이대로 뛰어내린다면 눈에 띄지 않기란 불가능하다.

황제는 발코니를 향한 시선이 없다는 것을 확인한 후 난간 위로 올라섰다. 가볍게 두어 발 얄팍한 난간 손잡이를 따라 걷던 그의 몸이 아래가 아닌 위로 훌쩍 솟았다. 순식간에 지붕 위쪽으로 오른 황제는 흐린 날의 제비처럼 몸을 낮추어 스치듯 지붕을 달려나갔다. 이어 20여 미터에 가까운 거리의 옆 건물로 일말의 머뭇거림조차 없이 훌쩍 뛰어 건넜다. 발소리조차 거의 나질 않는 가벼운 움직임이었다. 그가 누구의 눈에도 띄지 않고 침궁을 벗어나는 데에는 채 십 분도 걸리질 않았다.

조용히 침궁을 벗어난 황제가 향한 곳은 다름 아닌 어젯밤 빠져나온 후궁전이었다. 아직 창문이 열린 채로 있는 텅 빈 자신의 방을 힐끗 올려다본 그는 주방 쪽으로 발길을 옮겼다. 홀을 지나 복도를 따라 얼마쯤 걸어가자 흥얼거리는 노랫소리가 희미하게 들려왔다. 그 사이사이 섞여드는 것은 낄낄대는 경박한 웃음소리였다. 황제는 닫혀 있던 식당 문을 발로 걷어차 열었다. 동시에 달큼한 냄새가 머리가 아플 만치 훅 쏟아져 나왔다.

"이야아, 이게 누구시더라!"

길쭉한 식탁 가운데는 온갖 초콜릿과 설탕과자가 산더미처럼 쌓여 있었다. 그 옆에 걸터앉아 있던 성별이 모호한 낯짝의 사람이 황제를 향해 손을 까닥까닥 흔들었다. 주방 안쪽에서 역시나 성별 구분이 어려운 자가 흰 설탕 가루를 눈처럼 잔뜩 뿌린 머핀을 커다란 쟁반 가득 들고 나오며 키득거렸다.

"어머나, 주인님! 오늘은 안 오실 줄 알았는데!"

"그러게 말이야?"

황제는 절로 일그러지려는 미간을 손끝으로 가볍게 누르며 입을 열었다.

"자르기 전에 귀 가려."

두 사람은 끝이 뾰족하니 인간의 배 가까이 길쭉한 기이한 귀를 가지고 있었다. 그들은 투덜투덜 거리면서도 하나는 바닥에, 하나는 촛대에 걸려 있던 모자를 찾아다 썼다. 귀만 가린다면 인간과 다른 점이 적어도 겉으로는 없어 보였다.

"어차피 아무도 안 오는데."

"그러게, 아무도 없는데."

"케이어스는."

그들이 툴툴대는 것을 무시하고 황제가 물었다.

"그 영감이야 늘상 주방에 처박혀있죠, 뭘."

"불러다 드릴깝쇼?"

"아니. 오늘은 네 녀석들에게 볼일이 있다."

"아이 귀찮아."

황제는 냅다 튀어나오는 무례한 소리를 익숙하게 귓등으로 흘려넘기며 말을 이었다.

"라지예, 사지예. 너희 둘은 오늘부터 시녀로 위장해서 내 후궁을 지켜라."

황제인 그가 한시도 떨어지지 않고서 생쥐를 지킬 수는 없는 노릇이니 항시 곁에 있어 줄 수 있는 또 다른 보호자가 필요했다.

그리고 눈앞의 두 요정족은 웬만한 기사보다 강할뿐더러 인간들의 유혹이나 협박에 흔들려 배신할 가능성 또한 없는, 완벽한 적격자였다. 경망스러운 몸가짐만 제외한다면.

주인의 명령에 두 요정 중 하나가 한 손을 번쩍 들며 물었다.

"전 남잔데요?"

"여장해. 어차피 구분도 안 가는 면상이잖나."

"그건 그렇지만."

요정족은 난태생이며 아이를 공동육아 하기 때문에 생식기를 제외하곤 남녀의 신체적 차이가 없었다. 수유를 하지 않으니 당연히 젖무덤도 없는데다가 기본적인 미모 또한 평균 이상인지라 여자로도 남자로도 생각될 수 있는 외모를 지니고 있었다.

"곧장 사람을 보낼 테니 준비하고 있다가 따라오도록."

"예."

"예이."

둘은 식탁 위의 초콜릿을 마구잡이로 집어 양볼 가득 밀어 넣고선 폴짝폴짝 식당을 빠져나갔다. 휘저은 서슬에 제멋대로 흩어진 초콜릿들이 식탁을 넘어 바닥에까지 떨어져 데굴데굴 굴렀다.

황제는 발치에 톡톡 걸리는 초콜릿을 피해가며 주방으로 들어섰다. 주방에서는 식어가는 숯불 위에 걸린 커다란 솥단지가 부글부글 끓는 시커먼 액체를 잔뜩 품고 있었다. 마치 마녀의 그것을 연상시키는 모습이었지만 검은 액체를 휘젓고 있는 자는 장님이 아니고서야 절대 여자로 착각할 수 없이 단련된 육체의 사내였다.

흑발의 남자는 한쪽만 남은 눈으로 황제를 바라보았다. 짙은 붉은색의 외눈은 인간이 아닌 흉포한 맹수의 것에 가까운 형체로, 그의 앞에 선 황제의 금안과 흡사한 눈동자였다.

"어쩐 일이십니까."

솥의 내용물을 젓는 손길을 멈추지 않은 채 남자, 케이어스가 물었다.

"이제 이곳은 쓰지 않을 거다. 한동안 숲에 가 있어."

"예, 솔레다토르."

"그리고, 하나 가져간다."

볼일을 마친 황제는 조리대 위의 알록달록한 컵케이크와 쿠키가 가득한 3단 트레이를 한 손으로 가볍게 들고는 몸을 돌렸다.

늘어진 얇은 커튼이 간간이 흔들리는 발코니의 유리문은 떠나올 때 그대로 활짝 열려 있었다. 황제는 발코니의 난간 위로 소리 없이 내려섰다. 커튼이 파르락대는 기척 외의 움직임은 느껴지지 않는다. 혈향과 같이 거슬리는 냄새도 없었다. 하지만.

발코니 안쪽으로 발을 디딘 황제는 걸음을 옮겨 커튼을 걷어냈다. 원래라면 붉은 카펫이 드러나야 할 곳에, 예상치 못한 다른 것이 동그랗게 자리를 차지하고 있었다.

침실의 너른 침대 위에 얌전히 잠들어 있어야 할 소녀가.

"……강아지인가."

황제는 무심코 중얼거렸다.

그리 약한 약이 아닌데 어떻게 깨어났는지는 모르겠다. 어쨌거나 잠에서 설핏 깨어 홀로 남았다는 것을 알아차렸을 것이다. 당황했겠지. 침실 밖으로 나와 두리번거리다가 발코니 문이 열려있는 것을 보고 어제 일을 떠올려 자신이 찾는 이가 이쪽으로 나갔을 것이라 짐작했을 터였다.

그리고 발코니 문 주위를 서성이다가, 약 기운에 못 이겨 다시 잠들었을 것이다. 주인을 기다린답시고 포근한 바구니를 벗어나 대문 앞 흙바닥에 웅크린 강아지처럼. 그냥 편히 잠들어 있어도 될 것을 사서 고생이다.

황제는 깨어날 기미 없이 죽은 듯이 잠들어 있는 생쥐를 한 손으로 들어 올렸다. 등이 닿지 않도록 어깨에 살짝 걸치듯 안자 잠결에도 본능적으로 그의 팔을 꼬옥 붙잡아 매달려왔다.

여전히 가볍다. 황제는 속으로 중얼거렸다. 아니, 오히려 더 가벼워진 것도 같다. 피를 많이 흘린 탓일까. 열여섯 살짜리가 이 모양으로 작고 가벼워선 이제까지 용케도 목숨 부지하고 살았다 싶었다. 당장이라도 뚝 숨을 멈춰버릴 듯한 곯을 대로 곯은 어린애. 황제는 무심코 못마땅히 혀를 쯧 차며 침실로 걸음을 옮겼다.

생쥐는 꿈을 잘 꾸지 않았다. 몸은 언제나 피로했고 잠은 언제나 모자랐다. 쉴 기회를 얻게 되면 지친 몸뚱이는 꿈꿀 겨를도 없이 허겁지겁 잠에 빠져들었지만, 동시에 험한 주변에 대한 불안감에 들짐승처럼 주위를 경계하곤 하였다. 그런 탓에 눈을 감기 무섭게 절벽으로 훅 떨어지듯 순식간에 깊은 잠 속엘 파묻히면서도, 중간중간 반쯤 깨어 주위의 기척을 살피곤 하였다. 황제가 자리를 떠났음을 알아차린 것도 이 때문이었다.

그 설핏 깬 감각 사이로 달콤한 향내가 비집고 들어왔다. 생쥐는 눈을 감은 채로 코끝을 움찔거렸다.

벌써 열흘 넘게 매일같이 맛난 음식을 먹을 수 있는 생활을 해왔지만 그래도 오랜 버릇은 먹을 것을 감지하고 기뻐했다. 입안에 침이 고이고 기어이 눈마저 떠졌다. 그녀는 아직 흐릿하니 멍한 눈을 끔벅이며 고개를 들어 올렸다.

침이 조금 흐른 것을 소매 춤으로 문질러 닦으며 비실비실 일어나 앉았다.

"……과자."

몽롱한 시야에 들어온 것은 침대 옆 탁상에 올려진 3단 트레이였다.

달짝지근한 냄새를 폴폴 풍기는 예쁜 컵케이크에서부터 부드러운 초콜릿, 색색의 쿠키, 설탕을 듬뿍 흩뿌린 과일 절임까지. 그 하나하나의 이름은 잘 생각나지 않았다. 그냥 과자가 잔뜩 있었다. 생쥐는 홀린 듯 침대를 엉금엉금 기어 탁상 바로 옆자리에 주저앉았다.

고개가 갸우뚱 옆으로 기울어졌다. 그녀는 아직 잠과 약에 취한 멍한 얼굴을 한 채 주위를 두리번거렸다.

"……폐하?"

아직 안 오신 걸까. 하지만 못 보던 게 생겨났는데. 거기다 어느새 침대로 옮겨져도 있었다. 황제든 다른 누구든 이곳에 들어왔던 것만은 분명했다. 생쥐는 다시 한 번 더 목소리를 높였다.

"저기요오~. 이거 가져다 놓으신 분?"

그렇게 찾아 불러보았지만 돌아오는 대답은 없었다. 생쥐는 앉은 채로 제자리를 빙그르르 느리게 맴돌았다. 어쩌지. 단 냄새의 주인들을 빤하게 쳐다보던 그녀가 슬그머니 손을 뻗었다. 이렇게 많으니까 하나 정돈 먹어도 모를 거 같았다. 귀족 아가씨의 몸가짐에 대해 속성으로 배우긴 하였다만 긴긴 뒷골목 생활의 흔적은 아직 몸에 짙게 물들어있었다. 몰래몰래 훔쳐 먹는 도둑질은 살아남기 위한 필수적인 노력의 행위였던 과거의 기억들이.

그러니까 하나쯤이야.

머뭇거리던 손끝이 결국은 덥석, 둥글넓적한 쿠키 하나를 집었다. 먹음직스런 진갈빛에 초콜릿 칩과 말린 과일이 가득 박힌 쿠키였다. 생쥐는 고인 침을 꼴깍 삼키고선 쿠키의 둥그런 끝을 깨물었다.

한 번에 다 먹기는 아까우니까 정말로 쥐가 갉아 먹듯 조금씩이었다. 그렇게 갉작갉작거렸지만 손바닥보다 조금 작은 쿠키는 얼마 버티지 못하고 이내 부스러기 약간만을 남긴 채 사라지고 말았다.

달콤한 여운이 텅 빈 입안을 진하게 맴돌았다. 생쥐는 입맛을 다시면서 두 눈을 데구르르, 주위를 살피곤 과자가 쌓인 트레이를 힐끔거렸다.

'별로, 티 안 나는데.'

워낙 많아서 하나쯤 더 먹어도 감쪽같겠다는 생각이 들었다. 망설임은 길지 않았다. 예쁘게 장식된 컵케이크가 무척이나 탐났지만 그건 너무 티가 날 테니 이번에도 쿠키를 집어 들었다. 그러고는 한 입 아작 깨무는 그때.

쾅! 솜털이 쭈뼛 설정도로 크게 문 열리는 소리가 났다. 기겁한 생쥐의 손에서 끄트머리만 조금 깨문 쿠키가 떨어졌다. 생쥐는 침대 아래로 떨어진 과자가 세 토막으로 부서지는 것을 보고 놀라 허둥지둥 바닥으로 내려갔다. 이렇게나 부스러기가 남으면 몰래 먹은 거 들킬 텐데!

"없는데?"

"잔댔잖아. 침실에 있겠지."

침실 문 너머로 들려오는 낯선 목소리에 생쥐는 더더욱 당황했다. 황제가 아니다. 이카르도 아니고 저 떠들썩한 태도로는 궁정 시녀들도 아닌 듯싶었다. 정체를 알 수 없는 것에 겁이 덜컥 났다. 그녀는 바닥에 흩어진 과자 조각을 얼른 침대 아래로 밀어 넣었다.

그러나 보풀이 난 양탄자 바닥인지라 손바닥으로 암만 쓸어보아도 부스러기까지 깔끔하게 밀려나지가 않았다. 그때 침실 문마저 열렸다. 생쥐는 얼른 과자를 떨어뜨린 자리 위에 주저앉았다.

"저기 있네!"

시녀 복장을 하고 머릿수건으로 귀를 감춘 요정족, 사지예가 벌 받는 어린애처럼 바닥에 무릎 꿇고 앉아 있는 소녀를 가리켰다. 이어 라지예가 고개를 갸웃 기울였다.

"열여섯 살 인간치곤 너무 작은데? 자고 있지도 않잖아."

"잠이야 언제든 깰 수 있는 거고. 근데 작긴 작다."

생쥐는 눈을 동그랗게 뜬 채 자매처럼 닮아 보이는 두 사람을 바라보았다. 그녀의 앞으로 두 요정이 성큼성큼 다가왔다. 움츠려 앉은 소녀를 내려다보는 두 얼굴에 씨익, 과장되게 큰 미소가 피어올랐다.

"안녕?"

"아, 안녕하세요."

생쥐는 잔뜩 긴장한 채 고개를 까닥 숙였다.

"네가 생쥐 맞지?"

라지예의 물음에 사지예가 끼어들었다.

"아냐, 라린 살타토르랬어."

"진짜 이름은 생쥐라며."

"시녀로 있을 땐 라린으로 부르라던데?"

"남의 눈 없을 땐 생쥐가 맞아."

"근데 얜 왜 생쥐지? 사실은 생쥔가?"

"생쥐 맞잖아."

"이 생쥐가 아니라 그 생쥐!"

"그 생쥐나 이 생쥐나 생쥐는 생쥐지!"

"그 생쥐든 이 생쥐든 왜 바닥에 앉아 있지?"

"그러게 왜 바닥에 앉아 있어?"

갑자기 자신에게로 방향을 튼 물음에 생쥐는 우물쭈물 대답했다.

"바닥이…… 좋아서요."

"그래? 생쥐라서 그런가?"

"그 생쥐도 보통은 침대를 더 좋아할걸?"

"하지만 이 생쥐는 그 생쥐가 아니잖아."

"이 생쥐를 그 생쥐랑 엮어서 생쥐라고 말한 거 아냐?"

"어쨌거나 이 생쥐는 이 생쥐고 그 생쥐는 그 생쥐잖아?"

끊임없이 이어지는 생쥐 타령에 생쥐는 끼어들 틈을 찾지 못하고 넋 놓고 듣고만 있었다. 그러느라 소리 없이 다가오는 기척을 생쥐는 물론이요 생쥐 타령 중인 둘도 눈치채질 못하였다.

"으악!"

"아야!"

"시끄럽다."

죽자고 떠들어대는 두 요정의 뒤통수를 공평하게 후려친 황제가 여전히 주저앉아있는 생쥐를 내려다보았다. 연녹색 눈이 황금색 눈과 빤하게 마주쳤다. 이건 또 왜 이러고 있는 건지. 황제는 손을 뻗어 생쥐를 들어 올렸다.

당황한 그녀가 작게 발버둥 쳤지만 소용없는 짓이었다. 결국 침대 위에 앉혀진 생쥐는 훤히 드러난 과자 부스러기에 어쩔 줄 몰라 했지만 정작 다른 이들은 바닥에 눈길 한 번 두지 않았다.

"이 녀석들이 네 전담 시녀다."

"전담…… 시녀요?"

황제의 그 말에 바닥을 힐끔힐끔 쳐다보던 생쥐가 의외라는 표정으로 두 요정을 올려다보았다. 시녀 복장을 하고는 있다지만 이제껏 보아 온 시녀들과는 태도도 분위기도 전혀 달랐다. 아니, 평범한 인간과도 다르다는, 그런 직감이 머릿속을 스치고 지나갔다. 이유 모를 낯설음에 말을 잇지 못하는 사이 생쥐의 것보다 훨씬 짙은 초록색 눈 두 쌍이 장난기 그득한 채 그런 그녀를 내려다봐 왔다.

"나는 라지예고 얘는 사지예야."

"나는 라지예고 얘는 사지예야."

"……네?"

생쥐의 멍한 물음에 두 요정이 서로를 마주 보며 주장했다.

"아니지. 네가 사지예고 내가 라지예지."

"내가 라지예고 네가 사지예잖아."

"내가 라지예라고 했고 네가 사지예였다니까?"

"내가 라지예고 네가 사지예 하기로 한 거 아니었어?"

"네가 사지예 하기로 했고 내가 라지예라니까?"

"에이, 아무렴 어때!"

"그래, 아무렴 어때!"

라지예 또는 사지예가 생쥐를 향해 빙글 웃으며 말했다.

"나는 사지예거나 라지예야."

"나는 라지예거나 사지예야."

"······예, 에."

사지예 또는 라지예의 결론에 생쥐가 떨떠름히 고개를 끄덕였다. 역시 이상한 사람들이다. 황제는 라지예와 사지예의 방정맞은 꼴을 떨떠름하게 쳐다보다가 입을 열었다.

"셋 다 얌전히 있어라."

"어디 가세요?"

생쥐가 몸을 앞으로 내밀며 희미한 불안을 담아 물었다. 암만 봐도 좀 이상한 사람들인데, 혼자 같이 있어야 하는 걸까.

"그래."

하지만 황제는 생쥐의 불안을 눈치채지 못했다. 그는 별다른 설명도 덧붙이지 않고 몸을 돌려 방을 나섰다. 생쥐는 문이 닫히는 것을 뚫어지라 바라보다가 뒤로 슬금슬금, 침대 한가운데까지 물러나 앉았다. 그런 생쥐를 지켜보며 라지예와 사지예가 다 들릴만한 목소리로 수군덕거렸다.

"저것 봐, 자려는 걸까?"

"인간은 해 지면 자지 않아?"

"애들은 낮에도 잘걸?"

"인간이 열여섯 살이면 다 큰 거 아냐?"

"쟨 작잖아."

"하긴, 작아."

"작지."

그러다 둘의 시선이 스윽, 탁자 위의 과자 트레이로 향했다.

"과자네."

"아까 얼마 못 먹었는데."

망설임 하나 없이 덥석덥석 과자를 집어 드는 두 개의 손에 생쥐의 눈이 휘둥그레 해졌다. 분명 시녀랬는데 멋대로 저 값비싼 과자를 먹고 있었다. 생쥐가 놀라는 사이 쿠키도 초콜릿도 컵케이크도 빠른 속도로 자취를 감췄다. 3단 접시의 맨 위쪽이 이내 텅 비고 가운데 접시도 연보라색 방울꽃 문양이 반 이상 드러났다. 초콜릿 쿠키가 바삭바삭 부서지고 꿀에 절인 오렌지가 입안으로 던져졌다. 블루베리를 넣은 미니 타르트를 마지막으로 가운데 접시마저 깨끗해지자, 초조하게 바라보던 생쥐의 입술 사이에서 신음성 같은 소리가 흘러나왔다.

"아……."

나는 딱 하나 먹었는데. 두 개째는 맛만 보고 떨어뜨려 버렸는데. 가냘픈 손이 무심코 이불자락을 꽉 틀어쥐었다.

나도 먹고 싶어.

침대 가운데로 물러났던 생쥐의 몸이 자신도 모르는 사이에 가장자리로 가까워져 갔다. 이제는 손만 뻗으면 과자를 붙잡을 수 있는 거리였다. 하지만 생쥐의 손끝은 이불자락과 잠옷 자락만을 연신 만지작거릴 뿐이었다.

몰래 훔쳐 먹는 짓은 할 수 있다. 하지만 타인이 보는 앞에서 허락 없이 음식을 먹을 수는 없다.

이제는 환경이 바뀌었다고, 시녀들이 저렇게 먹어대는 음식은 자신도 먹을 수 있다는 것을 머리로는 알고 있었다. 알고는 있었지만, 자그마치 16년이다. 16년 평생을 억압 속에서 살아왔다. 음식에 멋대로 손을 댔다 걸리면 욕설과 함께 주먹이 날아왔다. 장작이나 부지깽이로 두드려 맞기도 하였다. 그 뼛속 깊이 새겨진 폭력의 기억이 보이지 않는 사슬이 되어 생쥐의 두 손을 묶어놓고 있는 것이었다.

그렇게 망설이는 사이 요정들은 여전히 아무런 거리낌 없이 아몬드를 얹은 초콜릿과 하트 모양 사과 쿠키를 움켜쥐었다. 순식간에 마지막 접시마저 반 이상 비워졌다. 그리고 반의반, 그 반의반. 과자는 빠르게 줄어들다 결국 단 한 개의 쿠키만이 남았다. 하나뿐인 쿠키에 두 개의 손이 흠칫 멈추었다. 생쥐는 마른 침을 삼켰다. 심장이 요란한 소리를 낸다.

마지막 하나.

"누가 먹지?"

"누가 먹을까?"

내가! 생쥐는 소리 없이 외쳤다. 발톱을 세우듯 손가락 끝에 힘이 잔뜩 들어갔다. 먹어. 괜찮아. 먹어도 될 거야. 그렇게 결심하는 순간, 그녀의 것이 아닌 손이 갈색빛이 도는 마지막 쿠키를 붙잡았다. 가슴이 덜컥, 크게 내려앉았다. 생쥐는 반사적으로 두 눈을 커다랗게 치뜨며 벌떡 몸을 일으켰다.

"내, 내가!"

생쥐는 크게 소리치며 라지예 혹은 사지예의 팔에 매달려 놀란 그 혹은 그녀의 손으로부터 억지로 쿠키를 빼앗았다. 생쥐는 손아귀에서 바스러지는 쿠키를 얼른 입안에 쑤셔 넣고, 겁먹은 토끼눈을 한 채 다시 침대 가운데로 도망쳐 앉아 오물거렸다. 그런 생쥐의 모습을 라지예와 사지예가 빤히 쳐다보았다.

"먹고 싶었어?"

"먹고 싶었음 말을 하지."

"아냐, 그냥 먹어도 되잖아?"

"그러게, 그냥 먹으면 되잖아?"

둘은 고개를 갸우뚱 기울이며 입안에 든 것이 아까워 조금씩만 삼키는 생쥐에게 말했다.

"과자 좋아해?"

"더 먹을래?"

"……."

여전히 손으로 입을 가린 채 생쥐가 조심스럽게 고개를 끄덕였다. 하지만 이젠 없는데. 가득하던 접시가 텅 비어버렸는데. 생쥐의 대답에 아마도 라지예가 치마 속에서 손바닥보다 조금 큰 주머니를 꺼내 들었다.

"과자는 언제나 옳다!"

경쾌한 외침과 함께 붉은색 주머니가 생쥐의 머리 위로 던져졌다. 펑, 하는 작은 폭음과 동시에 온갖 단것들이 우수수 비처럼 쏟아져 내린다. 웅크려 앉은 조그만 소녀의 몸을 빙 둘러 침대 가득히 쌓이는 과자들.

생쥐는 멍하니 굳은 채 꿈조차 꾼 적 없는 그 광경을 바라보았다.

"우와, 라지예! 너 비상식량 다 주는 거야?"

"난 사지예라니까."

"아까는 라지예라며?"

"아무튼! 케이어스 영감이 또 만들어 줄 테니까 다시 채우면 그만이지, 뭐."

자칭 사지예가 나풀나풀 떨어져 내린 주머니를 도로 주웠다. 그러곤 넋 놓고 앉아 있는 생쥐에게 한턱 크게 쏜다는 듯이 말했다.

"너 다 먹어!"

"……네?"

"다 먹으라고."

생쥐는 눈이며 손 둘 곳을 몰라 허둥대며 재차 물었다.

"다, 다요……? 진짜로요……?"

"그래. 먹으라고 준 건데?"

"아아……."

이걸 전부다. 이렇게나 많은데. 믿을 수 없다는 속맘이 생쥐의 얼굴 가득 떠올랐다.

과자는 비싸다. 특히 재료를 모두 외국에서 수입하는 초콜릿은 귀족가라 하더라도 마음껏 먹을 수 없을 만치 고가의 기호품이었다. 그래서 살타토르 백작가에 있을 때에도 주로 설탕보다 싼 꿀을 넣은 과자를 식전이나 식후에 조금 맛보았을 뿐, 초콜릿은 아리에스가 가져다준 딱 하나 외엔 구경조차 하질 못했었다.

그런데 이렇게나 많다. 혼자 다 먹기 불가능할 정도로 많은 과자를 전부 받았다.

굳어졌던 입가가 스물스물 풀어지며 미소가 번져나갔다. 생쥐는 기뻐 어쩔 줄 몰라 하며 두 사람을 바라보았다.

"너무, 너무 많아요!"

"그럼 같이 먹지 뭐."

"그러지 뭐. 오늘치 아직 다 못 먹었고."

사양은커녕 허락도 없이 덥석덥석 집어 드는 것에 생쥐도 질세라 얼른 데구르르 구르는 초콜릿을 붙들었다.

셋은 동시에 과자를 입안에 밀어놓고, 또 동시에 미소 짓고, 다시 동시에 새로운 과자를 마음껏 집어 들었다.

"로투스 궁은 너무 협소하지 않겠습니까. 신분은 미천하다 하나 정식으로 들이는 첫 후궁입니다. 최소한 스마리그디 궁 정도는 되어야……."

"로투스 궁."

황제는 앞에 선 시종장에게 딱 잘라 말했다.

"그곳으로 해."

시종장은 어쩔 수 없이 수긍하며 대답했다.

"새로이 단장시켜두겠습니다. 그리고 신전에서 길일을 뽑아 보내왔습니다. 가장 빠른 시기가……."

"일주일 내로. 준비가 끝나는 즉시 식을 진행하도록."

길게 시간 끌어 봐야 황태후에게 훼방 놓을 기회만 늘려줄 뿐이다. 제아무리 황태후라 해도 정식으로 식을 올린 후궁에게 뻔한 암수를 내밀 수는 없을 것이었다.

"……명하신 대로 빠르게 진행토록 하겠습니다."

시종장은 불만스런 기색을 얼굴에서 재빠르게 지워내며 말했다. 비록 황실 법도를 무시하는 짓을 거리낌 없이 해대어 궁정인들에게 평판 나쁘다 해도 황제는 황제였다.

"황태후로부터 기별은 없었나."

"예. 아직은 잠잠합니다."

궁정이 새벽부터 떠들썩한 것에 비해 황태후는 아직 조용했다. 하기야 황녀라면 모를까, 술 먹은 수소처럼 제 감정 주체 못 한 채 들이박고 보는 타입은 아니었으니. 적어도 겉으로 드러나는 모양새만큼은 서서히, 신중한 태도를 보여 올 것이다. 물론 물밑으로야 이미 바삐 움직이고 있겠지만.

그 밖의 일들이 적당히 끝나자 시종장을 비롯한 관료들이 자리에서 물러났다. 혼자 남은 그는 자리에 앉은 채 얕게 한숨을 내뱉었다. 짙은 적갈색 눈썹 사이로 금이 깊게 그어졌다.

"……언제까지 이 짓을 계속 해야 하는 건지."

피곤하다. 다른 이들에게 황제는 주위 상황에 일말도 관심 없는 독불장군처럼 생각되었지만 실상은 달랐다.

황태후와 카얄룬 공작 사이에서 균형을 유지하며 황권을 지키되, 궁정인들에게 신뢰받지 않기 위해 여러모로 힘을 기울이고 있었다. 갑작스레 후계자를 데려다 놓아도 인정받을 수 있을 정도의 권위를 지키면서도, 난데없이 황위를 내놓는다 하더라도 크게 아쉬워할 사람이 없을 정도의 낮은 평판을 지키는 데 특히 신경을 써야 했다.

그를 위해 업무는 완벽히 해내면서도 딱히 심복을 만들거나 궁내 인들에게 인망을 얻어서는 안 됐다. 그렇기에 황태후가 엉뚱한 소문을 퍼뜨려 그의 평판을 떨어뜨려 주는 것이 고마울 지경이었다.

그리 복잡하게 신경 쓰며 귀찮은 자리에 퍼질러 앉은 것이 벌써 해를 넘겼다.

황제는 다시 한 번 길게 한숨을 내쉬곤 몸을 일으켰다. 요정들에게 맡겨놓은 어린애가 문득 신경 쓰인 탓이었다. 문을 향해 걸음을 옮기는 그의 발목에 보이지 않는 사슬이 뒤엉킨 채 절그럭절그럭 길게 늘어졌다.

눈앞에 펼쳐진 광경에 황제는 그만 할 말을 잃고 말았다.

과자, 과자, 과자 그리고 또 과자. 고작 한나절 자리 비운 사이에 침실 곳곳 빈틈없이 단내가 짙게 배어들어 있었다. 진절머리 날 정도로 진득하게 단 냄새와 침대 가득 쌓인 냄새의 주범 속에 앉아 있는 세 사람. 두 날벌레가 진절머리 날 정도로 진득하게 단 냄새를 풍기며 단것 무더기 속에 잔뜩 퍼더버리고서 닥치는 대로 우걱우걱 처먹는 꼴은 익숙하다면 익숙한 모습이었다. 문제는 그 장면 속에 있어서는 안 될 한 녀석이 끼어들어 있다는 것이었다.

"오셨어요?"

입가에는 과자 부스러기가 잔뜩, 두 손에는 초콜릿 코팅된 머핀을 꼭 쥐고서 두 요정 사이에 앉아있던 생쥐가 배시시 인사해 왔다. 티 없이 새하얗던 잠옷 자락에 검고 붉고 노란 물이 점점이 들어 있었다. 얼마나 먹은 것인지 알 수는 없지만 몰골로 보아 분명 적은 양은 아닐 터였다. 황제는 찌푸린 인상 그대로 침대 앞으로 저벅저벅 걸어갔다.

"……이 망할 것들이."

불편한 심기가 뚜렷이 나타나는 목소리에 생쥐가 반사적으로 목을 움츠렸다. 반면에 두 요정은 벌떡 일어나선 갑자기 웬 히스테리냐는 듯 황제를 도발적으로 쳐다보았다.

"애가 놀랐잖아요."

"그러게. 지키라고 할 때는 언제더니."

……이것들에게 애를 맡긴 게 실수다. 황제는 으르렁대듯 낮게 말했다.

"이미 몇 번이나 말했지만, 과자를 주식으로 삼는 건 네놈들 종족
뿐이다."

"에이, 농담도."

"과자는 완벽한 식품이라고요?"

"닥치고 전부 치워! 그리고 꼬마."

황금색 시선이 이번에는 생쥐를 향하였다. 그렇잖아도 움츠리고
있던 소녀가 더더욱 전신을 작게 오그렸다. 황제는 조금 전보다는
한결 누그러진 목소리로 입을 열었다.

"과자는 하루 한 접시. 식전과 잠자기 전에는 먹을 수 없다."

그 말에 당사자가 아닌 라지예와 사지예가 기겁하며 소리쳤다.

"한 접시라니! 잔인해! 굶겨 죽이려고!"

"우와, 냉정 냉혹! 사람이 할 짓이 아냐!"

"시끄럽다."

"그렇게까진 안 봤는데 진짜 나쁜 놈이네!"

"악당이다 악당! 횡포에도 정도가 있지!"

"이건 완전 학대라고! 그치, 생쥐야? 너도 뭐라 말 좀 해 봐!"

라지예 혹은 사지예의 말에 세 사람의 시선이 일제히 침대 가장자
리에 얌전히 다리를 모은 채 앉아있는 소녀를 향하였다. 당황한 듯
눈을 깜박이던 생쥐가 조심스럽게 입을 열었다.

"저기……."

"그래, 그래."

화를 내, 확 욕해버려도 괜찮아!

그런 응원의 눈빛 속에서 생쥐가 말을 이었다.

"정말로, 한 접시나……?"

"그래, 그렇다니까!"

"말이 좀 틀렸다. 한 접시나가 아니라 한 접시 밖에겠지."

"애가 충격받아서 그래."

두 사람이 이러쿵저러쿵 떠들어대는 사이에서 생쥐는 볼을 약간 붉힌 채 황제만을 빤하게 올려다보았다. 한 접시란다, 한 달도 아니고 일 년도 아니고 무려 하루에.

"감사합니다."

꾸벅 깊숙이 고개 숙이는 생쥐의 모습에 라지예와 사지예가 입을 떡 크게 벌리며 외쳤다.

"어째서!"

"말도 안 돼!"

"한 접시라고? 고작?"

"한 바구니도 아니고 한 수레도 아니다?"

"한 접시야, 한 접시! 요만한 접시 한 개!"

"오 분이면 다 먹어 치운다고!"

왁왁 시끄럽게 떠들어대는 것에 생쥐가 당혹해하며 둘을 향해 말했다.

"알아요, 한 접시. 그리고 충분히 많습니다."

"뭐가 많아?"

"그래, 뭐가 많아?"

"저는, 열여섯 살이에요."

생쥐는 손안의 머핀을 만지작거리며 차분히 말을 이어갔다.

"16년을 살았습니다. 그리고 바로 보름 전에 처음으로 단것을 먹었어요. 과일 절임을 얹은 미니 타르트였습니다. 요만하고 겉은 연한 갈색빛에 속에 하얀 크림을 넣고 꿀에 절인 오렌지를 올려서 설탕가루를 새하얗게 뿌렸습니다."

그것이 난생처럼 먹어 본 달콤한 과자였다. 바로 조금 전의 일처럼 생생히 기억하고 있었다.

"열여섯 살, 16년 평생에 처음으로요."

물론 단맛 자체가 첫 경험인 것은 아니었다. 채소를 다듬고 나온 잔뿌리 중에도 꼭꼭 씹으면 희미하게나마 단 즙이 나오는 게 있었으니까. 그러나 과자의 달콤함과는 아예 다른 맛이라 해도 좋을 정도로 차이가 컸다. 쓸쓸함과 대비되어야만 겨우 느껴지는 미미함이 아닌, 오직 단맛 그 자체뿐인 감미로움. 심지어 과자라는 음식은 생쥐가 아는 음식의 정의와는 정반대되는 것이기도 하였다.

살기 위해서, 맛이 없어도 죽지 않기 위해서는 뱃속에 집어넣어야 하는 것. 그것이 바로 생쥐가 아는 음식이었다면 과자는 그 맛만을 즐기기 위한 존재였다. 배를 채우기 위해 먹는 음식이 아니다. 단순히 입의 즐거움만을 위한, 음식을 가지고 부리는 사치였다. 굳이 먹을 필요가 없는 것을, 살기 위한 식사보다 훨씬 값비싼 것을 먹는다. 입에 넣으면 한순간에 녹아 사라져버리는 것을.

옷이나 신발, 장신구처럼 여러 번 쓸 수 있는 물건이 아니었다.

값비싼 옷과 좋은 방이 주어지는 것도 놀랍고도 기뻤지만, 그것들은 언제든지 다시 빼앗길 수 있었다. 하지만 과자는 아니다. 먹으면 그것으로 끝이다.

생쥐에게 있어선 값비싼 보석보다도 더 사치스럽게 느껴지는, 그런 것이 하루에 한 접시다.

"그러니까 많아요, 정말로. 열여섯 살 먹도록 부스러기 하나 입에 넣어보질 못했는걸요. 그러니까 하루가 아니라 평생에 한 접시라고 해도, 저에겐 많습니다."

기쁨이 그렁한 연녹색 눈동자에 이른 아침의 참새 떼 저리 가라 시끄럽게 굴던 두 주둥이가 잠시나마 자물쇠를 걸어 잠갔다. 물론 그리 오래가진 못하고 이내 다시 슬그머니 입을 열었다.

"……있잖아요. 솔레다토르. 역시 한 접시는 너무 적지 않습니까."

"그니까. 16년이나 못 먹었다는데. 짜게 굴지 말라고요."

조금 전의 경박한 투덜거림이 아닌 진심 어린 목소리에 황제가 말없이 두 손을 뻗었다. 그는 침대 가에 앉아있던 소녀를 가볍게 들어 침대 위로 일으켜 세우곤 옷에 묻은 과자부스러기를 툭툭 털어주었다. 이어 어린애 꽤나 돌봐 본 듯한 손놀림으로 손수건을 꺼내 지저분해진 입가를 눌러 닦아준 뒤에야 나직이 입을 열었다.

"인간 어린애는 과자를 많이 먹으면 몸에 나쁘다."

생쥐가 든 머핀을 빼앗고 대신 손을 닦으라고 손수건을 건네주는 그를 향해 라지예가 물었다.

"그럼 뭘 먹어요?"

"질 좋은 육류. 신선한 채소와 생선을 곁들여서. 특히 어릴 때는 적정량의 고기를 먹어줘야 건강하게 자란다."

두 요정의 시선이 비썩 마른 소녀를 이리저리 살펴보았다.

"너 어릴 때 고기 안 먹었어?"

"찌꺼기만 조금요."

"고기도 안 먹고 과자도 안 먹고. 그러니까 이렇게 작지!"

"지금부터라도 많이 먹어야겠다!"

"질 좋은 고기! 돼지가 좋아 소가 좋아 닭이 좋아?"

"양과 염소, 오리와 칠면조도 있지!"

두 요정이 다시금 목소리 높여 낄낄대며 춤추듯 폴짝폴짝 뛰어 침실 문을 향해갔다.

"공주 궁 사육장에 번드르르 살찐 거위가 있던데!"

"아 개, 봤어! 딱 먹기 좋겠더라!"

"몰래 슬쩍 해오자~ 아무도 모르게~."

키득키득 문을 여는 둘에게 황제가 한 마디 던졌다.

"들키지 마라."

"걱정 마십쇼!"

"누워서 초콜릿 먹기랍니다~."

그리고 문이 쾅 닫혔다. 황제는 어느새 침대에서 벗어나 자신의 옆에 딱 붙어 서 있는 생쥐를 내려다보았다. 그가 나직이 말했다.

"한 접시 반."

"네?"

"그 이상은 안 된다. 먹고 나서 반드시 이 닦고. 지금도."

"네에."

생쥐는 단내 그득한 입안을 오물오물, 고개를 끄덕하곤 쪼르르 욕실로 향하였다.

쨍그랑! 백조의 목을 본뜬 우아한 곡선의 와인잔이 요란한 소리와 함께 바닥을 굴렀다. 가슴께부터 치맛자락까지 붉은 물이 든 시녀가 황급히 머리를 숙였다. 봉변을 모면한 주위의 다른 시녀들 역시 전전긍긍 고개를 조아리기는 마찬가지였다. 와인잔 외엔 손도 안 댄 테이블 위로 뾰족하게 날이 선 목소리가 울려 퍼졌다.

"멍청한 것들! 그게 어떤 기러기인데 잃어버렸다고?!"

언뜻 흰 거위와 비슷해 보이지만 목에 붉은 테를 두르고 분홍빛 부드러운 깃털을 날개 아래 품은 희귀한 기러기였다. 며칠 전 선물로 들어온 먼 북쪽 끝 동토(凍土)에서나 드물게 잡히는 귀한 새가 감쪽같이 사라지고 만 것이었다. 맛보기 힘든 진미 중의 진미인지라 그것을 핑계로 황제를 초대하려 계획했었는데.

로제시아 공주는 이를 갈며 거칠게 자리에 풀썩 앉았다. 이것도 저것도 도통 되는 일이 없었다.

웬 비루먹은 계집년이 주제도 모르고 황제를 유혹하나 싶더니만 짧은 목숨 용케 부지한 것으로도 모자라 덜컥 정식 후궁으로 들어온다니. 그 소식만으로도 속이 썩어 문드러지건만 자신의 궁에 도둑놈까지 들었다. 섬세하게 다듬어진 손톱 끝으로 테이블을 정신 사납게 두드리던 황녀가 시녀에게 말했다.

"어마마마께서는, 연락이 없으시느냐?"

"없으셨습니다."

시녀의 대답에 금빛 눈썹 끝이 더더욱 사납게 치켜 올라갔다. 기함할 소식이 있고서 벌써 하루가 지나갔다. 그런데도 그녀의 어머니, 황태후로부터는 아무런 소식이 없었다. 설마 이대로 지켜만 보고 있을 것이란 말인가. 안절부절못하던 로제시아 공주가 결국 다시 자리에서 벌떡 일어났다.

"직접 찾아뵈어야겠다!"

도저히 얌전하게 자리보전하고 있을 수가 없었다. 황녀는 분을 삭이지 못한 낯빛으로 궁을 나설 채비를 하라 일렀다.

5층 건물 옥상에까지 물을 끌어다 올려 너른 연못과 구불구불 이어지는 수로를 낸 사치스런 공중정원의 중앙에서, 체네린 황태후는 비단 차양 아래로 여리게 스며드는 햇살을 즐기고 있었다. 무표정에 가까운 차분한 안색이 언뜻 세상 온갖 소란들로부터 동떨어져 은거하는 수도사를 떠올리게끔 하였다.

"어마마마!"

그 고요히 가라앉은 공기를 단숨에 찢어발기는 날카로운 목소리에 황태후는 미간을 살짝 찌푸렸다.

그녀는 들고 있던 찻잔을 내려놓으며 채신없이 큰 보폭으로 다가오는 외동딸을 바라보았다.

"어마마마, 드릴 말씀이 있사옵니다!"

"소란 떨지 마라. 목소리를 낮추어."

"하오나."

황태후 앞에 다다른 로제시아가 어금니를 까득 갈며 말을 이었다.

"정식 후궁이라 합니다. 그 볼품없는 천한 년이요!"

"이 어미에게도 귀가 있다. 굳이 예까지 찾아와 입방정 떨 필요는 없어."

냉정한 말에 황녀의 얼굴이 잔뜩 일그러졌다. 그 모양새에 황태후가 고상하게 쯧, 혀를 찼다.

"네 나이도 이제 스물이 넘었다. 표정 하나하나 신경 쓰고 관리를 할 시기야. 당장 얼굴 펴거라."

그나마 하나 있는 장점이 얼굴이건만. 황태후의 핀잔에 로제시아가 억지로 인상을 펴며 말했다.

"이대로 쳐다만 보고 있어서는 아니 되지 않습니까?"

"그렇다 하여 섣불리 움직이는 것은 구경만 하고 있느니만 못하느니라."

"……."

"귀를 막았다 생각하고 침묵으로 기다리거라."

"……무언가, 방도를 취하고 계신 것이겠지요?"

황태후의 눈매가 힐끗 위로 치켜 올랐다가 다시 제자리를 되찾았다. 그녀는 자상함을 모방한 어조로 외동딸을 다독였다.

"당연한 일이 아니겠느냐. 밖으로 새어나가 좋을 것이 없기에 네게도 귀띔하지 않았던 것이란다."

그 말에 황녀가 한결 안심한 표정으로 고개를 숙였다.

"역시 그러셨군요. 인내심 없이 소란을 피워 죄송합니다."

"알면 되었다. 이런 시기일수록 몸가짐을 신중히 해야 하는 법. 돌아가 자중하고 있거라."

"예, 어마마마."

로제시아가 올 때와는 다른 기품 있는 걸음걸이로 자리를 떠나갔다. 공중정원에는 다시 물소리만이 희미하게 섞인 침묵이 내려앉았다. 황태후는 마시다 만 찻잔에 입술을 대었다가, 옅은 한숨과 함께 나직이 중얼거렸다.

"어리석은 것."

자신의 배로 낳은 딸이라고는 하나 그녀로서는 공주가 심히 못마땅하였다. 사내가 아닌 계집으로 태어난 것부터가 불만스러울 뿐 아니라 제 잘난 줄만 아는 자만심 섞인 경솔함이 눈에 거슬리기 그지없었다.

황제의 외동딸로서 그저 귀하게 여겨질 줄만 아는 애송이. 주위 돌아가는 상황일랑 까맣게 모른 채 사랑 타령만 해대는 멍청한 것. 그러나 없어서는 안 될, 필수 불가결한 말이기도 하였다. 쓸모가 있는 한은 모른 척 상냥함을 가장하는 수밖에.

　황태후는 칼을 베어 문 듯한 미소를 지었다. 속눈썹이 길게 드리워진 푸르른 눈이 서늘한 빛을 품었다.

　"무슨 맛으로 먹는지 모를 신선한 풀떼기입니다~."

　라지예가 말했다.

　"역시나 무슨 맛으로 먹는지 모를 죽은 물고기입니다~."

　사지예가 말했다.

　두 요정은 하룻밤을 꼬박 새우는 길고 긴 토론 끝에 붉은 무늬의 머릿수건을 한쪽이 라지예, 푸른 무늬의 머릿수건을 한쪽이 사지예라 하기로 결론을 내렸다. 그러고 나서 오늘 아침에만 세 번 머릿수건을 바꾸어 썼다. 어쨌거나 빨간 쪽이 라지예, 파란 쪽이 사지예였다.

　"얼른 먹어. 많이 먹어야 통통히 살찌지!"

　"어제 그 거위처럼!"

　"네."

대답하고 생쥐는 포크를 들었다. 어제 그 거위는 정말로 맛있었다. 그만큼 맛있어지려면 그만큼 살도 잘 찌워야겠지. 정식 후궁이 되는 걸로 충분히 도움이 된다고 했었지만, 혹 모르는 일이었다.

"이름은 쓸 수 있다고?"

식탁 맞은 편에 앉은 이카르가 앞의 세 사람과는 달리 자못 심각한 표정으로 물었다. 생쥐는 방울토마토를 한쪽 볼에 볼록 머금은 채 고개를 끄덕였다.

"그 외엔 완전히 까막눈이고?"

"네. 글은 몰라요."

그녀가 아는 글자라고는 라린 살타토르, 그 여섯 자뿐으로 진짜 이름이랄 수 있는 생쥐조차 쓰지 못했다. 생쥐의 대답에 이카르가 들고 있던 펜 끝으로 뒷머리를 긁적거렸다.

"까막눈 면하는 거야 하루 이틀 새 어떻게 할 수 있는 일도 아니고. 혼인 서약서는 그냥 읽는 척 외우는 편이 낫겠다. 좀 길긴 한데……. 정 안되면 커닝페이퍼라도 만들어야 하나."

황제는 머리 좀 식히고 돌아온 호위기사에게 덜컥 생쥐의 혼례식 준비 및 교육을 떠맡겨 버렸다. 이카르는 괜한 심술이라고 투덜거렸지만 사실 그 외에는 맡길 만한 사람이 없었다.

외부에서 가정교사를 들이기에는 여러모로 위험성이 컸다. 그렇다고 예의범절에 있어서는 뒷골목 소녀보다 더하면 더했지 덜하진 않은 천방지축 요정들에게 맡길 수도 없는 노릇이니, 남는 사람은 이카르 뿐이었다.

그래도 타협은 봐서 혼례식에 필요한 것 외의 황실 예법 교육은 황제가 맡기로 하였다.

"황후도 아니고 그냥 후궁인데도 되게 복잡하네."

1미터는 가볍게 넘어가는 혼례식 절차 두루마리를 식탁 아래까지 길게 늘어뜨려 살피며 이카르가 투덜거렸다. 물론 후궁 정도는 간소하게 들이는 경우가 더 많았지만, 이번은 황후가 없는 상황에서 들어오는 첫 번째 정식 후궁이다. 정치적 조건이 중시되는 황후가 아닌 애정이라는 감정적인 이유로 들이는 후궁이라면 장자를 낳게 될 확률이 높았다. 신체 건강한 남녀가 눈 맞아 식까지 올리면 한동안은 뜨겁게 밤을 불태울 것이 당연하지 않은가.

그렇기에 대대로 첫 번째 정식 후궁은 황후만은 못하여도 제대로 된 식을 치르는 것이 전통이었다. 훗날 황제의 생모가 될 가능성이 높은 여자에 대한 일종의 특별대우 같은 것이었다.

"첫날에 신전에서 몸을 정결히 하고, 둘째 날에 식 치르고, 셋째 날에 연회와 황실 어른 및 대관들에게 인사 올리고 받기. 사흘이나 하냐. 대충 하지 좀."

생쥐가 베어 문 비프커틀릿을 꼭꼭 씹어 삼킨 후 이카르를 바라보며 물었다.

"결혼식을 사흘이나 해요? 사흘이나 할 수 있습니까?"

"그러게, 사흘이나 한단다. 이건 그나마 약소한 거고, 황후는 최소 일주일이라더라."

"일주일이나 무얼 하는 걸까요."

"뭐 이것저것 쓸데없는 짓거리들이겠지."

이카르는 또다시 펜 뒤쪽으로 머리를 쿡쿡 찌르듯 긁었다. 둘째 날까지야 그렇다 쳐도 문제는 마지막 날이었다.

연회도 연회지만 상대에 걸맞은 인사말을 일일이 가르칠 생각을 하니 눈앞이 깜깜해졌다. 차라리 황후쯤 되면 황제와 황태후 외엔 죄다 하대하면 되니까 편하기라도 하지, 어중간한 후궁이다 보니 공작이나 기타 황실과 연관 있는 핏줄의 고위귀족들은 윗사람으로 대해야만 했다.

심지어 주요 인물들은 이름과 인상착의까지 죄 숙지하여야 했으니, 보통 일이 아닌 것이다.

결국 이카르는 머리를 쥐어뜯다 못해 식탁 위로 엎어졌다. 그의 입술 사이에서 고뇌 어린 신음성이 가느다랗게 새어나왔다.

"아, 망할! 나더러 어쩌라고……. 차라리 내가 여자면 시녀인 척 옆에 붙어서 귀띔이라도 해줄 수 있지! 고작 일주일 만에 무슨 재주로 이걸 다 가르쳐?"

"열심히 할게요."

냉큼 대답하는 생쥐를 이카르가 눈만 조금 들어 쳐다보았다.

"열심히 한대도 사람이 한계가 있다고. 솔직히……."

그다음 말은 내뱉지 않고 삼켰다. 그는 눈앞의 소녀가 일주일 만에 복잡한 예식 절차는 물론 주요 귀족 인명부와 그에 따른 올바른 태도까지 완벽히 외우고 익힐 수 있을 만큼 똑똑하다곤 절대 생각지 않았다.

고기도 먹어 본 사람이 잘 먹는다고, 평생에 공부의 기역자도 가까이 해보질 않았을 게 분명한데 책상 앞에 앉혀놓고 이거 외워라 저거 외워라 가르쳐봤자 반의반이나 따라올 수 있을까.

그리 생각하자 머리가 아예 지끈지끈 아파져 왔다.

"……나는 그냥 호위기사라고."

"근데 호위기사 일은 안 하신댔어요. 폐하가."

"그래, 만날 놀더라. 내가 봤어."

"쟤 호위기사였어? 그냥 백순줄 알았는데."

"……"

다들 참 맞는 말이다 보니 할 말이 없었다. 이카르는 끙끙대면서도 다시 상체를 일으켜 세웠다.

"밥 다 먹고 나서, 되든 안 되든 시작은 해 보자. 우선은……"

두루마리 맨 위에서 다섯 번째 줄에 밑줄을 쭉 그으며 그가 말했다.

"예복 맞추기! 새로 지으려면 적어도 나흘은 걸리니까 미리 입어도 보려면 오늘쯤엔 맞춰야 해."

생쥐는 고개를 끄덕하곤 마지막 남은 부드러운 흰 빵을 입안에 밀어 넣었다.

제국 산크투스의 황실 혼례복은 붉은 베일을 머리에서부터 길게 드리우는 것이었다. 초대 황후이자 솔레다드 산맥의 주인인 붉은 드래곤의 모습을 본따기 위함이었다. 불꽃처럼 새빨간 머리카락을 굽이쳐 늘어뜨린 황금색 눈동자의 아름다운 소녀, 적룡 솔레다토르. 초기에는 그녀를 닮기 위해서 아예 머리카락 자체를 빨갛게 물들였으나 점차 머리를 염색하는 대신 붉은 천을 쓰게 된 것이었다.

　그 베일 외의 복장은 정해져 있지 않았다. 보통은 베일의 색을 도드라지게 받쳐주는 하얀 드레스를 입었지만 아예 새빨갛게 맞추거나 드래곤의 눈과 같은 황금색으로 짓기도 하였다.

　"모두 입어보시고 가장 어울리는 것으로 짓도록 하겠습니다."

　황실 의상실을 담당하는 폴네체 부인이 머리를 가볍게 숙이며 말했다. 생쥐의 앞으로 시녀들이 준비해 온 세 벌의 화려한 드레스를 펼쳤다. 각기 붉은색, 하얀색, 금색이었다. 엉거주춤 서 있는 생쥐를 대신하여 그녀의 곁에 있던 라지예가 뽐내는 듯한 어조로 말했다.

　"그러도록 하시죠."

　이어 사지예가 생쥐를 향해 놀랍도록 공손한 태도로 고개를 숙여 보였다.

"마음에 드시는 색으로 고르시면 됩니다."

"아, 네⋯⋯. 그, 그래."

생쥐의 대답이 떨어지기가 무섭게 시녀들이 우르르 움직이기 시작했다. 라지예는 시녀들 속에 완전히 파묻혀 거의 보이지 않는 조그만 소녀로부터 서너 발 물러선 채 사지예에게 작게 속삭였다.

"암만 봐도 인간 여자들은 고생이라니까."

"그러게. 옷이야 편한 게 최고지 왜 자기 발목을 자기가 묶을까?"

두 요정은 강 건너 불구경하듯, 그러나 혹여 생쥐를 해치려는 움직임은 없는가 유심히 눈을 떼지 않았다. 후궁이 옷을 갈아입는, 속살을 드러내는 일이었기에 이카르는 침실 밖으로 내쫓기고 없었기 때문이었다.

시녀들은 생쥐가 입고 있던 옷을 속옷까지 홀라당 벗기고 코르셋을 입혔다. 황궁에 온 뒤로는 혼자 입기 힘들고 챙겨주는 사람도 없어 굳이 걸치지 않았던 속옷이 배와 허리를 바싹 조이는 것에 생쥐는 무심코 표정을 살짝 찌푸렸다. 여전히 작고 야윈 몸이기는 하였으나 그동안 잘 먹은 덕에 전보다 확실히 살이 붙었다. 그러다 보니 처음 코르셋을 입을 때와는 달리 갑갑함이 느껴졌다. 여느 귀족 아가씨들처럼 숨 막히는 괴로움까지는 아니었지만, 달갑지 않았다.

그러나 더 큰 문제는 따로 있었다.

"황제 폐하와 신장의 차이가 크니 굽을 최대한 높게 하겠습니다."

그 말과 함께 내어 보이는 구두는 생쥐의 눈에는 기괴하게까지 느껴질 정도로 아찔하니 굽이 높은 것이었다.

신는다기보다는 올라탄다는 말이 맞을 구두에 생쥐의 안색이 살짝 창백해졌다.

"너무 높지 않아……?"

"이 정도는 되어야 보기에 좋을 것입니다."

"……그래."

생쥐는 한숨을 삼키며 고개를 끄덕였다. 백작가에서도 굽이 높은 신발을 한 번 신어보았다. 물론 눈앞의 무시무시한 높이 정도는 아니었고, 그 절반쯤 되는 굽이었지만 다섯 번쯤 넘어지고 결국 발목을 삐고 나서는 벗어던졌다. 그런데 저런 높이라니.

첫 번째로 하얀색 드레스를 입고 붉은 베일까지 드리운 뒤 드디어 하이힐 한 쌍이 발치에 놓였다. 생쥐는 잔뜩 까치발을 들게끔 하는 신발 위로 위태롭게 올라섰다. 그녀가 신을 신자 재봉사들이 재빠르게 줄자를 대어 신을 신은 상태의 키를 쟀다.

"천천히 한 바퀴 돌아보십시오."

생쥐는 비틀비틀 제자리에서 돌았다. 길게 늘어진 베일이 그녀의 몸을 살며시 휘감았다. 그 모습을 유심히 지켜보던 폴네체 부인이 평을 내렸다.

"역시 하얀 드레스가 잘 어울리시는군요. 그래도 다른 두 벌도 마저 입어보시지요. 덧붙여 굽 높은 신을 신고 걷는 연습을 하셔야 할 듯싶습니다."

"……으응."

알겠노라고, 생쥐는 힘없이 대답했다.

황제가 침궁으로 돌아온 것은 하늘 귀퉁이가 붉게 물들어가는 늦은 오후였다. 침실 문을 연 그를 반기는 것은 커다란 물대야 속에 발을 담그고 있는 생쥐의 모습이었다. 약을 풀어 연록 빛을 띤 온수 아래에 잠긴 두 발은 발갛게 붓다 못해 여기저기 껍질이 벗겨져 있었다.

　황제는 자신에게 인사를 해 오는 생쥐와 그녀 옆에 앉아있는 두 요정, 그리고 녹초가 되어 소파에 길게 늘어져 있는 이카르를 차례로 쳐다보곤 입을 열었다.

　"설명이 필요하겠군."

　그의 말에 사지예가 벌떡 일어나 대답했다.

　"인간 여자들이 고문을 즐기는 줄 몰랐어요!"

　"……코르셋?"

　"하이힐입니다~."

　라지예의 말에 황제는 부은 발의 주인을 바라보았다. 하기야 코르셋으로 괴로울 몸집은 아직 아니었다.

　"신지 마."

　아픈 발을 약물 속에 천천히 흔들며 생쥐가 목을 기울였다.

　"하지만 폐하와 어울리지 않는다고 했어요? 키가."

"그 여자도 작았다."

"그 여자요?"

"초대 황후. 그 여자를 따라 하려 안달인 혼례식이니 작은 게 되레 맞다."

황제의 말에 생쥐가 의아해하면서도 고개를 끄덕였다.

"잘은 모르겠지만, 키가 작은 편이 더 맞는 것이에요?"

"그래."

"그럼 굽 낮은 신발을 신어도 됩니까?"

"신어."

"감사합니다."

어지간히도 힘들었는지 정말로 고마워하는 표정이었다. 하기야 발 몰골만 봐도 얼마나 아팠을지 짐작이 갔다.

황제는 생쥐의 옆을 지나쳐 이카르가 쓰러져 있는 소파 앞에 섰다. 죽은 듯 늘어진 머리를 툭 치자 피곤 그득한 적보라색 눈이 눈꺼풀 아래로부터 모습을 드러냈다.

"……왜요."

"뭘 했다고 죽어가고 있는 거냐."

"원래라면 후궁 전담 시녀장들이 떠맡아야 할 일 대부분, 입니다만."

그가 보라색 눈을 잔뜩 치켜뜨며 불만 가득 투덜거렸다.

"아니 왜 후궁전 준비 감독까지 저한테 시키는 겁니까? 그거라도 빼주면 살 만하겠는데!"

"지켜보는 눈이 있어야 허튼짓을 안 하지."

"그러게 진작 좀 궁에 폐하의 사람 좀 만들어 놓으라니까요! 궁정인들 죄 따돌림 시키는 황제가 세상에 어디 있습니까?"

"네놈 눈앞에."

"……죽겠네, 진짜. 아무튼 시키신 대로 로투스 궁에 출입금지 못 박아놓았습니다만, 결국 시녀 너덧 정도는 뽑아야 하지 않겠습니까? 아님 전처럼 며칠에 한 번씩 우르르 들락거리게 하게요?"

"그건 내가 알아서 하마."

"딴것도 좀 알아서 해주시면 참 좋겠네요."

이카르는 꿍얼거리며 몸을 뒤집어 소파 팔걸이에 머리를 처박았다. 그 머리통을 황제의 손이 약간 거칠게 쓰다듬었다. 이러쿵저러쿵해도 말 잘 듣는 어린애이긴 했다. 어린애라는 점이 가장 큰 문제였지만.

"……황태후는 아무 말 없습니까?"

얌전히 황제의 손길을 받아들이던 이카르가 작게 물었다.

"없다."

"이상하군요. 절대 가만있을 리가 없는데."

"가만히 있지 않겠지. 그러니까 네놈이 고생해야 하는 거다."

그는 혹여 위험한 수작을 부려놓지 않았나 하는 감시역이기도 했다. 이카르 또한 그 사실을 잘 알고 있었기에 맥없으나마 예에 하는 대답이 돌아왔다.

5
순결 재판

라린 살타토르라는 소녀를 정식 후궁으로 들이겠다는 공표가 있은 지 어느덧 나흘째. 혼례식 준비는 겉으로 만큼은 순조롭게 진행되고 있었다. 하지만 황제는 여전히 긴장을 늦추지 않은 채였다. 아니, 오히려 이제 슬슬 무언가 반응이 있을 시기였다. 특히나 오늘, 일주일에 한 번 정기적으로 열리는 국무회의에서 틀림없이 후궁에 대한 말이 나올 것이었다.

"황태후는 아직 조용하군."

황제의 말에 시종장이 머리를 숙이며 대답했다.

"특별한 소식은 없습니다."

오늘날까지도 내내 침묵을 지키고 있다. 하지만 그간 구경만 하고 있었을 여자가 아니었다.

코끝으로 숨을 흘리는 황제에게 시종장이 서신 하나를 올렸다.

"살타토르 백작으로부터의 답신입니다."

"늦었군."

생쥐를 정식 후궁으로 들이겠다 결정한 그 날 살타토르 백작에게 친히 서신을 보내었다. 마차로 사흘이라는 제법 먼 거리였지만 전서구를 이용하였기에 늦어도 어제쯤에는 답변이 올 것이라 생각했건만 오늘에서야 겨우 도착한 것이다.

황제는 봉투의 봉인을 뜯고 내용물을 꺼내 들었다. 미사여구를 듬뿍 담은 편지글이 구구절절 길게 늘어졌지만 축약하자면 한 문장이었다.

갑작스러운 병이 들어 찾아뵐 수 없습니다.

"……황태후의 눈치를 살피는 건가."

황제는 손아귀에 든 편지를 구겼다. 정식 후궁으로 들이는 이상 생쥐의 신분을 확실히 할 필요가 있었기에 후견인인 살타토르 백작에게 협조를 요청하였건만 빙 둘러 거절당한 것이다. 황태후와 카알룬 공작 사이에 끼여 그 권위가 하락한 황제를 믿고서 황태후에게 반하기는 불안했던 모양이다. 혹은, 최악의 경우 이미 황태후의 편에 섰을는지도 몰랐다.

곤란하게 되었지만, 당장은 뾰족한 방도가 없었다.

황제는 구겨진 편지를 촛불에 태운 뒤 회의장을 향해 걸음을 옮겼다.

너른 회장의 중앙에는 암석을 통째로 깎아 만든 직사각형의 대형 테이블이 길게 놓여 있었다. 그 양옆으로 중신과 고위귀족들을 위한 의자가 열을 잇고 가장 상석의 단 위에는 황제의 옥좌가 자리해 있었다.

　상석 외에는 딱히 지정된 자리가 없었지만 암묵적으로 정확히 나뉘어 있었다. 옥좌를 기준으로 좌측은 황태후파가, 우측은 카얄룬 공작파가 서로 상대방을 견제하며 딱 갈라섰다.

　황태후를 지지하는 자들의 주축은 변방 국경을 지키는 무가(武家)로, 그 수장은 비고레 대백작이었다. 본디 대백작이라는 작위는 없었으나 무가는 일정 이상의 사병을 소유할 수 있는 대신 백작 작위를 가지지 못했다. 비고레 가를 주축으로 한 무가들은 그에 항의했고, 결국 황실은 큰 공을 세운 무가에게 대백작이라는 명예직을 만들어 하사하였다.

　그 반대편에 서는 카얄룬 공작파는 수도에 적을 두는 역사 깊은 명문가로 이루어져 있었다. 무가에 비해 실질적인 힘은 약했으나 궁정에서의 권위는 드높은 중앙귀족들이었다. 다만 현 카얄룬 공작인 드베르 카얄룬은 노쇠를 핑계로 바깥출입이 드물었으며 때문에 오늘도 그의 장자인 마노로스 카얄룬이 대신 자리하고 있었다.

"황제 폐하 납시오!"

시종장의 외침에 제 편끼리 수군덕거리던 이들이 자세를 바로 하여 자리에 섰다. 황제가 상석에 앉은 뒤 중신 귀족들도 일제히 착석하였다. 이어 여느 때와 다름없는 분위기 속에서 안건이 오르고 의견이 오가기 시작했다.

최근 가장 신중히 다뤄지고 있는 상법 개정안에 대한 논의가 끝나고 회장이 짧은 소강상태에 빠져들었을 때였다. 돌연 자리에서 일어난 비고레 대백작이 황제를 향해 목례하며 운을 띄웠다.

"드디어 정식으로 후궁을 들이시게 된 것에 대하여 우선 감축드리옵니다."

황제의 눈썹이 희미하게 삐뚤어졌다. 결국 후궁에 대한 이야기가 나왔다. 말은 저리 시작하였지만 황후파인 그의 입으로부터 좋은 소리가 나올 리 만무하다. 예상대로, 이어지는 말은 새로운 후궁을 폄하하는 것이었다.

"하오나 황은을 입은 그 소녀에게 후궁의 위를 받을 자격이 있을는지 심히 우려스럽습니다."

"결격사유는 없다."

황제가 단호히 잘라 말했다. 두 사람의 시선이 일순 마주치고, 먼저 굽히고 피한 쪽은 비고레 대백작이었다. 서늘한 황금색 눈동자가 얼음송곳처럼 찔러오는 것에 목 뒤가 뻣뻣해지는 것을 느끼며 대백작은 무심코 마른 침을 삼켰다. 그러나 후궁의 자격에 문제가 있다는 주장만은 굽히지 않았다.

"아뢰옵기 황공하오나 라린 살타토르라는 소녀는 실은 뒷골목 출신 창녀로 후궁에게 있어 가장 중요한 순결을 지키지 못한 여자입니다."

창녀. 그 한 마디에 장내가 크게 술렁거렸다. 순결한 처녀가 아닌 여성은 절대 후궁이 될 수 없었다. 황실 혈통에 오점을 남길 우려가 있기 때문이다. 그런 가장 중요한 문제를 들먹이자 황태후와 반대 측에 서는 카얄룬 공작 측 귀족들의 눈빛에도 불손함이 감돌았다.

"어이없는 소리를 하는군."

입꼬리를 사납게 비틀어 올리며 황제가 말을 이었다.

"대백작이 우려하는 문제는 짐이 직접 확인하였으니 더는 신경 쓸 것 없다."

"하오나 폐하."

성관계를 가져 처녀성을 확인하였다는 뜻의 말에도 대백작은 물러서지 않았다. 그는 오히려 목소리를 더욱 높여 후궁의 부정을 고하였다.

"송구하기 그지없는 말이오나 그런 여자들은 처녀인 척 가장하는 일에 능숙합니다. 심지어 짐승의 피를 준비하여 처녀혈인 척 흘리는 경우도 있다 들었습니다."

"멋대로 단정 짓고 있군."

불편해진 심기를 드러내는 묵직한 저음에 대백작이 흠칫 입을 다물었다. 궁정인들 사이에서 평판이 낮은 황제이나 인간의 것을 뛰어넘은 위협적인 카리스마만큼은 인정하지 않을 수가 없었다.

마치 사자에게 맞서는 허약한 토끼가 된 기분을 느끼게끔 하는 위압감.

그것이 바로 출신이 불분명한 황제임에도 서슬 퍼런 중앙귀족들도 대놓고 의문을 표하지 못하는 가장 큰 이유였다. 태생부터 지배자이 자 군림하는 제왕의 운명을 지닌, 광포하기까지 한 위엄을 흩뿌리는 최상위의 포식자. 그가 분노를 내비친다면 평범한 인간으로서는 감 히 고개조차 들지 못하리라.

하지만 그러한 황제임에도 황태후 앞에서만큼은 손발을 족쇄에 묶 인 듯 힘을 쓰지 못했기에 허약한 황권을 사이에 둔 두 세력의 균형 은 여전히 지속되고 있었다.

"라린 살타토르는 살타토르 백작의 먼 친척이다. 그녀의 순결을 문제 삼기에는 전제부터가 틀렸다."

대백작의 고발에 황제가 반박했다. 공식적으로 생쥐의 출신은 살 타토르가였다. 그러나 그것이 눈 가리고 아웅 하는 꼴이라는 사실을 모르는 이가 드문 형편이었기에 이렇게 꼬리 물고 나오리란 예상도 하고는 있었다.

황제가 식을 서두른 이유 또한 그 때문이었다. 생쥐가 나고 자란 도시까지의 거리는 마차로 사흘. 말을 달린다 해도 왕복에 이틀 이 상 소요된다. 진짜 이름도 알려지지 않은 소녀의 뒷조사가 그리 수 월할 리도 없으니 가서도 또 며칠 걸릴 것이었고. 그러니 황태후가 생쥐의 진짜 출신을 명확히 알아내기 전에 일을 끝마칠 심산이었다.

그랬었는데.

"근래에 후궁이랍시고 궁에 들어온 여자들의 출신성분이 모두 꾸 며진 거짓이라는 것은 폐하께서도 익히 알고 계실 터입니다."

여전히 굽힘 없이 제 주장을 잇는 대백작의 태도에 황제는 못마땅하게 혀를 쯧 찼다. 나흘. 그 짧은 시간 만에 무언가 찾아낸 모양이었다. 귀찮게 되었다는 생각과 동시에 억눌러 놓았던 살의가 고개를 치켜들었다. 그러나 저놈의 목을 분지르는 것으로 해결될 일이 아니었다. 결국 진짜 원흉은 손댈 수 없는 황태후였으니.

비고레 대백작은 스멀스멀 흘러나오는 살기에 본능적으로 몸을 굳히면서도 입을 다물지 않았다.

"라린 살타토르 또한 꾸며진 신분으로 그녀의 진짜 이름은 생쥐입니다."

망할. 황제는 속으로 욕을 내뱉었다. 이름까지 아는 걸로 봐선 확실했다.

"그 생쥐라는 소녀를 하녀로 데리고 있었던 식당 주인이 증명을 해줄 것입니다."

"황제의 보증보다 식당 주인 놈의 헛소리가 더 믿음직스러운 모양이군."

"처, 천만의 말씀이옵니다."

대백작이 당황하며 변명을 덧붙였다.

"다만 후궁의, 그것도 첫 번째 정식 후궁의 순결에 대한 뒷말이 떠돈다면 황제 폐하께 누가 될 것이라 생각하여 불미스러운 일을 미연에 방지하고자 재판을 청하는 바입니다."

"재판이라."

묵직하게 깔리는 저음에 불쾌해진 감정이 여실히 드러났다.

동시에 아지랑이처럼 짙게 피어오르는 살기에, 좌중에 거북한 침묵이 내려앉았다. 끝까지 떠들어대던 비고레 대백작조차 입을 다물자 고요 속에서 수십 개의 눈동자가 겁먹은 초식동물처럼 눈치를 살피느라 데굴데굴 굴렀다.

황제는 흉흉한 기세를 감추지 않고 휘감은 채 두 손을 느긋이 깍지 끼었다.

"거부한다면 어쩔 텐가."

칼날처럼 날카롭게 좁혀진 동공의 금안이 대백작을 찢어발길 듯 노려보았다. 비고레 대백작은 뒷목이 식은땀으로 축축이 젖어드는 것을 느끼며 더듬더듬 입을 열었다.

"화, 황실의, 혈통을······."

"계집에게 홀린 폭군 노릇 한번 해 볼까."

옥좌에서 몸을 일으키는 황제의 움직임을 잔뜩 긴장한 시선들이 우르르 따라붙었다. 한발 늦게 허둥지둥 일어난 중신들의 뒤쪽으로 다리 부러진 새끼사슴을 마주한 대호(大虎)처럼 여유로운 발걸음이 저벅저벅 큰 소리를 내었다. 그리고 뚜욱, 비고레 대백작의 등 바로 뒤쪽에서 발소리가 끊겼다. 누군가의 마른침 삼키는 소리가 유독 커다랗게 들려왔다. 바싹 얼어붙은 공기를 더욱 살벌하게 긴장시키며 대백작의 어깨 위로 황제의 한쪽 손이 얹혔다.

"그러려면."

차마 뒤돌아 볼 엄두도 내질 못하는 대백작의 목덜미를 황제의 손이 툭툭, 장난치듯 두드렸다.

"총애하는 여자를 음해하려는 놈의 머리부터 자르고 시작해야겠군."

"……폐, 폐하."

"폭군 소리 듣기 위해서는 하나 가지고는 좀 심심하고……."

사나운 시선이 대백작을 지나쳐 귀족들을, 주로 황태후 파를 찌르듯 향했다. 강렬한 황금빛 안광이 닿을 때마다 긴장감에 굳은 몸뚱이들이 흠칫흠칫 떨렸다.

"절반."

소름 끼치게 울리는 목소리가 말을 잇는다.

"여기 모인 인간들 중 절반을 찢어발긴다면 딱 적당할 듯싶은데, 그대들의 의견이 궁금하군. 어쨌거나 이곳은 황제가 귀족들의 헛소리를 들어주기 위하여 만들어진 곳이 아닌가."

마음대로 지껄여봐라. 그리 판을 깔아주었음에도 섣불리 입을 여는 자는 없었다. 몸을 잔뜩 짓누르는 위압감 속에서 서로서로 눈치만을 살필 뿐 먼저 나서는 이 하나 없이 쥐죽은 듯 고요하기만 했다.

귀족들의 소극적인 태도에 황제의 입꼬리가 만족스럽게 올라갔다. 물론 이런 식으로 끝까지 생쥐를 싸고돌 수 있으리라곤 생각지 않았다. 목적은 시간을 버는 것이었다. 가급적이면 2, 3일 이상의.

"별다른 의견이 없는 모양이로군. 허면."

그때였다. 황제가 파장을 선언하려는 그 순간 닫혀있던 문이 열리며 시녀들을 대동한 중년의 여인이 나타났다.

기세등등한 황태후의 등장에 회장 가득히 깔려 있던 살기가 눈 녹듯이 사라져간다.

꺾여든 압박감에 귀족들의, 특히 황태후파 무가들의 안색이 되살아나듯 생기를 찾은 반면 황제의 미간에는 깊은 골이 패었다. 곤란했다. 황태후는, 황족은 그에게 있어 윽박지르고 위협하여 굴복시킬 수 있는 상대가 아니었다.

황가에 위해를 가할 수 없다. 그것은 황제가 아닌, 솔레다토르를 저주처럼 얽매고 있는 제약이었다.

황태후는 노기를 억누른 채 상석으로 돌아가 앉는 황제를 내려다보는 듯이 올려다보았다.

"여인의 몸으로서 국정에 참견하는 것은 지탄받아 마땅한 일이오나, 이번 일은 황실의 어른으로서 도저히 눈감아 넘길 문제가 아닌지라 이리 발걸음 했습니다."

"……그래서 어찌하겠단 거요."

일이 그르쳐졌음을 알기에 숨김없이 퉁명스런 어투가 튀어나왔다. 황태후는 그에 아랑곳하지 않고 조곤조곤 말을 이었다.

"물론 무작정 어린 소녀를 몰아내지는 않을 것입니다. 공정한 재판 하에 처우를 결정하도록 하지요. 황가의 정통성을 위협하는 사건이며 혼례일 또한 코앞에 당도하였으니 시일은 내일 정오로 하겠습니다."

내일 정오. 일방적인 통보나 다름없는 말에 황제가 무심코 자리에서 벌떡 일어섰다.

"내일이라니, 그건……."

"고작해야 사흘 뒤가 식일이 아니던가. 내일도 늦은 것이지요. 아니면 바로 오늘 오후에라도 법정을 열 수 있습니다만?"

"……."

황제는 결국 침묵하고 말았다. 황태후의 주장에 틀린 점은 없었다. 황실의 혈통에 흠이 갈지도 모르는 일은 준반역에 해당하여 가벼이 처리할 수 있는 사안이 아니었다. 그러니 힘으로 누르지 못하는 이상 논리를 따르는 수밖에 없었다.

기어이 내일 정오 생쥐의 재판을 결정지은 황태후가 먼저 자리를 떠나고 황제 역시 폐장 선언 후 회장을 나섰다. 그는 생쥐가 있을 침궁으로 가는 대신 말머리를 황궁 외곽지역으로 돌렸다.

"금지된 숲으로 간다, 따라오지 마라!"

쓸데없이 주위를 맴도는 시종들을 떨쳐낸 그는 황제 외의 사람에게는 출입이 금해진 숲으로 말을 몰았다. 넓은 호수를 포함한 웬만한 마을 크기의 숲은 초대 황제 때부터 내려온 금지(禁地)였다. 황제 외에 숲에 발을 들여놓는 자는 설사 황족이라 할지라도 극형에 처했다. 그 엄중한 처벌에 반역이라도 꾀할 생각이 아니고선 한창 기세등등한 황태후나 카얄룬 공작이라도 감히 기웃거릴 생각조차 못 하는 유일한 장소였다.

숲으로 들어선 황제는 곧장 중앙에 자리한 호수로 향하였다.

새파랗게 맑은 물이 바람결에 잔잔히 흔들리는 호수 앞에 내려선 그가 텅 빈 수면을 향해 입을 열었다.

"케이어스. 나와라."

황제의 부름에 대답이라도 하듯 고요하던 호수가 크게 일렁이기 시작했다. 이내 푸르던 물 아래로 시커먼 그림자가 드리워졌다.

촤아아! 칠흑의 거대한 형체가 솟아오르며 호수의 물이 작은 폭포수를 이루며 수면 위로 요란하게 떨어져 내렸다. 한 쌍의 날카로운 뿔을 지닌 짐승의 머리가 황제를 향하였다. 한쪽을 잃고 오른쪽만이 남은 외눈은 짙은 붉은빛을 띠고 있었다. 칼날과도 같은 발톱이 줄지은 앞발이 물 밖으로 빠져나와 약간 눅눅한 호숫가 흙을 밟았다.

용과 비슷하지만 훨씬 작은, 그러나 여느 대형동물의 수 배 이상의 덩치를 지닌 드레이크였다. 호수 밖으로 걸어 나온 그것이 깊게 울리는 목소리로 입을 열었다.

[무슨 일이십니까, 솔레다토르.]

황제는 평범한 사람이라면 앞에 서는 것만으로도 오금이 저려 주저앉고 말 무시무시한 마수를 태연히 올려다보며 대답했다.

"심부름 좀 해줘야겠다."

[심부름입니까.]

"그래. 말로 가기엔 시간이 부족하다. 허나 네 날개라면 하룻밤 사이에 오갈 수 있겠지."

목적지는 다름 아닌 생쥐가 머물렀던 살타토르 백작의 별장이었다. 후궁의 순결의 유무를 따지는 재판에서 이기기 위해서는, 생쥐의 후견인인 백작의 증언이 반드시 필요했다.

백작의 별장은 말을 달려 왕복 이틀 거리에 있으며 재판은 바로 내일 정오에 시작되니, 살타토르 백작이 재판장에 서 증언을 하기란 평범한 방법으로는 절대 불가능한 일이었다. 하지만 드레이크의 날개라면 하룻밤 왕복쯤 거뜬히 해낼 수가 있다. 황제는 백작의 별장 위치를 알려주며 덧붙였다.

"만약 살타토르 백작이 증언하기를 거부한다면 그냥 납치해와. 내가 적당히 설득할 터이니."

이미 황제가 직접 보낸 서신을 받고서도 병을 핑계로 움직일 수 없다 답변한 백작이다. 황태후를 더 두려워하는 그가 곱게 말로 해서 따를 가능성은, 솔직히 낮았다. 그러니 안 되면 억지로라도 잡아와야 했다. 황제의 명령에 검은 드레이크, 케이어스가 머리를 끄덕였다.

[알겠습니다. 곧장 출발하지요.]

"부탁하마."

검은 피막의 날개가 크게 펼쳐지며 오후의 태양을 가렸다. 두어 번의 날갯짓이 일으킨 바람에 황제의 적갈색 머리카락이 짧게 나부낀다. 거대한 덩치에 걸맞지 않은 가벼움으로 공중에 몸을 띄운 드레이크의 모습이 빠르게 하늘 저편으로 사라져갔다.

황제는 그 뒷모습을 잠시 바라보다가 다시 말에 올라 고삐를 틀었다.

생쥐의 재판 소식을 듣고 가장 먼저 반응을 보인 사람은 다름 아닌 이카르였다. 그는 자기 일처럼 열을 내며 황태후의 지저분한 수법을 욕했다.

 "저런 조그만 애가 뭘 어쩌고 어째요?!"

 이카르가 그간 살이 꽤 오르긴 했어도 여전히 작고 마른 생쥐를 가리켰다. 창가 테이블에 요정들과 함께 앉아 있던 생쥐가 그를 흘끗 쳐다보았다가 다시 글자 연습장으로 고개를 돌렸다.

 "솔직히 폐하가 미친놈이다 싶을 정도로 작은데!"

 면상에 대놓고 지껄이는 미친놈 소리에도 황제는 별다른 반응을 보이지 않았다. 그도 저런 어린애를 성적으로 건드리는 놈은 제정신이 아니라는 것에 동의하기 때문이었다. 오해받는 것이 유쾌한 일은 아니었지만, 아무튼 자신은 실제로는 손대지 않았기도 하였고.

 그러나 세상에는 미친놈이 의외로 많았으며, 그 때문에 작은 몸집과 어려 보이는 외양만으로 순결을 주장할 수는 없었다. 심지어 황제와 동침하였다 소문이 나기도 하였으니 더더욱 통하지 않을 소리였다.

 "그, 뭐냐."

 화를 내던 이카르가 돌연 멋쩍은 얼굴을 하며 말했다.

"어쨌거나 폐하께서는, 아시지 않습니까, 그거."

"뭐."

"처녀인지 아닌지 말입니다. ……자보면 안다면서요."

소파에 앉아 있는 황제에게 이카르가 바싹 다가가 목소리를 낮추어 물었다. 숫처녀는 티가 난다던데. 민망함이 담긴 그 물음에 황제가 시큰둥하게 답했다.

"몰라."

"왜요?"

"대충 짐작이나 할 뿐이지 애초에 정확한 처녀감별법 따위는 없다."

"……없습니까?"

"없어."

처녀막이야 선천적으로 없는 경우도 흔할뿐더러 성관계 외의 일로도 파열되기도 했다. 그 밖의 민간에 떠도는 소리들은 신빙성이 없었다. 차라리 확실한 구별법이 있다면 재판까지 갈 것도 없이 사실은 아직 손 안 댄 처녀다, 하고 내세우면 그만이었지만, 오히려 없으니 문제였다.

"……아니 그럼 뭘 믿고 황후나 후궁을 들인답니까?"

"부모. 제대로 된 귀족가 여성이라면 부모가 어련히 관리를 하였을 것이라 믿는 거지. 그러니 황태후가 준비한 증인이 무어라 떠들어대든 살타토르 백작이 확실한 신분 보증을 해준다면 문제없을 거다."

"살타토르 백작이요?"

"그래. 연락은 해놓았다. 별일 없다면 내일 오전 중에 도착하겠지."

"그나마 다행이군요."

이카르가 한결 안심된다는 표정으로 말했다. 그는 살타토르 백작이 이미 비협조적으로 나왔다는 사실을 아직 몰랐다. 그 때문에 황제의 표정은 일견 무뚝뚝한 가운데도 엷은 근심이 드리워져 있었다. 케이어스를 보냈으니 잡아는 오겠지만 법정에서 증언을 하도록 설득할 수 있으리란 확신이 없었다.

'……외동딸도 함께 잡아오라 할 것을.'

황제는 오후의 불그레한 볕이 비쳐드는 테이블에 앉아 요정들과 함께 태평스럽게 글자 공부를 하고 있는 소녀를 힐끗 쳐다보며 속으로 중얼거렸다. 상당히 아끼는 딸이라고 들었다. 빠른 교섭을 위해서는 인질이 있는 편이 좋을 터인데. 그러나 케이어스는 이미 출발한 뒤였고 생쥐의 재판은 바로 내일이었다.

"그래, 지렁이가 소금밭 위에서 뒹구는 거 같은 그거."

"다음 글자는 요오렇게. 귀 파 먹힌 토끼!"

"꼬리 잘린 고양이 같은데."

"아냐, 귀 파 먹힌 토끼야."

고양이니 토끼니 아옹다옹하는 요정들 사이에서 생쥐가 깃 펜을 쥔 손을 꼬물꼬물 움직였다. 글을 쓴다는 것이 아직 많이 낯선 행위인지라 힘이 과히 들어가 이따금 펜촉 끝에 걸린 종이가 길게 찢어졌다. 그래도 짧은 시간 만에 철자는 그럭저럭 다 외운 그녀였다.

"초코르……."

"아냐, 요거랑 요게 붙어 있으면 코르가 아니라 콜로 읽는 거야."

"아아. 초콜릿, 이요?"

"정! 답!"

짝짝짝 요란스레 박수 치는 두 요정을 향해 이카르가 버럭 소리쳤다.

"쓸데없이 과자 이름 가르치지 말라니까!"

"모르는 소리! 과자가 얼마나 중요한 건데!"

"그래그래, 백수는 입 다물라!"

"백수 아니라고!"

이카르가 목에 핏대를 세우며 세 사람이 앉아있는 테이블로 성큼 성큼 다가갔다.

"내가 혼인 서약서 줬잖아! 그것부터 읽게 만들어야지 애플파이에 화이트 누가, 아몬드 퍼지, 초콜릿 따위가 다 뭐냐고! 그딴 거 서약서에 안 나와!"

"애가 왜 갑자기 히스테리래?"

"그러게, 생리하니?"

"할 리가 있겠냐!"

오늘 하루에만 스무 번째, 이카르가 뒷목을 부여잡았다. 그는 크게 심호흡을 하고 울컥하는 마음을 가라앉힌 뒤 다시 차분히 말했다.

"혼인 서약서부터 읽을 수 있어야 식을 제대로 치를 수가 있다고. 혼인 서약서. 과자 말고 혼인 서약서. 여기 이 소녀는 파티시에가 아니라 후궁이 될 거란 말이다. 그러니까 과자는 식 끝나거든 얼마든지 가르치든지 먹든지 하고, 지금은 혼인 서약서부터 공부합시다, 응?"

세 쌍의 눈동자가 그를 빤하게 올려다보았다.

라지예가 눈을 깜박깜박하면서 입을 열었다.

"혼인 서약서 재미없잖아."

"맞아. 하고 싶으면 네가 읽어."

"내가 읽어선 아무 소용이……! 후우."

땅이 꺼져라 한숨을 내쉬는 이카르와 그런 그를 놀리듯 낄낄대는 두 요정을 구경만 하고 있던 생쥐가 돌연 목소리를 또렷이 하여 말했다.

"사지, 라지."

"응?"

"왜 그래?"

"저는 폐하께 도움이 되어야 합니다."

생쥐는 테이블 구석에 밀쳐져 있던 혼인 서약서를 자신 앞으로 끌어다 놓으며 크고 동그란 연녹색 두 눈으로 요정들을 바라보았다.

"그러려면 이걸 읽을 수 있어야 하는 거 같아요. 맞아요, 이카 님?"

"아, 응. 그렇지."

"읽을 수 있어야 한대요. 그러니까 사지, 라지. 재미없지만, 저 도와줄 수 있습니까?"

"어려울 거야 없지 뭐."

사지예가 먼저 대뜸 고개를 끄덕였다. 이어 라지예도 머리를 주억거렸다.

"재미없기는 한데, 그러지 뭐어."

"고맙습니다."

"천만에."

"천만에."

둘이 똑같이 대답하곤 동시에 생쥐의 양옆으로 바싹 다가붙어 앉았다. 이어 착실하게 혼인 서약서를 펼쳐 드는 모습에 이카르가 안도와 불만이 뒤섞인 한숨을 내쉬었다. 내가 말할 때는 개 코로도 안 들어 처먹더니.

일련의 상황을 구경하고 있던 황제가 묵묵히 다물고 있던 입을 열었다.

"준비는 잘 되어가고 있군."

의외로 두 요정이 생쥐의 말을 잘 들어주고 있었다. 그러니 문제는 내일의 일이었다. 살타토르 백작이 제시간에 도착하여 그를 설득하는 것까지 성공한다면 걱정할 일은 없을 터였다. 하지만, 만에 하나 재판에서 지게 된다면.

황제는 불운한 결말을 굳이 입 밖에 내지 않은 채 요정들이 읽어주는 혼인 서약서를 지저귀듯 따라 말하는 소녀를 바라보았다.

얄팍한 커튼이 늘어진 창문 틈새로 새벽의 방문을 알리는 회색 그림자가 희미하게 스며들었다. 황제는 아직 어두컴컴한 침실의 침대 위에서 그 반갑잖은 손님을 바라보고 있었다.

이제 곧 날이 밝는다. 하지만 살타토르 백작과 동행해 올 드레이크의 날갯짓 소리는 어디에도 들리지 않았다. 백작이 도착한다고 해서 끝이 아니었다. 그를 설득하고 협박할 시간 또한 필요했다. 재판이 시작되는 시간은 정오. 늦어도 개정 한두 시간 전에는 도착해야만 했다. 그렇다고 해도 살타토르 백작이 끝끝내 고집을 꺾지 않는다면 다른 도리는 없었다.

그리고, 황제의 후궁인 여자가 순결한 몸이었다는 사실을 증명치 못한다면 결말은 단 한 가지뿐이었다.

사형.

만에 하나 아이를 가지게 되어 분란을 일으키는 것을 방지하기 위해서였다. 심지어 황태후와 공주에게 밉보이기까지 하였으니 십중팔구 재판 직후 즉결 처분될 것이다.

황제는 침대 위에 웅크린, 희미한 숨소리가 새어나오는 이불 뭉치를 바라보았다.

재판이 시작되어 좋지 못한 결과가 나와 버린다면, 아무 분란 없이는 손쓸 방법이 없었다. 재판의 시작과 동시에 생쥐의 신변은 자신의 손을 떠나버리는 것이기에. 하지만 그전이라면 가능하다. 일단 출입이 금지된 숲에 들여보내 놓았다가 케이어스가 돌아오면 데리고 도망치게끔 하면 된다. 부정이 들통 날 것을 두려워해 달아났다 말한다면, 황태후도 굳이 어린애를 뒤쫓지는 않을 것이었다.

16년간. 언제나 그러하였기에 익숙해져 버려, 힘겨운 삶의 괴로움조차 무덤덤하게 견뎌내 온 여자아이를 굳이 또다시 무의미할 위험

속에 밀어 넣을 필요가 있을까. 백작의 증언을 얻지 못한다면 결과는 뻔하니 차라리 미리 도망치게 하는 편이 나을 것이다.

무심결에 황제의 손이 이불 뭉치를 향하다가, 머리가 있을 부분에 닿기 직전 흠칫 멈추었다.

"……하음."

분명 손이 닿지 않았음에도 무슨 기척을 느꼈는지 이불 아래서 작은 한숨 같은 숨소리가 새어나왔다. 그러곤 이내 들썩거리기 시작했다. 꼼지락 꼼지락 이불 속에서 머리를 내민 생쥐가 졸음이 무거워 게슴츠레해진 눈으로 옆의 남자를 올려다보았다. 그녀는 다시 끔벅 끔벅 감기려는 눈을 손등으로 비벼 억지로 뜨고는 상체까지 이불 밖으로 내밀어 앉았다.

"폐하. 안 주무세요?"

생쥐가 다리 짧은 강아지처럼 주저앉아선 물어왔다. 그러고는 두리번두리번 주위를 살피다가 여리게나마 금빛을 띤 새벽빛을 발견하고는 고개를 갸웃 기울였다.

"어, 벌써 아침이 되려나 봐요?"

"그래."

"그렇군요."

그리고 잠시간 말이 없었다. 황제는 작게 하품하는 소녀를 바라보다가 입을 열었다.

"꼬마."

"네?"

"너도 죽고 싶지는 않겠지."

"네. 죽고 싶은 건 아니에요."

다시금 짧은 침묵이 흘렀다. 황제는 서서히 밝아오는 창가에 시선을 두며 나직이 말했다.

"만약 재판 한 시간 전까지 살타토르 백작이 도착하지 않는다면 도망쳐라."

백작의 증언이 없다면 재판에서 이길 확률은 현저히 낮았다. 단순한 동정은 아니었다. 어차피 정식 후궁이 되지 못하는 생쥐는 쓸모가 없으니.

"……도망이요?"

생쥐가 잠이 확 달아났다는 표정으로 눈을 동그랗게 떴다.

"어째서입니까?"

"도망치지 않으면 죽는다."

"그건 이미 여러 번 말했어요?"

생쥐는 손을 들어 손가락을 하나하나 꼽으며 말했다.

"백작가에서도 물론이고 후궁전에 온 뒤에도요. 이카도 말했고 폐하께서도 말하셨어요. 첫날에도 말하셨고요, 다음 날에도 말했고요, 그리고 또 여기 온 뒤에도 말하셨고요. 충분히 잘 알고 있습니다."

일견 여리게만 보이는 커다란 눈망울이 황제를 똑바로 올려다보았다.

"그러니까 갑자기 도망쳐야 할 이유가 못 되어요? 계속 그랬습니다."

"죽기 싫다 말했잖나."

"아……. 그건 그러네요."

"허니 도망쳐라."

"싫습니다."

또박또박 대답하는 목소리로부터 느껴지는 고집에, 황제의 미간에 희미한 금이 갔다.

"왜냐. 네가 사랑하는 사람 때문인가."

"아니요."

의외의 대답이었다. 생쥐는 고개를 짧게 젓고는 말을 이었다.

"처음에는 그랬지만 지금은 아닙니다. 그러니까, 그것 때문만이 아니에요. 저, 여기 있는 것도 좋아요. 물론 돌아갈 수 있다면 돌아가겠지만, 도망치면 백작가에 돌아가지는 못해요. 그러니까 백작가나, 아니면 여기나. 둘 중 한 곳에 끝까지 있고 싶습니다."

"……여기가 좋다고."

"네."

황제는 흰 잠옷에 감싸인, 처음 올 때보다 확연히 혈색이 좋아진 소녀를 바라보았다. 그런 맘이 들 법도 했다. 공주에게 호된 꼴을 당하기는 하였으나 의식주 모두 훌륭하고 고되거나 어려운 일을 시키지도 않는다. 자세히 들은 적은 없으나 대충 어떠했을지 짐작은 가는 과거의 생활로는 죽어도 돌아가기 싫겠지.

"한 재산 넉넉히 챙겨줄 터이니 여기서 나간다 해도 살기 힘들지는 않을 것이다."

일평생 여유롭게 살아갈 정도의 재물 마련해주는 것쯤 어렵지도 않으니, 처음부터 알몸으로 내보낼 생각은 없었다.

하지만 생쥐는 여전히 거부하듯 무표정한 얼굴을 하고 있었다.

"많은 걸 받아도 제겐 지킬 힘이 없습니다."

"……확실히. 거기까진 장담할 수 없겠군."

아무것도 모르는 백치 같이 굴면서도 이따금 날카로운 소리를 한다. 제 몸 하나 돌보기에도 힘에 부치는 어리고 약한 소녀가 상당량의 재물을 지닌 채 세상에 던져진다면, 좋은 결말을 맞이하기란 극히 어려운 일일 터였다.

"그리고 저는요, 굶지만 않으면 됩니다. 과자도 좋고 푹신한 침대도 좋지만 없대도 괜찮아요. 예쁜 옷이나 신발은 사실 좀 불편해요. 코르셋도 이제는 갑갑하고 굽 높은 신발은 발이 아픕니다."

생쥐는 말을 마치고는 제법 거하게 한숨을 내쉬었다. 화려한 생활이 마냥 좋은 것만은 아니었다. 특히 요 며칠 혼례식 준비에 시달리면서 절실히 깨달았다. 배워야 할 것도 많고 신경 써야 할 것도 많았다. 물론 굶주리고 추위에 떨며 폭력에 노출되는 것보다야 훨씬 나았지만, 그 세 가지만 면할 수 있다면 지금과 같은 사치까지는 바라지 않았다.

"그런데 왜 이곳이 좋은 거지?"

"좋아하는 사람들이 있으니까요."

"라지예와 사지예말인가."

근래 퍽 친하게 지내기는 하였다. 생쥐가 작게 고개를 끄덕였다.

"사지와 라지도 좋아해요. 하지만 폐하를 더 좋아합니다."

황제는 대답하지 않았고 생쥐 또한 입을 다물었다. 침묵을 사이에 두고 황금색 두 눈이 하얀 네글리제의 소녀를 삼킬 듯이 담았다.

그 금색 눈빛에는 희미하니 의아함이 깃들어있었다. 다른 사람이 좋아한다느니 떠들어 댄다면 아부로 단정 짓고 귀 기울이지 않았을 것이다. 하지만 생쥐는 사탕발림을 늘어놓는 성격이 아니었다. 오히려 그 반대였다. 눈치를 어느 정도 보기는 하였지만 솔직한 말을 툭툭 내뱉는다. 그러나 진심이라고 친다면, 왜.

"내가 의식주를 제공해주었기 때문이냐."

생각이 닿는 곳은 그 정도뿐이었다. 생쥐라는 이름 그대로 작은 동물 같은 행동을 곧잘 보이는 소녀. 원래 짐승은 먹을 것을 주면 쉬이 길들여지는 법이니. 두 요정과도 과자 때문에 빠르게 친해지지 않았던가.

하지만 생쥐의 대답은 황제의 예상과는 전혀 달랐다.

"폐하는 저를 바라봐요. 그러니까, 그냥요."

"……그냥?"

"네."

생쥐는 머릿속 뒤죽박죽 쌓인 단어들을 정리하며 천천히 말을 이었다.

"저는 하찮거나 불쌍한 것이에요. 누구나 다 그렇게 봅니다. 자신만 아니라 주위 다른 사람들보다도 생쥐는 낮아요. 아주 많이 깔보거나 불쌍하게 봐요. 아니면 아예 관심을 주지 않습니다."

생쥐는 줄곧 가장 낮은 바닥에 자리하였다. 동냥질할 때도 물론이고 식당에 팔려가서도 쭈욱. 가장 하찮은 거지였고 가장 비천한 하인이었다. 그나마 고운 시선이 동정이었다.

그렇다고 해도 결국 동정 또한 상대를 낮춰보는 눈길이었다. 그것은 아리에스도 이카르도 마찬가지였다.

"하지만 폐하께서는요, 저를 그냥 바라보세요. 그냥 저요. 무관심과는 달라요. 친절하세요. 그러니까, 그냥 저로만 바라보세요. 제가 뒷골목 계집이 아닌 공주였대도 똑같이 보셨을 거예요. 사지와 라지도 그래서 좋지만, 제일 처음은 폐하시니까. 그래서 폐하를 더 좋아합니다."

황제의 그것은 말 그대로 짐승의 눈이었다. 온갖 사회적 관념과 동떨어진, 오롯이 절벽 위에 홀로 선 맹수의 공평한 시선이었다. 높은 지위와 그에 대한 자부심을 가진 사람이라면 불편하다 못해 거부감마저 느껴질 눈길이었지만, 바닥의 바닥에 머물렀던 생쥐에게는 한껏 끌어올려지는 고양감을 안겨 주었다.

하찮은 것이 아닌, 그냥 평범한 사람이라는.

그건 아리에스에게 느끼는 것과는 또 다른 감정이었다. 물론 생쥐는 여전히 아리에스가 가장 좋았다. 그녀는 태어나서 처음으로 생쥐를 좋아해 준 사람이었으니까.

"그러니까 저는 백작가 다음으로 여기가 좋습니다. 좋아하는 사람이 없는 다른 곳엔 가기 싫어요."

생쥐가 목을 살짝 기울이며 물었다.

"이제 제가 필요가 없습니까? 더 쓸모가 없다면 가겠어요. 폐하도 좋아하니까, 쓸모없이 머무르지는 않겠습니다."

"……쓸모없는 것은 아니다."

황제는 무겁게 말했다.

살타토르 백작의 증언이 없다 해도 반드시 재판에서 진다는 것은 아니었다. 우선 카얄룬 공작. 그가 움직인다면 확률은 50대 50 정도였다. 그렇지 않더라도 1할 정도의 가능성은 있었다. 생쥐가 증인이라는 자에게 제대로 반박하고 귀족이 영애다운 태도를 보인다면. 그러니 재판의 결과가 나오기 전까지는 쓸모없는 것은 아니었다. 그저 계속 쓸모가 있을 가능성이 낮았을 뿐.

"그럼 남겠습니다."

생쥐는 잠기운이 완전히 사라진 눈빛으로, 이제는 완연히 짙어진 새벽빛의 그림자가 드리운 남자의 얼굴을 올려다보며 말을 이었다.

"쓸모가 없어지면 그때 버려주세요."

황제는 긴 침묵 끝에 알겠노라 대답했다.

그리고 하늘이 새파랗게 밝아 온 뒤에도, 살타토르 백작과 케이어스는 끝내 도착하지 못하였다.

생쥐는 순결과 순수를 강조하는 새하얀 드레스에 단정하고 검소해 보이는 회색 볼레로를 입었다. 다만 머리에만은 고귀한 신분을 나타내기에 적합한 화려한 나비 머리핀을 단 그녀에게 이카르가 어두운 안색으로 몇 번이고 하였던 충고를 재차 늘어놓았다.

"무조건 모른다고 말해. 알겠지?"

"네."

"표정은 잔잔하고 고요하게. 절대 감정을 드러내지 말고. 말은 최대한 아껴. 길게 말하면 서투른 티가 나고 말 테니까. 모릅니다, 아닙니다, 그렇지 않습니다. 나직하고 또박또박하게 말해야 한다."

"알겠습니다."

"그리고 또 뭐가 있나……."

당사자보다 더 안절부절못하는 이카르를 생쥐가 괜찮다고 달래었다.

"열심히 할 테니까 너무 걱정하지 마세요."

"……걱정 안 하게 생겼냐고. 솔직히 패소할 확률이……."

이대로라면 최소 9할이다. 이카르의 입에서 땅이 꺼질 듯 커다란 한숨이 터져 나왔다. 살타토르 백작이 제때 도착하지 못한 이상 생쥐 홀로 증언에 맞서 자신의 결백을 증명해야만 했다. 판사와 배심원들의 지지를 얻기 위해서는 그녀가 뒷골목 소녀가 아닌 귀족가 영애라는 주장이 진실로 받아들여져야만 하였다. 그러나 순결이야 어찌 되었든 생쥐는 귀족 아가씨가 아니었다. 대중 앞에서 거짓을 사실로 만드는 일은, 세상경험 부족한 어린 소녀에게는 결코 만만치 않은 일일 것이었다. 말씨 하나하나, 작은 움직임까지 세세히 눈에 불을 켜고 살펴볼 시선들 속에서는 더더욱 그랬다.

아니, 솔직히 말해 불가능한 일이었다.

"아씨, 망할. 빌어먹을 황태후."

결국 불안과 걱정을 이기지 못한 이카르가 제 머리를 잡아 뜯으며 끙끙거리기 시작했다. 죽을 텐데. 이대로 보내면 틀림없이 사형 선고인데. 결국 이카르가 옆에 있는 황제에게 목청을 높였다.

"폐하아! 한 달은 지켜주기로 했잖습니까!"

"나는 도망치라 말했다."

황제는 뚱하니 대꾸하곤 생쥐의 주위를 맴돌고 있는 두 요정을 불렀다.

"라지예, 사지예."

"네."

"네엡."

"만약 유죄판결이 난다면 어떻게든 꼬마를 빼돌려라."

법정에 들어선 이후에는 자신이나 이카르는 접근할 수 없지만 두 요정은 전담 시녀로서 계속 곁을 지키고 있을 것이었다. 그러니 저 둘에게 기대는 수밖에 없었다.

"어디로요?"

"숲에. 일단 그곳에 도착하면 케이어스가 황궁 밖으로 내보내 줄 수 있을 테니."

무사히 금지된 숲에 들어설 수만 있다면 이후 걱정은 없었다. 라지예와 사지예가 동시에 크게 고개를 끄덕였다.

"맡겨 주시죠~."

"가위바위보 해서 둘 중 한 명은 미끼 하자!"

"그거 좋은 생각이네. 슬슬 죽어보고 싶긴 했어."

"그래? 난 죽으면 좀 불편할 거 같던데."

"과자는 수십 배로 많이 먹을 수 있잖아~."

두 요정은 다른 이들과는 달리 긴장감 하나 없이 마냥 싱글벙글대며 생쥐를 감싸 안듯 둘러쌌다.

"작은 생쥐야~. 여기서 나가면 갈 곳은 있어?"

"있…… 아뇨, 없어요."

생쥐는 약간 슬프게 고개를 저었다. 도망치게 된다면 아리에스에게 돌아갈 수가 없다. 그곳 외에는 갈 곳 따윈 하나 없었다.

"그럼 우리 동네에 올래?"

"그래, 꽤 살기 좋아~."

"……라지랑 사지가 사는 곳에요?"

"응. 단 거 되게 많아."

"고기는 산짐승 잡아다 줄게."

"갈래? 아님 싫어?"

"아뇨."

생쥐가 얼른 고개를 저었다.

"좋아요."

둘의 말보다 훨씬 살기 나쁜 곳이라 해도 아는 사람 하나 없는 생판 타지로 가는 것보다야 낫다. 무엇보다 혼자가 아니라는 점에서 더더욱 그랬다. 다시 싸늘한 눈길도 다정한 목소리도 없는 삶으로 돌아가는 것은, 추위와 굶주림보다도 싫었다.

"그럼 도망치게 되면 작은 생쥐는 우리가 데리고 갈게요. 괜찮죠?"

"괜찮죠, 폐하?"

황제는 부둥켜 엉켜있는 셋을 바라보며 짧게 대답했다.

"마음대로."

요정의 마을은 인간의 것과는 사뭇 다르지만 둘의 말대로 살기에는 좋았다. 사시사철 따뜻하며 꿀과 달콤한 유액이 흐르는 나무에 온갖 과일들도 넘쳐났다. 다만 인간이 그곳에 한 번 들어가면 두 번 다시는 바깥으로 나올 수 없었다.

황제는 일부러 그 사실을 입 밖에 꺼내지 않았다. 밖으로 나갈 수 없다는 사실을 알게 된다면 생쥐가 가지 않으려 할지도 몰랐기 때문이었다. 그 알량한 사랑하는 놈 때문에. 그놈을 다시 만날 수 없는 것은 싫다면서 홀로 세상에 떨어지려 든다면, 저 조그만 소녀는 결코 오래 버티지 못할 것이다. 그래서야 기껏 신경 써준 보람이 없었다. 황제는 두 요정 사이에 끼인 생쥐에게 말했다.

"케이어스가 돌아오면 그의 도움을 받아 솔레다드 산맥으로 가라."

그곳에 라지예와 사지예의 고향인 요정 마을이 있었다. 황제는 망설임 끝에 한 마디 더 덧붙였다.

"나도 가끔씩은, 가는 곳이니."

좋아한다는 고백에 대한, 대답과도 같은 말이었다. 자주는 무리겠지만 한 달에 한 번쯤은 보러 갈 수 있었다. 어차피 그로서는 정기적으로 들러야 하는 장소이기도 하였다. 다시 만날 수 있다는 의미의 말에 희미한 불안과 슬픔이 얼룩져있던 생쥐의 얼굴에 미소가 살풋 맺혔다.

"기뻐요. 다신 못 뵐 줄 알았는데."

"……그래. 자주는 못 간다."

"네."

"이제 나갈 채비를 해라."

"아, 잠깐만요!"

두 요정 사이에서 빠져나온 생쥐가 황제의 바로 앞에 섰다. 목을 잔뜩 꺾어 저보다 한참 큰 남자를 올려다보았다.

"커피요."

"커피?"

"네. 커피입니다."

생쥐는 이전의 침실과는 달리 커피향이 배어있지 않은 방을 바라보며 말을 이었다.

"제가 해야 할 일이었는데, 아직 한 번도 하질 못했습니다. 이제는 다시, 그러니까 라지와 사지의 마을로 도망치는 것도 불가능할 수도 있어요? 이제 마지막일 수도 있으니까요. 그래서 하고 싶습니다. 커피, 타드리고 싶어요."

해보지 못했다는 이유뿐만 아니라 커피향이 마음에 들기도 하였다. 황제를 연상시키는 그 냄새를 맡으면 어쩐지 안심이 되고 또 편안한 기분도 들었다.

생쥐의 부탁에 황제의 시선이 힐끗 시계에 가 닿았다.

"그 정도 여유는 있겠군. 가지고 와 봐라."

"네."

생쥐는 기쁘게 대답하며 미소 지었다.

현 궁정에서 가장 큰 이슈는 다름 아닌 황제의 총애를 받는 어린 후궁이었다. 나라 제일의 미녀로 칭송받는 로제시아 공주를 거들떠보지도 않을뿐더러 연이어 들인 후궁들 또한 거두기는커녕 죽음으로 몰아넣은 황제가 드디어 관심을 보인 첫 여자. 그 사실만으로도 세간의 호기심을 자극하기에 충분하고도 남았건만 황태후와의 알력으로 순결을 증명하는 재판까지 열리게 되었다.

당연하게도 황실 법정에는 이른 아침부터 구경꾼들이 몰려들었으며 자리를 얻지 못한 이들도 미련을 버리지 못한 채 주위를 배회하였다. 황제는 그 몰려든 구경꾼들 사이로 일부러 말에 올라 나타났다. 안장 앞에는 하얀 드레스를 입고 흰 베일로 얼굴을 가린 조그만 소녀를 태운 채였다. 구경꾼들의 눈에 띄지 않고 조용히 돌아갈 길도 있었지만, 생쥐에 대한 총애를 나타냄으로써 재판 관련인들에게 무언의 압박을 가하기 위해서였다. 어린 후궁을 얼마나 아끼는지 보란 듯이 내세운 그 모습에 수많은 시선들이 쏟아졌다.

"사람이 아주 많아요."

생쥐는 커피 원두를 담은 향 주머니를 손안에서 만지작거리며 작게 속삭였다. 황제는 자신의 품 안에 안겨있는 소녀를 내려다보았다.

반투명한 흰 베일 너머로 회색 머리카락이 언뜻 비쳤다.

"법정에서도 많을 거다. 미리 익숙해져라."

"……다들 저만 바라보나요?"

"대부분은."

"그렇군요."

생쥐의 입에서 작게 한숨이 새어나왔다. 렉트의 식당에서도 사람이 많이 붐비곤 하였다. 물론 지금의 인파와는 비교할 수 없었지만 협소한 장소니만큼 충분히 많아 보였다. 하지만 그곳에서의 생쥐는 같은 사람이라기보다는 식탁이나 의자와 같은 식당의 구성물 중 하나에 불과했다. 이따금 화풀이 상대가 될 때 외에는 누구도 그녀를 주목하지 않았다. 그랬었는데, 이렇게나 많은 시선을 한몸에 받게 될 줄이야.

무심코 살짝 움츠러드는 작은 몸뚱이에 황제가 나직이 물었다.

"무섭나."

"……조금요. 하지만 괜찮습니다."

다시 숨을 작게 몰아쉬며 말을 이었다.

"이것보다 더 무서운 일도 많아요. 잘할 수 있습니다."

그냥 시선일 뿐이다. 폭력도 아니고 추위도 아니다. 그러니까 괜찮아. 생쥐는 입안으로 몇 번이고 되뇌었다.

이윽고 근위병이 열을 지어 지키고 서 있는 법정 건물 앞에 다다른 황제가 먼저 말에서 내려섰다. 그는 안장 위의 생쥐에게만 들릴 만큼 작은 목소리로 말했다.

"도망치게 되면 이 녀석을 타고 가라."

본디 주인인 황제 외에는 누구도 등에 태우지 않으려는 흑마, 검둥이였지만 생쥐만큼은 예외였다. 생쥐가 자신과 같은 처지라고 착각하고 동료로 여기는 탓이었다. 그것도 생쥐를 작고 약한 부하로 생각하는지, 리더로서 돌봐주려는 기색까지 보였기에 지금처럼 생쥐혼자 올라탈 때에도 흔쾌히 등을 내주었다.

"어떤 말도 따라올 수 없을 테니."

"네."

생쥐는 대답하고 황제의 손을 붙잡고 아래로 내려섰다. 3미터에 달하는 법정의 웅장한 문이 그녀 앞을 가로막고 있었다. 쌍둥이 여신이 거대한 법전을 받쳐 든 모습이 조각된 대문이 서서히 입을 벌려 그 속을 드러냈다. 시녀로서 뒤따라온 사지예와 라지예가 이제는 황제와 떨어져야 하는 생쥐의 곁에 바싹 붙어 섰다.

"괜찮아, 긴장하지 마."

"그래. 안 되면 우리랑 같이 가면 되니까."

생쥐는 작게 속삭여오는 말을 제대로 듣지 못한 채 멍하니 고개만 끄덕거렸다. 황제에게는 괜찮다 말하였지만, 역시 겁이 났다.

그녀는 긴장으로 인한 마른침을 크게 삼키고서 열린 문 안으로 천천히 발을 옮겨갔다.

법정 내의 모든 시선이 모이는 중앙의, 발코니처럼 둥글게 도드라진 자리가 바로 생쥐가 서야 하는 곳이었다. 재판장으로 들어서는 소녀의 작은 가슴이 긴장으로 갑갑히 조여들어 목이 막힌 듯 숨을 가느다랗게 색색거렸다. 생쥐는 불안을 감추지 못한 채 자신의 뒤를 따르는 두 요정을 연신 힐끔힐끔 돌아보았다. 그나마 두 사람이 곁에 있어주어 다행이었다. 혼자 수많은 사람들 앞에 나서야 했다면 다리에 힘이 풀려 주저앉고 말았을지도 몰랐다.

　생쥐는 크게 숨을 내뱉곤 단상에 올라섰다. 이제 와 죽음이 두려운 것은 아니었다. 지금 생쥐를 겁먹게 만드는 것은 자신의 실수로 인해 좋아하는 사람들이 입게 될 피해였다.

　혼자 겪고 혼자 감당하는 일이라면 아무래도 좋았다. 그러나 이번 일이 잘못된다면 황제만 아니라 라지예와 사지예 또한 다치고 만다는 것 정도는 알고 있었다. 무력한 소녀를 보호하며 도망치는 일에 희생이 없기란 불가능한 일이었다.

　바로 그 사실이 무서웠다.

　지난 16년간 생쥐에게 있어 타인이라는 존재는 위협적인 적에 가까웠다. 그들은 언제나 강자였으며 약자인 생쥐를 수탈하고 폭행했다.

당연히 자신이 아닌 누군가를 걱정하고 신경 쓸 필요는 없었다.

하지만 이제는 다르다. 좋아하는 사람이, 걱정이 되고 신경이 쓰이는 사람이 생겨났다. 조금씩 늘어나고 있었다. 그것이 기쁘고도 행복하였지만, 동시에 부담감과 책임감 또한 함께 가녀린 어깨를 짓눌러왔다.

내가 잘해야 해.

생쥐는 아랫입술을 질끈 깨물며 머리에 쓰고 있던 베일을 벗은 뒤 배운 대로 등과 목을 곧게 폈다. 귀족가 영애다운 당당하고도 기품 있는 태도를 보이려 애를 썼다.

장내는 이미 사람들로 가득 차있었다. 황제와 황태후가 친림한 재판정이다 보니 방청이 허락된 자들은 고위 귀족들만이었다. 그럼에도 제법 넓은 방청석에 빈틈이 없었으니 이번 사건이 얼마나 화제가 되고 있는지 쉬이 짐작할 만하였다.

검은 법복을 길게 차려입은 법관이 먼저 들어서고 이어 증인 대기석에 나타난 남자의 모습에 생쥐의 안색이 일순 창백해졌다. 낯익은 얼굴. 그녀를 하인으로 부려 먹었던 식당 주인 렉트였다.

렉트뿐 아니라 그의 부인과 식당 하인, 단골손님 몇도 약간 주눅 든 채, 하지만 황궁에까지 불려진 것이 자랑스러운 낯짝으로 줄줄이 들어섰다. 그들이 단상 위의 생쥐를 발견하고는 무어라 쑥덕거리기 시작했다.

생쥐는 두 주먹을 꽉 쥐며 시선을 돌렸다. 긴장으로 가빠진 숨을 애써 가다듬었다.

"황태후 마마 납시오!"

재판장 전체를 울리는 외침에 자리에 앉아있던 사람들이 일제히 몸을 일으켰다. 황태후가 특별히 마련된 자리에 들어서고 이어 마지막으로 황제가 등장했다. 의외로 로제시아 공주의 모습은 보이지 않았다.

좌중이 모두 황제와 황태후를 향해 예를 표하고 지위에 맞춘 순서로 착석이 이루어졌다. 생쥐는 호위기사인 이카르를 대동하고서 황태후보다 상석에 자리한 황제를 살짝 내리뜬 눈으로 바라보았다. 자신의 옆에 선 이카르에게 무어라 짧게 말 한 황제 또한 법정 중앙의 소녀에게 시선을 옮겼다. 두 사람의 눈길이 짧게 마주친다. 속내를 드러내지 않는 무감정한 시선에 희미하나마 염려가 섞여든 것을 느낀 생쥐가 보일 듯 말 듯한 미소를 머금었다.

"지금부터 라린 살타토르의 후궁으로서의 자격 유무에 대한 재판을 시작합니다."

법관의 선언과 함께 법정의 무거운 문이 굳건하게 닫혔다. 그 안팎으로 근위병들이 열을 지어 늘어서 뭇사람들의 출입을 통제했다.

"고발인 포나지오 비고레 대백작은 사건에 대해 진술해 주십시오."

재판이 시작되고 법관이 말했다. 고발의 배후에는 틀림없이 황태후가 있을 것이었으나 앞으로 나선 것은 비고레 대백작이었다. 자리에서 일어난 그가 황제와 황태후를 향해 머리 숙여 예를 갖춘 뒤 입을 열었다.

"저 포나지오 비고레 대백작은 예비 후궁인 라린 살타토르의 부정을 고발합니다. 그녀의 본명은 라린 살타토르가 아닌 생쥐로, 귀족가의 순결한 영애가 아닌 빈민가 식당에서 일하던 불결한 창녀입니다.

고귀한 혈통을 보전, 계승할 의무가 있는 후궁으로서 가장 큰 결점을 지닌 창녀를 엄히 처벌해야 함을 강력히 주장합니다."

단호한 목소리로 생쥐의 부정을 주장한 비고레 대백작이 다시금 자리에 앉았다. 이어 법관의 시선이 긴장으로 바싹 얼어붙어 있는 조그만 소녀를 향하였다.

"라린 살타토르."

"예."

"고발인의 진술에 대해 반박하십시오."

생쥐는 바싹 마른 입안을 억지 침으로 적시며 배운 대로 또박또박 대답했다.

"결백을 주장합니다. 저는 살타토르 백작의 먼 친척으로 남쪽 키디아 근처 시골 마을에서 태어나 자랐습니다. 존엄하신 황제 폐하의 후궁으로 입궁하기 전까지는 남자와 단둘이 있던 적조차 없습니다."

생쥐의 주장에 방청석에서 나직한 웅성거림이 일었다. 그것이 나쁜 반응인지 좋은 반응인지는 아직 알 수 없었다. 그저 최대한 당당한 태도를 보이려 애쓸 뿐이었다.

"증인을 요청합니다."

비고레 대백작이 거수하며 말했다. 그에 법관이 허락하고 증인 대기석 가장 앞에 나서있던 식당 주인 렉트가 단상에 올랐다.

"우, 우선 황제 폐하와 황태후 마마께 인사 올립니다. 소인은 살타토르 백작의 별장이 위치한 소도시 푼두스 뒷골목에서 식당을 운영 중인 렉트라 하옵니다."

그는 긴장감에 말을 더듬으면서도 제법 거침없이 증언을 이어갔다.

"크흠. 저기 저 자신을 라린 살타토르라 주장하는 소녀는 사실 제 식당에서 일하던 생쥐라는 하녀입니다. 고아 거지로 떠돌던 것을 거두어 먹이고 재우며 돌봐주었습지요."

렉트의 증언에 법관이 다시 생쥐를 바라보았다.

"라린 살타토르. 렉트의 증언이 사실입니까?"

"사실이 아닙니다. 저는 저 남자를 모릅니다."

생쥐는 변명을 덧붙이지 않고 짧게 대답했다. 길게 이야기하지 말라는 이카르의 충고대로 대답 직후 조개처럼 입을 꾹 다물었다. 일견 도도하게도 보이는 그 태도에 다시 몇몇 방청객들이 목소리를 낮추어 수군거렸다. 뒷골목 창녀로는 느껴지지 않는 몸가짐이라는 의견이 조금씩 새어나왔다. 아직 긴장감이 짙게 남아있기는 하였으나 어린 소녀치고는 당당한 자세였다. 이리저리 불안하게 눈을 굴려대고 있는 증인 대기석의 천한 자들과도 확연히 차이 나는 모습이었다.

"거짓말! 얻다 대고 거짓부렁이야!"

자신을 모른다는 생쥐의 말에 렉트가 버럭 소리쳤다. 그에 법관이 냉랭히 경고를 던진다.

"증인 렉트. 다시 한 번 과히 목소리를 높여 소란을 일으킨다면 퇴장시키겠습니다."

"죄, 죄송합니다."

"질문에 대한 대답 외의 발언은 거수 후 하십시오."

"예, 예."

잔뜩 당황한 채 머리를 꾸벅꾸벅 숙이며 렉트가 손을 들어 말을 이었다.

"그, 그것이. 저 계집은 틀림없이 제가 운영하는 식당의 하녀입니다. 6년이나 데리고 있었으며 그것을 증명해 줄 사람들도 널리고 널렸죠. 빈민가 계집들이 그러하듯 작년부터 손님들 상대로 창녀 노릇도 시작하였는데, 한 달쯤 전에 돌연 사라졌습니다. 숨겨 둔 사내놈과 도망이라도 쳤나 하였더니 글쎄 제 주제도 모르고 황궁에 들어갔다질 않습니까. 하루가 멀다 하고 사내와 뒹굴던 몸뚱이를 끌고 감히 후궁의 자리를 차지하려 들다니! 여기 증인으로 함께 온 남자들 모두가 저 계집의 속살을 몇 번이고 보았지요!"

거짓말. 생쥐의 주먹 쥔 손에 힘이 강하게 들어갔다. 그런 일은 결단코 없었다. 여자로 알려지지조차 않았다.

하지만 그녀는 섣불리 반박하지 않고 계속해서 입을 다물고 있었다. 어차피 물증은 없었고, 증인이라고는 천한 뒷골목 잡배뿐이었다. 그러니 길게 변명을 늘어놓기보다 귀족다운 담담한 태도를 보여주는 편이 더 유리할 것이라고 몇 번이고 거듭 충고를 들은 터였다.

하지만.

평정을 유지하려 애쓰는 연녹색 눈동자가 무의식중에 황제의 자리를 향하였다. 저 말을 혹 믿어버리는 것은 아닐까, 불안이 어린 눈망울이었다. 아무 변명도 못 하고 나무토막처럼 서 있자니 자꾸만 초조해졌다.

저는 결백해요. 정말로. 파르르 떨리는 그 눈길을 이내 눈치챈 황제가 천박한 소리를 지껄여대는 남자로부터 시선을 돌렸다.

날 선 비수처럼 매섭던 눈빛이 일순 부드러워졌다. 괜찮다 다독이는 듯한 금안에 생쥐가 나직한 한숨을 내쉬었다.

그녀는 한층 더 등을 곧게 펴며 당당히 정면을 바라보았다. 식당주인에 이어 그의 부인과 하인, 단골손님들까지 귀가 더러워지는 흉을 마구잡이로 지껄여대는 것도 가볍게 흘려내었다.

증인들의 줄지은 모함이 그치자, 생쥐가 오른손을 위를 향해 들어 올렸다.

"길게 변명하지 않겠습니다. 저는 저 남자를 모릅니다. 다른 동행인들 또한 마찬가지입니다. 모두 처음 보는 자들입니다. 부정한 짓을 저지른 적 또한 없습니다."

그 외의 말은 할 필요도, 할 생각도 없었다.

뒷골목 출신이라곤 믿을 수 없이 단호하고도 당당한 태도에 방청객은 물론이요 배심원의 마음 또한 소녀의 결백으로 기울어지려는 찰나, 황태후가 자리에서 일어났다. 온화한 미소를 부드럽게 머금은 그녀가 청아한 목소리로 입을 열었다.

"저 비천한 자의 떠벌림보다 살타토르 영애의 당당함이 한결 마음을 움직이는군요. 하여 법관이 괜찮다면 한 가지 제안을 할까 하는데……."

법관이 목례하며 대답했다.

"말씀하시지요, 황태후 마마."

"중요한 것은 라린 양이 진짜 살타토르 영애인가가 아닙니까. 그러니 숙녀로서의 교양을 시험하여 통과한다면, 라린 양의 순결은 굳이 더 증명할 필요가 없을 것이에요."

교양의 시험. 그 말에 대중은 적합한 방법이라 고개들을 끄덕였으나 황제와 그 옆에 선 호위기사의 안색은 차갑게 굳어졌다. 쉬운 글정도나 간신히 읽는 생쥐. 귀족 자녀에게 주어지는 교육의 대부분은 기초적인 것조차도 받질 못했다. 미간을 쓰게 찌푸리며 황제 또한 자리에서 몸을 일으켰다.

"이곳은 법정이지 시험장이 아니오."

황제의 딱딱한 목소리에 황태후가 여전히 부드러운 미소를 띄운 채 대답했다.

"허나 가장 확실하고 간단한 방법이 아닙니까. 아니면, 폐하께서는 비천한 자들의 헛소리에 심중이 기우시는 것입니까?"

상냥함을 가장한 냉정한 푸른 눈동자와 드러낼 수 없는 살기를 감춘 황금색 눈동자가 날카롭게 마주쳤다. 불꽃이 튄다기보다는 눈발이 휘날릴 듯한 충돌 끝에 먼저 물러선 것은 황태후였다. 그러나 시선만 돌렸을 뿐 의견을 굽히지는 않았다.

"물론 독단으로 결정할 수는 없으니 배심원의 투표를 거치도록 하지요."

공정하게 들리는 말이었으나 결과는 보지 않아도 뻔했다. 황제는 매섭게 황태후를 노려보았으나 섣불리 입을 열지는 못하였다. 피할 수도, 받아들일 수도 없는 제안이었다. 시험을 피하여 재판을 이어간다면 지금의 분위기는 반전되어 라린 살타토르의 순결이 의심받게 될 것이다. 그렇다고 받아들인다 해도 생쥐가 시험에 통과할 리는 만무했다.

황제는 속으로 혀를 찼다. 방도가 없었다. 혹시나 싶었지만 역시 재판에서 이기는 일은 불가능한 것이었던가. 이리된 거 투표를 핑계로 휴정한 뒤 생쥐를 빼돌려야겠다고 생각한 순간, 굳게 걸어 잠긴 법정 문이 크게 흔들거렸다.

쿠웅!

"뭐지?"

"누가 문을 두드리는 건가?"

법정 정문 근처의 근위병들이 일제히 검을 뽑아든다. 쾅! 당황한 사람들의 소란 속에 다시 한 번 충차로 성문을 공격하는 듯한 굉음이 나더니 기어이 굵직한 걸쇠가 떨어져 나갔다. 이내 닫혀있던 문이 활짝 열어젖혀지며 흑발의 남자와 적금발의 소녀가 법정 안으로 들어섰다. 그들의 뒤쪽으로 바깥쪽을 지키고 섰던 근위병들이 줄줄이 쓰러져 있는 것이 보였다.

"조금 늦어졌습니다, 폐하."

흑발의 남자, 케이어스가 황제에게 말하고 이어 생쥐가 커다랗게 치뜬 눈으로 소리쳤다.

"언니!"

생쥐의 기쁨 어린 새된 목소리에 적금발의 소녀, 아리에스 살타토르가 생긋 미소 지었다.

다음 권에서 이어집니다.

지은이 후기

안녕하세요, 1권이 끝이 났습니다.

야, 이제 끝났다, 1권은 더 신경 쓸 거 없다, 하는 순간 후기가 뒤통수를 후려치기는 했지만요. 마지막 권에서만 쓰면 될 줄 알았건만 난데없는 함정이 등장해버렸습니다.

아무튼, 드래곤 슬레이어를 꿈꾸는 간이 배 밖에 나온 용감한 생쥐의 모험은 이제 겨우 한고비를 넘겼습니다. 1권에서는 그럭저럭 동료들이 모였지요. 동료들의 몰골을 보셨으니 아시겠지만 러브라인 따위는 없습니다!

그래도 한 3권쯤 가면 히로인이 등장할 것도 같아요. 히로인을 분홍색 생쥐로 할지 검은색 생쥐로 할지는 아직 고민 중입니다. 핑크핑크한 분홍으로 마음이 살짝 기울기는 했습니다만.

사실 생쥐가 폴리모프한 드래곤과 사랑에 빠지는, 원수와의 로맨스~도 고려는 해보았으나 그건 너무 뻔한 스토리인 것 같아서요. 글쎄, 어쩌면 3권의 분홍 생쥐가 변신한 드래곤일지도 모릅니다?

채식주의자인 쌍둥이 족제비의 도움을 받아 위기를 모면한 생쥐입니다만, 뱀 여왕의 비위를 단단히 거스르고 말았습니다. 뱀 여왕이 보낸 덩치 큰 산고양이 세 마리가 생쥐의 꼬리 뒤까지 바싹 쫓아왔건만 이 초라한 파티에서 그나마 강한 멍멍이 이카르는 떠돌이 회색 늑대 마노스에게 사로잡혀 도움이 되질 못하는 형편! 아무튼 이놈의 멍멍이 덩치만 컸지 영 쓸모가 없어요.

그런 급박한 위기의 순간에 1권 분량을 뚝 자르자니 제 양심이 참으로 아픕니다, 아아.

그래도 주인공이니 죽기야 하겠습니까? 무려 고양이 세 마리가 공격해오는 절체절명의 상황이지만 어떻게든 살아남겠지요, 후후.

덧붙여 2권에서는 레이디 호크 아리에스도 재등장할 예정입니다. 1권 초반에 생쥐를 점심으로 잡아먹을 뻔했던 어린 매 아가씨가 날 수 있을 만큼 성장해서 짠, 하고 나타날 거랍니다.

과연 우리의 맹랑한 꼬마 생쥐는 무자비하고도 강력한 원수, 용의 꼬리를 콱! 하고 시원하게 깨물어 줄 수 있을 것인가!

읽어 주신 모든 독자분들께 감사드리며 『용의 꼬리를 문 생쥐』 2권에서 다시 뵙기를 바랍니다~.

언제나 좋은 하루 되세요.

메나리

일러스트 작가 후기

즐겁게 작업했습니다,
감사합니다!

후기 321